शिवप्रसाद सिंह

की

लोकप्रिय कहानियाँ

संपादन

डॉ. नरेंद्र सिंह

प्रभात
प्रकाशन

प्रकाशक • **प्रभात प्रकाशन प्रा. लि.**
4/19 आसफ अली रोड,
नई दिल्ली–110002

संस्करण • प्रथम, 2022
मूल्य • चार सौ रुपए
मुद्रक • आर–टेक ऑफसेट प्रिंटर्स, दिल्ली

SHIVPRASAD SINGH KI LOKPRIYA KAHANIYAN
Ed. Dr. Narendra Singh ₹ 400.00
Published by Prabhat Prakashan Pvt. Ltd., 4/19 Asaf Ali Road, New Delhi-2
e-mail: prabhatbooks@gmail.com ISBN 978-93-90923-24-3

भूमिका

नई कहानी आंदोलन के समय में शिवप्रसाद सिंह की चर्चा 'नन्हों' और 'दादी माँ' जैसी कहानियों के कारण हुई। कहानियों से उन्हें भरपूर प्रतिष्ठा मिली। इन दोनों कहानियों के साथ ही 'धरातल' और 'बेहया', 'कर्मनाशा की हार', 'गुर्दासराय', 'आर-पार की माला', 'इन्हें भी इंतजार है', 'वृंदा महाराज' आदि कहानियाँ भी काफी चर्चित हुईं।

वस्तुत: डॉ. शिवप्रसाद सिंह की कहानियों के तीन कालखंड निर्धारित किए जा सकते हैं। पहला कालखंड 1950 से 1965, दूसरा कालखंड 1966 से 1980 और तीसरा कालखंड 1981 से 1996 तक का हो सकता है। इन तीनों कालखंडों की कहानियों में कथ्य एवं शिल्पगत भिन्नता भी पाई जाती है।

शिवप्रसाद सिंह की संपूर्ण कहानियाँ तीन खंडों में—1. अंधकूप, 2. एक यात्रा सतह के नीचे, 3. अमृता प्रकाशित हो चुकी हैं।

1950 ई. के आसपास कहानी के क्षेत्र में बहुत ही महत्त्वपूर्ण परिवर्तन आया। '50 के पहले कहानियों में दो प्रकार की प्रवृत्तियों का प्रचलन था। एक तरफ मनोवैज्ञानिक फॉर्मूलावादी कहानियों की भरमार थी, जो मनुष्य की सामाजिक जीवन की संघर्षपूर्ण स्थितियों को बिल्कुल नजरअंदाज करके मानसिक अंतर्जगत् की मनगढ़ंत जिंदगी का अजीबोगरीब खाका पेश कर रही थी। इन कहानियों में मनोविकारों, हीनताग्रंथि, विभक्त मानसिकता आदि का सूत्रानुसारी वर्णन भर कर दिया जाता था। दूसरी ओर वे कहानियाँ थीं, जो समाज के शोषित जनों की हिमायत का दंभ प्रकट करती थीं, परंतु उनमें कहीं से भी जीवन के यथार्थ स्पंदनों की धड़कन नहीं सुनाई पड़ती थी। मशाल और क्रांति के लाल झंडे की चर्चा या चर्वण करके वे अपनी प्रगतिशीलता का ढिंढोरा पीटती रहती थीं। इसी कुहेलिका में सन् '47 में स्वतंत्र भारत का उदय हुआ और पहली बार नए कहानीकारों की एक पूरी

जमात समाने आई, जो अपनी धरती से जुड़ी हुई थी। वे चाहकर भी जिस ग्रामीण परिवेश से आए थे, उसे झुठला नहीं सकते थे। उनकी समूची सृजनधर्मिता अपने भोगे हुए यथार्थ को सीधे-सादे ढंग से अभिव्यक्त कर देने में ही चरितार्थ हो रही थी। आरंभ में गाँव के जीवन के जीते-जागते इनसानों की इस नई अभिव्यक्ति में कहानी की कलात्मकता का अभाव रहा हो तो कोई बात नहीं, अनेक आलोचकों ने इन कहानियों को रेखाचित्र कहकर टालना भी चाहा, परंतु नई कहानी पुराने 'स्ट्रक्चर' को स्वीकार ही कहाँ करती थी, इसलिए पुराने ढाँचे को तोड़नेवाली इन कहानियों ने अपनी ताजगी और जीवन के प्रति सहज संसक्ति के कारण शीघ्र ही नए दौर की शुरुआत कर दी। प्रसिद्ध आलोचक डॉ. नामवर सिंह शिवप्रसादजी की कहानियों पर टिप्पणी करते हुए लिखते हैं—

"नई कहानी की आवाज वस्तुतः एक रचनात्मक संभावना को देखकर उठी थी, जो आज भी नई पीढ़ी के कहानीकारों की कृतियों में साफ झलकती है। ये कृतियाँ आज भी ताजा मालूम होती हैं, क्योंकि इनके मूल में सर्जनात्मक प्रयास है। लंबे अवकाश के बाद हिंदी कहानी में जीते-जागते आदमी दिखाई पड़े तो लगा कि कहानी में एक रचनात्मक खोज की शुरुआत हो गई, वैसे साफ-सुथरी कहानियाँ उस समय भी कम न थीं, लेकिन आंचलिक रेखाचित्रों की जीवंतता के सामने वे निष्प्राण प्रतीत हुईं। उल्लेखनीय है कि उसी प्रतीक में राजेंद्र यादव की कहानी 'खेल-खिलौने' छपी और शिवप्रसाद सिंह की 'दादी माँ' भी। 'दादी माँ की तुलना में खेल-खिलौने' में कहीं ज्यादा कारीगरी और पच्चीकारी है, लेकिन खुली दाद मिली सहज सीधी 'दादी माँ' को।" (कहानी नई कहानी 10, 230-231)

हिंदी में किसी जमाने में यह विवाद चला था कि गाँव की कहानियाँ उस हद तक आधुनिक नहीं हो सकतीं, जिस हद तक शहर के उलझे हुए जीवन की कहानियाँ होती हैं। वस्तुतः गाँव की जीवंत कहानियों की लोकप्रियता से आक्रांत आलोचकों की यह एक टुच्ची बहानेबाजी थी, क्योंकि कॉफी हाउस, रेस्तराँ या ऑफिसों की जिंदगी में ही आधुनिकता पल्लवित-पुष्पित होती है, ऐसा वे ही मान सकते हैं, जिन्हें पता नहीं कि दिक् और काल की अछोर सीमा में जीनेवाली संस्कृति, जो गाँवों में बिखरी है, स्वभावतः जिंदगी की मरोड़ों से ज्यादा भरी-भरी होती है, क्योंकि हजारों साल से चली आती हुई परंपरा का बोझ वहाँ जितना जटिल है, उतना शहरों में नहीं है। वैज्ञानिक युग के धक्के शहर की तारकोली सड़कों पर जिस तरह की रपटन पैदा करते हैं, उससे कहीं अधिक पिच्छलता गाँवों की उन गलियों में है, जहाँ रूढ़ियों

के नाबदान निरंतर आधुनिकता के रथचक्रों को अपनी पंकिलता में डुबो लेते हैं।

इन कहानियों को ग्रामीण परिवेश की उपज मानकर इन्हें पढ़ते समय यदि आप पूर्ण सचेत और चौकस नहीं रहे तो इनके बहुत से अंश आपके लिए अपने अंदरूनी अर्थ को आँचल में समेटे ही अबूझे रह जाएँगे। इन कहानियों के परिवेश केवल गैंबई धरती की रंग-बिरंगी सौंधी गंध में डूबे हुए रूमानी साज-सज्जा भर नहीं हैं, बल्कि वे संकेतार्थ द्वारा बदलते हुए समय और बंद मुट्ठी से धीरे-धीरे रिसते हुए काल प्रत्यय की बालुका की तरह बिखरती स्थितियों के परिचायक भी हैं। उदाहरण के लिए 'नन्हों' कहानी में कुछ पंक्तियाँ आती हैं—"एक-एक अक्षर को उच्चारने में पहाड़ सा समय लग गया। चबूतरे के पास कलसी के नीचे पानी गिरने से जमीन नम हो गई थी। जो कि बीज गिरे थे, जाने कब के। इकट्ठे एक में सटे हुए उजले हरे अँखुवे फूटे थे। नन्हों सहुआइन उन्हें देखती रही बड़ी देर तक! ये पंक्तियाँ सिर्फ परिवेश के एक छोटे से दृश्य को ही उजागर नहीं करती, बल्कि प्रेम की व्यथा से भरी नन्हों की मानस-कलसी के नीचे अनजान में उग आई अनेक भावनाओं की ओर भी संकेत करती हैं। काल-प्रव्यय कहानी की रीढ़ है। यह एक अत्यंत उलझा हुआ व्यापार होता है। स्मृति पुनरावर्तन (मेमोरी फ्लैशबैक) की शैली बहुत रूढ़ है। 'कर्मनाशा की हार' में उसका व्यापक प्रयोग किया गया है, पर समय की निरंतरता को सूचित करने के लिए बहुत आधुनिक कही जानेवाली कहानियों में भी कभी-कभी भोड़े प्रतीकों का कलंडरीय प्रयोग कर दिया जाता है। 'नन्हों' कहानी में अपने अपंग पति की मृत्यु के बाद नायिका का अपने देवर के प्रति प्यार का बोध एक शाकिंग वस्तु है। इसे 'ऐबरप्ट' ढंग से कह देने से पूरी कहानी के कलेवर के क्षतिग्रस्त हो जाने की आशंका से इनकार नहीं किया जा सकता। इस तथ्य को जाने कितने ढंग से अभिव्यक्त किया जा सकता है, पर मैं नन्हों की ही कुछ पंक्तियाँ आपके सामने प्रस्तुत करता हूँ—"कई महीने बीत गए। बरसातें आईं और गईं, पानी सूख गया। बादलों का घिरना बंद हो गया, बौछारों से टूटी जर्जर दीवारों के घाव भर गए, नई मिट्टी से सज-सँवरकर वे पहले जैसी ही लगने लगी! पाठक बड़ी सहजता से जान जाएगा कि पूर्वस्मृतियों के दुखद बादलों का घिरना बंद हो गया। अपने पति की मृत्यु से उपजे हुए आघात मिट गए। नन्हों के अंतस् और बाहर का जगत् पुनः यौवन की उन्मादिनी समृद्धि से भर गया।

इन कहानियों के चरित्रों की सबलता को देखकर बहुत से लोग उन्हें रेखा-चित्र कह देना चाहते हैं, पर वे नहीं जानते कि चरित्र 'आइडिया' में कैसे बदलते

हैं। 'धारा' कहानी की 'तिउरा' चरित्र नहीं आइडिया है, विचार है, दर्शन है, उसे आप समझने की कृपा करें। उन कहानियों में संकेतार्थी बिंबों, प्रतीकों आदि का बहुत व्यापक प्रयोग किया गया है। प्रयोग कहीं भी चौंकाने के लिए नहीं हुए हैं, क्योंकि गाँव के परिवेश में चलनेवाली कथा में गँवई जीवन के उबलते-उफनते बिंबों को सटीक बैठाना अपेक्षाकृत ज्यादा मुश्किल कार्य है, इन्हें समझने के लिए ग्रामीण जीवन की आंतरिक पकड़ तो अपेक्षित है ही, संस्कृति के विराट् फलक के उस अंश को भी दिमाग में ताजा रखना पड़ता है, जो आज भी गाँव के जीवन में रचे-बसे हैं। कलंकी अवतार, यानी चौबीसवाँ कलकी अवतार गाँव के कथावाचकों को सुखसागर के माध्यम से सुनाया जाता है। रोपन को इस पोथी पर इतना विश्वास है कि सफेद घोड़े पर काले आदमी को देखकर अपनी सारी व्यथा से निस्तार दिलाने वाले भगवान् के प्रकट होने में उन्हें संदेह नहीं होता और वे उसके पीछे-पीछे चल पड़ते हैं कि अपनी आँख से देख सकें कि अत्याचारी जमींदार का सिर कैसे कटता है, पर वह कलंकी अवतार अपनी बहन के लिए जमींदार के लड़यो का परेच्छा (पर-रक्षा) करने गया था। इस धक्कामार स्थिति से सेपन जैसे लोग कहाँ निस्तार पाएँ। डंडे को काठ का घोड़ा बनाकर खेलनेवाला जमींदार की विधवा बहू का बालक कहता है कि तुम उससे डरते क्यों हो, जरा बड़ा होने दो, मैं कोड़े से पीट-पीटकर ठीक कर दूँगा। इस पूरी कहानी में कलकी अवतार एक प्रतीक के रूप से प्रयुक्त हुआ है, जिसके व्यामोह से छूटे बिना शोषित जन अपने भविष्य को सँवार-सुधार नहीं सकता। 'सुबह का बादल' का दीनू आम की खुसली पर रपट जाता है। डॉ. नामवर सिंह ने ठीक ही लिखा है—"तथाकथित आंचलिक कहानियों की जीवंतता मुख्यतः बिंबों द्वारा निर्मित वातावरण से ही उत्पन्न हुई। शिवप्रसाद सिंह की दीनू के साथ एक सुबह (सुबह के बादल) में आम की खुसली ही जिंदगी की कठिन गाँठ का प्रतीक बन जाती है।" (कहानी, नई कहानी, पृ. 43), परंतु इस कहानी की जो एक खास विशेषता आलोचक पकड़ नहीं पाए, वह थी, "सुबह के बादल में युक्त प्रतीकात्मकता नहीं होकर चरित्र को विचार में परिवर्तित-प्रतीकित करनेवाला प्रयोग ही है। हरिया स्वतंत्रता-प्राप्ति के बाद की निरर्थक लगी लगानेवाला, किसी को कुछ नहीं समझनेवाली बहरी पीढ़ी की तात्त्विकता को प्रकाश देता है तो दीनू बहुत फूँक-फूँककर खुसली और संकट से बचने के प्रयासों की ओर इच्छुक वर्ग की तात्त्विकता को।"

डॉ. शिवप्रसाद सिंहजी की कहानियाँ प्रायः ग्रामीण पृष्ठभूमि पर आधारित हैं उन्होंने लिखा भी है—

"मेरी जिंदगी में गाँव एक ऐसी हकीकत है, जिसे मैं चाहकर भी काट नहीं सकता। गाँव की अछोर हरियाली में डूबे सीमांत, फसलों के रंग-बिरंगे गलीचे बिछाकर किसी अनागत की प्रतीक्षा में डूबी धरती, सरसों, जलकुंभी और झरबेरी के जंगली फूलों से मदहोश वातावरण के बीच अपनी सामान्य जिंदगी के लिए संघर्षरत किसान मेरी कहानियों के अविभाज्य अंग हैं। शहर के जीवन ने जहाँ एक ओर मेरे आधुनिकता बोध को निरंतर सक्रिय बनाया है, वहीं गाँव के जीवन की धड़कनें, जो अब भी सड़ी-गली परंपरा और कूटस्थ रूढ़ियों का कचरा ढोती हुई कराह रही हैं, मेरे कहानीकार के लिए सदा एक चुनौती रही हैं।"

डॉ. शिवप्रसाद सिंह की सौ से अधिक कहानियों में से दस-पंद्रह लोकप्रिय कहानियाँ खोजना आसान काम नहीं है, फिर भी मैंने कोशिश की है कि उनकी प्रतिनिधि कहानियाँ इसमें शामिल हों।

—डॉ. नरेंद्र सिंह

'सुधर्मा'
13, गुरुधाम कॉलोनी, वाराणसी

अनुक्रम

कलंकी अवतार

रोपन बारी उस समय कुल्ला-दतीन करने गाँव के बाहर निकले थे। उनके आगे बँसवारियों के पास से वह घोड़ा निकला। दक-लक सफेद। मुँह ऐसा निर्लोम ललछौंहा कि सींक से खोद दें तो खून निकल जाए। घोड़ा धीरे-धीरे चला जा रहा था, मुँह नीचे की ओर, ऐंठे हुए, रोब के साथ। कड़बड़, कड़बड़, कड़बड़।

अचानक रोपन के शरीर में एक चमक सी हुई और 'सन्न' सी करती कोई चीज एड़ी से लेकर चोटी तक बींधती चली गई।

उन्होंने अपने दोनों हाथों से आँखें मलीं। पलकें मुलमुलाईं। "नहीं, सपना नहीं है।" वे बुदबुदाए। उन्होंने जोर से अपनी बाँह में चुटकी भरी। दर्द हुमा, यानी यह विश्वास कि रोपन पूरी तरह जिंदा हैं, पर इस विश्वास ने उनके दिल की धड़कनों को और भी तेज कर दिया। घोड़ा अब बँसवारियों के दूसरे छोर पर पहुँच चुका था। रोपन ने देखा कि उसपर सवार आदमी एकदम काला है।

"एकदम काला? हे भगवान्।" रोपन के रोएँ भरभरा आए। उनका शरीर डगमगाने लगा। जाड़े के दिन में भी अँगरखे के नीचे पसीना छुटने लगा। उन्होंने अपने को बड़ी मुश्किल से सँभाला। हाथ अपने-आप ही जुड़ गए। जुड़े हाथों को सिर के ऊपर लगाकर रोपन बुदबुदाए, "कृपा करो स्वामी। इस दास ने ऐसे पुण्य कहाँ किए हैं दीनबंधो! तब भी आपने इतनी दया की। आप कितने दयालु हैं गरीबपरवर!"

रोपन अब ढलककर घोड़े के पीछे चल पड़े। उन्हें बड़ा अचंभा हो रहा था कि इतना बड़ा गाँव है अपना। इतने जन रहते हैं यहाँ, मगर कोई भी इस अद्भुत चीज को देख नहीं पा रहा है। कहीं भी कोलाहल नहीं, भीड़ नहीं, हल्ला-गुल्ला नहीं! तमाशा देखनेवालों का नामोनिशान नहीं, आखिर यह क्या माजरा है, तभी उन्हें ठाकुरवाड़ी के 'पुजेरी' घनश्याम उपध्या की याद आई। पुजेरीजी कहते थे कि

भगत की आँख के सामने भगवान् खड़े हो जाते हैं, पर क्या मजाल कि कोई दूसरा देख ले। हूँ, तो यह बात है। अचानक रोपन का चेहरा खिला। ठुड्डी झुकी तो इस 'महानगर' में एक भी ऐसा जन नहीं, जो भगवान् को देख रहा हो, सिर्फ रोपन ही देख रहे हैं। खाली रोपन। कितनी बड़ी बात है। कितना बड़ा पुन्न। रोपन की आँखों से झरझर आँसू गिरने लगे।

वे बेतहाशा घोड़े के पीछे दौड़ पड़े। कैसे मिलूँ। कैसे चरण पकड़कर नैनन जल से उन्हें पखार दूँ।

अब घोड़ा पड़ोसी गाँव की ओर मुड़ गया था। आगे का रास्ता बहुत चौड़ा और समतल था। सवार ने बाग खींचकर एड़ लगा दी थी। घोड़ा दोगामा में चल पड़ा। आगे-आगे घोड़ा, पीछे-पीछे रोपन।

"आखिर इधर ये जा कहाँ रहे हैं?" रोपन ने मन-ही-मन पूछा। एक लम्हे के लिए वे सोचते रहे और तभी उनके चेहरे पर कपूरी हँसी उभर पाई।

"यही बात है। प्राज अत्याचारी का नाश हो जाएगा।" रोपन की चाल अपने-आप मंद हो गई। उनकी आँखों के आगे बाबू भेदूसिंह का कटा हुआ चेहरा नाचने लगा।

रोपन को दुःख हुआ। किसी का भी कटा चेहरा देखने की उनमें ताब न थी। परसाल अपने गाँव में एक मदारी आया था। वह बड़ी देर तक जादू दिखाता रहा। समुद्री कौड़ी के पेटे में से ठक-ठक करके उससे भी बड़ी-बड़ी कौड़ियाँ चालीस-पचास निकाल देता। एक कपड़े की पुतली हँड़िया भर पानी पी जाती। एक मैली सी टोपी हिला देता तो उसमें से मुरगी निकल आती। खूब मजा आया था। आखिर में उसने अपने साथ के छोकरे को काले कपड़े से ढक दिया था। हम लोग नहीं-नहीं चिल्लाते रहे, पर वो न माना। लंबा सा छूरा लेकर उसने कपड़े के भीतर हाथ डाला और लड़के की गरदन रेत दी। बाप रे! उसकी तो याद आते रोपन को कँपकँपी छूट जाती है। उसने छूरेवाला हाथ बाहर किया था। पूरा छूरा खून से रँगा था। उसकी हथेली भी एकदम लाल हो गई थी। रोपन को गश आ गया था। बड़ा निर्दयी था साला। लड़के की गरदन हिला-हिलाकर दिखा रहा था सबको, जैसे कह रहा हो, मैं बाप हूँ बाप, कसाई नहीं, पर फिर भी अपने लड़के की गरदन काट रहा हूँ। क्यों? क्या समझे? सचमुच रोपन कुछ नहीं समझे। वे वहाँ से चुपचाप खिसक आए थे। दिन भर मन बड़ा उदास रहा। उस दिन खाना भी खाया नहीं गया।

उन्होंने मन को हलका करने की कोशिश की, पर लाख चाहने पर भी भेदूसिंह के कटे सिर को वे भुला नहीं पाए।

घोड़ा काफी आगे जा चुका था, तभी रोपन को याद आया कि सवार के हाथ में तलवार नहीं थी।

"ई क्या बात? यह कैसे हो सकता है?"

रोपन एक क्षण के लिए हतबुद्धि खड़े रह गए। उनका चेहरा उदास हो गया। जाने चींटी ने काटा या तितये ने, वे घबराकर धोती के नीचे हाथ डालकर जाँघ खुजलाने लगे, तभी पैर धोती में उलझा और वे गिरते-गिरते बचे।

"धत्त तेरे की। मैं भी कितना घोंचू हूँ। भला भगवान् को भी तलवार की जरूरत होती है। पुजारीजी कहते थे कि जब अंबरीख की ओर दुरवासा की चुड़ेल चली थी कि भगवान् को भात की रच्छा का खियाल आया। बस उनकी तरजनी अंगूरी में सुदर्शन चक्रलट्टू की तरह नाचने लगा। ई तो सब उनकी माया है। राई को परबत कर दें। परबत को राई करते देर नहीं लगती।"

रोपन फिर दुलकी लेते दौड़ पड़े।

परसडीहा के इस पुरवे में सुबह सदा ही एक ढंग से आती। पूरब को बँसवारियों को चीरकर सूरज की किरणे गाँव के पूरबी भाग पर अपना अधिकार जमातीं और घरों से निकलकर औरतें जूठे बरतनों को सँभाले अपने-अपने दरवाजे आ बैठतीं। दरवाजे पर बैठकर बरतन साफ करने में दुहरा लाभ था। सामने बैठी पड़ोसिन ने इस-उसके बारे में तीन-पाँच जोड़ने का मजा और गंदा पानी आँगन में गिराकर सार्वजनिक गली में बहाने का सुख। मरदाने बैठकों में लोग-बार उठते हुए दिन को देखकर धसकते हुए मन को बहलाने का बहाना ढूँढ़ते।

"का हो रोपन चाचा।" इन सारी कारगुजारियों से अपने को अलगाता हुआ शोभन अपनी पुरानी आदत के मुताबिक जोर से पुकारता, "अब भी कुछ नहीं बिगड़ा है। चले चलो आज से ही। देखना, साँझ को घर पाते सीना बित्ता भर ऊँचा रहेगा, हाँ।"

"अरे जा बचवा।" रोपन अपनी उसी पुरानी गिरी हुई आवाज में कहते, "तू लोग नए जमाने के आदमी हो। जाओ सँभालो टीसन पर खोंचा। अपने से ऊ सब करम नहीं होने का।"

"नए जमाने के लोग ही पुराने लोगों को ठीक करेंगे, दादा। गाँठ बाँध लो। हमें अवतार नहीं करतार चाहिए। करतार यानी अपना हाथ ही तारेगा, हाँ।" शोभन

मुसकराता और स्टेशन की ओर चल देता। रोपन उसे देर तक देखते रहते। जब वह खेतों की पगडंडियों से होता हुआ देउला के बगीचे की पाड़ में नहीं चला जाता, उनकी प्रारी उसी पर लगी रहतीं।

रोपन बारी ने जिंदगी के पाँच साल बड़े लोगों की खिदमत में गुजार दिए। उन्हें गाँव के किस लड़के के जनम, जनेऊ या शादी-ब्याह का ब्योरा नहीं मालूम ? दूसरों के सुख में अपनी जिंदगी लगाकर रोपन को कभी दुःख नहीं हुआ। जूठी पत्तलें उठाते-उठा। कमर दुखने लगती। गाँव के एक-एक घर लोगों को भोज-भात के लिए 'दुलौवा' पहुँचाते-पहुँचाते रोपन पचास को पहुँच गए, पर कभी भी उन्हें अपने 'करम' पर रोना नहीं आया, जैसे-तैसे करके 'जिंदगानी' कट ही रही थी। कट ही जाती। ऐसा भी नहीं कि रोपन ने दूसरों के दुःख में सहानुभूति न दिखाई हो। बरसी, किरिया-करम, पिंडदान में भी रोपन सबके आगे-आगे ही रहते। कार-परोजन के घर में घरवालों के जगने के पहले पहुँचना और भोर में थके हुए घरवालों के सो जाने पर काम से छदी पाकर अपने घर को याद करना रोपन को विरासत में मिला था। रोपन ने कसम है 'गोसैंया' की, कभी भी अपने 'धरम' को निभाने में आलस नहीं दिखाया, पर फल का मिला! लड़की की शादी में तीन सौ रुपए के करज में घर का पुश्तैनी खेत नीलाम हुआ। लाख रोने-गिड़गिड़ाने पर भी भेदूसिंह खेत छोड़ने को तैयार नहीं हुए। करज दिया। नालिश की। नीलामी कराई और घूम-फिरकर नीलाम खेत भेदूसिंह की जोत में आ गया। बाह रे नियाव। बाह रे फैसला! रोपन वह गम भी पी गए, पर जब भेदूसिंह ने अपने पहले लड़के की शादी पर बाप-दादे के वख्त का रवाज छोड़कर 'वारी और वारिन' का 'पहिरावा' तक नहीं दिया तो रोपन का कलेजा टूट गया।

"क्या सरकार, दूल्हे के साथ वारी पुराना कपड़ा पहनकर चलेगा तो नव-हँसाई नहीं होगी ?" इतना ही रोपन ने कहा था।

भेदूसिंह के तेवर चढ़ गए थे, "तुम साले हमारी 'नवहँसाई' देखते हो, सब परजा-पौनी को पहिरावे के बदले पाँच-पाँच रुपया मिला है, वही तुम्हें भी मिलेगा, चलना हो लड़के के साथ चलो, नहीं घर बैठो। तुम क्या समझते हो कि बारी नहीं जाएगा तो बारात नहीं चढ़ेगी ?"

रोपन चुप हो गए थे। वे बारात गए। वर के पानी का मंगलकलश भी ढोया। पालकी के साथ सुरही गाय की पूँछ का 'चँवर' भी हाथ में उठाए-उठाए फिरे, पर जब बारात लौटी तो रोपन रास्ते में ही अपने पुरवे पर रुक गए। भेदूसिंह की बहू की

पालकी के साथ उनके दरवाजे तक जाने में उन्हें ऐसी शरम आई कि वे तीन दिन तक खटिया पर पड़े रहे। गाँव-घर के लोगों ने समझाया-बुझाया। भई, अब जमाना बदल गया है। गिरहस्थ को परजा पौनी की फिकर नहीं। अब कोई नया काम-धंधा ढूँढ़ना चाहिए, पर रोपन के मन को चैन नहीं मिलता। उन्हें विश्वास नहीं होता कि बाप-दादे के जमाने से चला आता पेशा बंझा हो गया है। वे शोभन की बातें सुनकर हँस देते। "स्वराज पाया है तो सब जगह बरक्कत होनी चाहिए कि गरीब आदमी को रोटी के भी लाले पड़ जाना चाहिए, मैं अपने पुश्तैनी काम से नहीं हटा तो भगवान् मेरी रोजी देने से कैसे हट जाएँगे?"

रोपन बारी को बबुमानों के गाँव गए पाँच साल हो गए। वे अब उधर आँख उठाकर भी नहीं देखते।

इसी बीच एक और घटना घटी। बाबू भेदूसिंह का बड़ा लड़का पिछले माघ में निमोनिया से मर गया। रोपन बारी ने सुना तो अचानक मुँह से निकल पड़ा, "हाय बेचारा, नई बहू को मँझधार में छोड़कर चला गया।" उस दिन रोपन बारी से खाना खाया नहीं गया। जो कुछ भी हो, वे भेदूसिंह से नाराज थे, उनके खानदान से नहीं। रोपन दिन भर मन मारे खटिया पर पड़े रहे।

"सुनते हो," संझा को उनकी घरवाली ने बिफरते हुए कहा, "तुम यहाँ उनके लड़के के सोग में चारपाई पकड़े हो, वहाँ गाँव भर में चर्चा है कि दुलहिन की डोली के साथ रोपन गाँव नहीं आए थे, सो उसी असगुन से बहू विधवा हो गई।"

"क्या?" रोपन के कलेजे में जैसे किसी ने बिना अनी की बरछी मार दी हो।

"असगुन पाँच साल के बाद फला है? सालों को कहते सरम भी नहीं लगी। साल भर भी सादी के नहीं बीते कि बहू की कोख भरी। लड़का हुआ। वह सब भी असगुन ही था?"

"अब जो हो, गाँववाले तो यही कहते हैं। भेदूसिंह कहते हैं कि अब साला इस गाँव की ओर दिखा तो टाँग तुड़वा दूँगा।"

"जाएँ साले भरसांय में, मैं सालों के दरवज्जे मूतने भी नहीं जाऊँगा। हुँह।"

रोपन बारी फिर चारपाई पर लेट गए। घरवाली के सामने अकड़कर बातें करते हुए दिल का दर्द गरमाया था, पीड़ा कम थी। चारपाई पर एकांत में फिर जैसे कलेजे में फोड़ा टपकने लगा। पचास के ऊपर जिंदगी हुई, ऐसा अपजस कभी नहीं मिला। जाने कितनी डोलियाँ उन्होंने ड्योढ़ी पर पहुँचाईं। जाने कितने मंगल-कलश कंधे पर ढोए, जाने कितने बच्चो के जन्म पर बधावा पहुँचाया, जाने कितनों के मुंडन

संस्कार, जनेऊ, वरेक्षा पर उन्होंने हल्दी और दूब पीसकर सुगुन घेरा, पंडित को बुलाने से लेकर लोगों को खिलाने-पिलाने तक वे एक पैर पर खड़े रहे। यह सब इसी का इनाम मिला है। रोपन की आँखों से झर-झर आँसू गिरने लगे। उनका गला रुँध गया और हिचक-हिचककर रो पड़े।

अब ठाकुरवारी के पुजेरी घनस्याम उपध्या के अलावा उनका किसी में विश्वास नहीं रह गया था। वे संझा होते ठाकुरवारी में आ जाते। पुजेरीजी उस वक्त लालटेन रखकर सुखसागर की पोथी बाँचते।

"तो सुनते हो भगत।" पुजेरीजी कहते, "सुखदेव मुनी बोले कि हे महाराज, गोमाता के रूप में पृथ्वी की गुहार सुन, भगवान् ने कहा कि मैं तुरत ही अवतार लूँगा और अत्याचारिन को संहार करिकै दुःखी-दीन भगतजनों का उद्धार करूँगा।"

"धन्न हो, धन्न हो।" रोपन की आँखों से झर-झर आँसू गिरने लगते। उन्हें तुरंत अपने गमछे से पोंछकर वे पूछते, "ई तो म की बात है। इस कलजुग में भगवान् वितार लेंगे कि नहीं?"

पुजेरीजी चश्मे के भीतर से ही मुसकराती आँखों से भगत के ऊपर नेह की बरसा करते हुए कहते, "अरे वाह भगत, भला भगवान् के लिए द्वापर-कलजुग में क्या भेद? ऊ तो जब-जब धरम की हानि होती है, असुर लोग अत्याचार करते हैं, तभी-तभी अवतार लेते हैं। यही तो उनकी महिमा है और इसी सुखसागर में, भगत, भगवान् बह गए हैं कि कलजुग में कलंकी अवतार लूँगा।"

"अच्छा!" रोपन की आँखें आश्चर्य से चिलक उठतीं, "उस समय भगवान् जी किस भेष में अवतरेंगे, महाराजजी?"

घनस्याम उपध्या सुखसागर के रखते हुए सफे में मोर की पंख लगाकर जल्दी-जल्दी पन्ने उलटते और फिर मुसकराकर कहते, "सुनो भगत, सुखदेव मुनी बोले कि महाराज कलजुग के अंतकाल में सेंभल ग्राम के विष्णुयश ब्राह्मण के घर कलंकी अवतार होगा। श्वेत अश्व पर सवार कृष्णकाय कांतिवाले वे भगवान् हाथ में नंगी तलवार लेकर सारे अत्याचारिन को नाश करेंगे।"

"वाह महराज। तो इस बार भगवान्जी का रंग काला होगा, तब अपना जमाना आएगा। गरीबों का राज अब होकर रहेगा।" रोपन बारी अपनी काली बाँहें सहलाते-सहलाते आत्मविभोर हो जाते।

घोड़ा बड़ी तेजी के साथ दूसरे गाँव की ओर बढ़ा जा रहा था। रोपन बारी उसके पीछे-पीछे दौड़ते-दौड़ते होने लगे थे। उनका सारा शरीर पसीने से लथपथ

हो गया था, पर पता नहीं उनके पैरों में कहाँ की शक्ति आ गई थी कि वे रुकना ही नहीं चाहते थे। आज पूरे पाँच साल के बाद रोपन बारी बाबूगाँव की ओर मुड़े थे। रास्ते में आते-जाते लोग उन्हें देखकर अचंभे से खड़े हो जाते।

"रोपना पगला गया है क्या?" लोग घोड़े के पीछे रोपन को दौड़ते देख एक-दूसरे से पूछते।

"पगला तो है ही, पाँच साल से खाने बिना मर रहा है, पर कभी गाँव नहीं आता। जवान लड़की सिर पर खड़ी है और ई साला घनस्याम के यहाँ बैठकर धूनी रमाता है।"

घोड़ा बाबू भेदसिंह के दरवाजे पर जाकर रुक गया। रोपन उनकी बखरी के सामने गली के मोड पर पक्खे से सटकर खड़े हो गए। उनका हृदय दीवाल से बुरी तरह दबे रहने पर भी धक्धक् किए जा रहा था। बाबू भेदूसिंह अपनी चारपाई से उठे। उनके चेहरे पर बड़ी गर्व भरी मुसकराहट थी।

"हँस लो, हँस लो ससुर, एक पल और हँस लो।" रोपन मन-ही-मन बुदबुदाए। उनकी आँखें सवार पर केंद्रित थीं। उन्हें लग रहा था कि बस तनिक देर में चमचमाती तल पर हाथ में कौंधेगी और एक लम्हें में भेदूसिंह का सिर धड़ से अलग होकर घोड़े के पैरों के नीचे तड़फड़ाएगा।

तभी एक आदमी ने आगे बढ़कर घोड़े की बाग पकड़ ली। रोपन ने उचककर देखा, वह भेदूसिंह का चरवाहा सोबरना था।

"वाह, ई भी पुन्न किए है।" रोपन फिर बुदबुदाए, "ऐसा न होता तो भला अवतारी जानवर की बाग कैसे पकड़ लेता।"

बाबू भेदूसिंह उसी समय बखरी की ओर चले। गली की मोड़ पर पहुँचते ही उनकी नजर दीवाल से चिपके रोपन पर जा पड़ी।

"अरे वाह!" वे आश्चर्य से प्रसन्न होकर खिलखिलाए, "अरे वाह, भई आदमी हो तो ऐसा। याद किया नहीं कि हाजिर।" तभी उनकी गरदन झटके से तनी—"क्यों रे रोपना, तूने तो कसम खाई थी न कि अब मलिकार के दरवाजे पर पाँव नहीं धरेगा? फिर कैसे दुलककर चल पड़ा?" भेदूसिंह को अपने लड़के की शादी की खूब याद थी। रोपना बहू की डोली के साथ बखरी तक नहीं आया था। समाचार से भेदूसिंह तिलमिला उठे थे, "साला नया जमाना क्या आया परखना-पौनी की आँखें चढ़ गई हैं।" उन्हें अपने लड़के की मौत पर उठी चर्चाएँ भी याद आईं पर वे कुछ बोले नहीं। सोचा, अच्छा ही हुआ, साला डोली के साथ आता तो

पाँचेक रुपए न्योछावर के देने ही पड़ते। आज यह मौका पाया है। कहार या नाई किसी को बुलाता तो चार-पाँच रुपए लगते। इसे तो खाना ही खिला देंगे तो खुश हो जाएगा।

"अच्छा-अच्छा, जब अपने से आ ही गया तो दीवार से सटकर आँखें मत मुलमुलाता रह। जाकर बब्बन की अम्मा से कहकर नाश्ता-पानी का इंतजाम करवाकर जल्दी आ। यह नहीं कि वहीं जाकर बैठ रहना और यहाँ हम लोग बैठकर झख मारते रहें। इज्जत का मामला है, समझे?"

भेदूसिंह लौट गए। रोपन खूब समझ गए।

"अच्छा-अच्छा ससुर नाश्ता-पानी, सुआगत-सत्कार खूब कर लो, कोई कसर न रहे। बस, दो घड़ी के मेहमान हो, क्या बोलूँ, नहीं तो ऐसा सुनाता कि तुम्हारे सात पुश्त की नानी मर जाती, पर मरे को मारने में क्या मर्दानगी!" रोपन एक छिन वहीं खड़े होकर अपनी अंगारक आँखों से भेदूसिंह को ताकते रहे, फिर बखरी में चले गए।

कुएँ से खींचकर बाल्टी का ताजा पानी वही लाए। दरवाजे की पलंगड़ी पर तोशक खिंच गई थी। सवार अपने पैर लटकाए बैठा था। रोपन ने पैरों के नीचे थाली रख दी। काले-काले पैरों को पखारते उनकी आँखें भरभरा आईं।

"अति आनंद उमगि अनुरागा। चरन सरोज पखारन लागा।"

रोपन बारी के कानों में ठाकुरबारी की घंटियाँ टुनटनाने लगीं। उनकी आँखों से आँसू टपक पड़े, पर उन्होंने तुरंत अपने को सँभाला और हाथ पोंछने के बहाने गमछे से आँसू भी पोंछ लिये।

अब काला सवार पैर ऊपर करके तकिए के सहारे उठंग कर लेट गया था।

"अब यहाँ क्या खड़े हो, जाओ देखो, नाश्ता-पानी ले आयो और खिलाने-पिलाने का इंतजाम करो।" भेदूसिंह बड़े रोब से बोले। उनकी आवाज में ठकुराई ठसक थी, जो हर क्षण यह दिखाना चाहती थी कि सारी दुनिया हाथ जोड़े उनके हुकुम का इंतजार करती रहती है।

रोपन बेचारे बड़ी साँसत में थे। वे टकटकी बाँधे अवतारी पुरुष के चेहरे को श्रद्धा से देखे जा रहे थे। उनको इस ढंग से टकटकी बाँधे देखकर एक क्षण के लिए कलंकी भगवान् भी घबड़ा गए।

"आपका नौकर तो बड़ा सरधावान् है।" उनके मुँह से निकला—रोपन निहाल हो गए तो भगवान् ने भगत को पहचान ही लिया! वे गद्गद चित्त से चल पड़े, अब

उन्हें तनिक भी संदेह नहीं रहा कि आज कुछ अनहोनी घटकर रहेगी।

"हमारे सभी आदमी सरधावान् हैं, किसकी हिम्मत है कि नाही-नुकर करे।" चलते-चलते रोपन को भेदूसिंह की आवाज सुनाई पड़ी।

'कैसा पापी है साला।' वे मन-ही-मन सोचने लगे—'ऐसे मौके पर भी आँख नहीं खुली। पापियों का हाल ही यही होता है। भगवान् सामने रहते हैं और साले जान नहीं पाते। यही तो ईश्वर की माया है।'

दिन भर रोपन बारी सब्जी, मसाला, दही, दूध के लिए दौड़ते रहे। सारा दिन खिलाने-पिलाने, पैर दबाने में बीत गया। उन्हें किसी ने खाने के लिए भी नहीं पूछा।

शाम हो पाई।

"तो सरकार हुकुम दिया जाए!" काला सवार हाथ जोड़कर भेदूसिंह से बोला, "चार-पाँच दिन में बाबूजी आकर आपसे बात कर लेंगे। मुझे तो लड़का देखना था। सो पा गया। मुझे लड़का बहुत पसंद है।"

"लड़का तो हीरा है पुरसोतम बेटा। अब अपने ही लड़के की क्या तारीफ करूँ!" भेदूसिंह पुनः गर्वस्फीत नयनों से रोपन की ओर देखते हुए बोले, "अरे देवल के देखनहरू हैं। अब ई कहो कि देवल के साले हुए ये।" वे जोर से ताली पीटकर हँसे। काला सवार झेंप गया।

उसने घोड़े की बाग पकड़ी और उचककर चढ़ गया।

रोपन तो जैसे आसमान से गिरे। उन्हें लग रहा था कि धरती घूम रही। है। ठाकुर का मकान चक्कर खा रहा है। वे हकबकाकर चल पड़े। घोड़ा बखरी की मोड़ के पास गली में आ गया था। रोपन दुलककर उसके पीछे आए।

"अरे सुनो-सुनो," काला सवार उन्हें बुला रहा था, "यह लो भई, अपनी बख्शीश, मैं तो भूल ही गया।"

रोपन धोड़े के पास खड़े हो गए। उनकी हथेली पर अठन्नी थी। सवार ने एड़ लगा दी, पर घोड़ा रुका रहा। उसने पूँछ उठाई और लीद कर दी, फिर चल पड़ा।

रोपन ने नाक पर गमछा लगा लिया।

"धत्त, साला कलंकी अवतार। हत्तेरे की!"

तभी बखरी के दरवाजे से एक लड़का निकला। वह बाएँ हाथ में एक छड़ी पकड़े था। छड़ी उसके दोनों पैरों के बीच ठरठरा रही थी। दाहिने हाथ में एक पोटली थी।

"तुम रोपन हो न?" उसने एकदम पास आकर पूछा।

रोपन चिहुँककर उछल पड़े। वे भी नाक पर गमछा लगाए हतचेत भाव से खड़े थे।

"हाँ-हाँ, मैं ही रोपन हूँ। तुम कौन। हो भैया?" रोपन उस गोल-मटोल सुंदर लड़के को एक क्षण देखते रहे।

"मैं मुन्नू बाबू हूँ। यह लो मेरी अम्मा ने दिया है। तुम खाना नहीं खाए, है न? मेरी अम्मा ने कहा कि धीरे से रोपन को दे आओ और देखो, दादा न देखने पाएँ। लो भई, मैं तो चला। आज हमारा घोड़ा बीमार है।"

"घोड़ा?" रोपन फिर चौंके।

लड़के ने छड़ी की ओर इशारा किया "आज यह एकदम नहीं दौड़ा। हमारा दादा बहुत बुरा आदमी है। कहता था कि चाचा के देखनहर आए हैं। तुम शरारत मत करो। मैं दिन भर घर में रहा।"

रोपन ने लड़के को गोद में ले लिया तो यह विधवा बहूरानी का बेटा। है! उन्होंने सोचा और जाने क्यों उनकी आँखों से झर-झर आँसू गिरने लगे।

"अरे, तुम दादा के डर से रोते हो?" लड़का तिनककर बोला, "ओ तुम्हारा कुछ नहीं कर सकता, तुम खाना ले जाओ?"

"और कुछ करें तो?" रोपन मुसकराए।

"वह क्या कर सकता है! मैं घोड़े-घोड़े पीटकर उसे ठीक कर दूँगा। हम लोग उससे अलग रहेंगे। वह मेरी अम्मा को भी सताता है। मैं साले को एकदम से ठीक करूँगा।" लड़के ने पोटली रोपन के हाथ में थमा दी और अपने काठ के घोड़े पर चढ़ गली में फुर्र से भागा।

अबकी रोपन काठ के घोड़े के पीछे दौड़ पड़े।

□

कर्मनाशा की हार

काले साँप का काटा आदमी बच सकता है, हालाहल जहर पीनेवाले की मौत रुक सकती है, किंतु जिस पौधे को एक बार कर्मनाशा का पानी छू ले, वह फिर हरा नहीं हो सकता। कर्मनाशा के बारे में किनारे के लोगों में एक और विश्वास प्रचलित था कि यदि एक बार नदी बढ़ पाए तो बिना मानुस की बलि लिये लौटती नहीं, हालाँकि थोड़ी ऊँचाई पर बसे हुए नईडीह वालों को इसका कोई खौफ न था; इसी से बाढ़ के दिनों में, गेरू की तरह फैले हुए अपार जल को देखकर खुशियाँ मनाते दो-चार दिन की यह बाढ़ उनके लिए तब्दीली बनकर आती, मुखियाजी के द्वार पर लोग-बाग इकट्ठे होते और कजली सावनी की ताल पर ढोलके ठनकने लगतीं। गाँव के दुधमुँहे तक 'ई बाढ़ी नदिया जिया ले के माने' का गीत गाते, क्योंकि बाढ़ उनके किसी आदमी का जिया नहीं लेती थी, किंतु पिछले साल अचानक जब नदी का पानी समुद्र के ज्वार की तरह उमड़ता हुआ, नईडीह से जा टकराया तो ढोलकें बह चलीं, गीत की कड़ियाँ मुरझाकर होंठों में पपड़ी की तरह छा गईं, सोखा ने जान के बदले जान देकर पूजा की, पाँच बकरों की औरी भेंट हुई, किंतु बढ़ी नदी का हौसला कम न हुआ। एक अंधी लड़की, एक अपाहिज बुढ़िया बाढ़ की भेंट रहीं। नईडीह बाले कर्मनाशा के इस उग्र रूप से काँप उठे, बूढ़ी औरतों ने कुछ सुराग मिलाया। पूजा-पाठ कराकर लोगों ने पाप-शांति की।

एक बाढ़ बीती, बरस बीता। पिछले घाव सूखे न थे कि भादों के दिनों में फिर पानी उमड़ा। बादलों की छाँव में सोया गाँव भोर की किरण देखकर उठा तो सारा सिवान रक्त की लाल पानी से घिरा था। नईडीह के वातावरण में हौलदिली छा गई। गाँव ऊँचे अरार पर बसा था, जिसपर नदी की धारा अनवरत टक्कर मार रही थी, बड़े-बड़े पेड़ जड़-मूल के साथ उलटकर नदी के पेट में समा रहे थे, यह बाढ़ न थी, प्रलय का संदेश था, नईडीह के लोग चूहेदानी में फँसे चूहे की तरह भय से

दौड़-धूप कर रहे थे, सबके चेहरे पर मुर्दनी छा गई थी।

'कल दीनापुर में कड़ाह चढ़ा था पांडेजी,' ईसुर भगत हकलाते हुए बोला। कुएँ की जगत से बाल्टी का पानी लिये जगेसर पांडे उतर रहे थे। घबराकर बाल्टी सहित ऊपर से कूद पड़े।

'क्या कह रहे थे भगत, कड़ाह चढ़ा था, क्या कहा सोखा ने?' चौराहे पर छोटी सी भीड़ इकट्ठी हो गई। भगत अपने शब्दों को चुभलाते हुए बोले, 'काशीनाथ की सरन, भाई लोगों, सोखा ने कहा कि इतना पानी गिरेगा कि तीन घड़े भर जाएँगे, आदमी-मवेशी की छय होगी, चारों ओर हाहाकार मच जाएगा, परलय होगी।'

'परलय न होगी, तब क्या बरक्कत होगी? हे भगवान्, जिस गाँव में ऐसा पाप करम होगा, वह बहेगा नहीं, तब क्या बचेगा?' माथे के लुग्गे को ठीक करती हुई धनेसरा चाची बोली, 'मैं तो कहूँ कि फुलमतिया ऐसी चुप काहे है। राम रे राम, कुतिया ने पाप किया, गाँव के सिर बीता। उसकी माई कैसी सतवंती बनती थी। आग लाने गई तो घर में जाने नहीं दिया, मैं तो तभी छनगी कि हो न हो दाल में कुछ काला है। आग लगे ऐसी कोख में। तीन दिन की बिटिया और पेट में ऐसी घनघोर दाढ़ी!'

'कुछ साफ भी कहोगी भौजी,' बीच में जगेसर पांडे बोले, 'क्या हुआ आखिर?'

'हुआ क्या, फुलमतिया राँड़ मेमना लेके बैठी है। विधवा लड़की बेटा बियाकर सुहागिन बनी है।'

'ऐं कब हुआ?' सबकी आँखों में उत्सुकता के फफोले उभर आए। आगत भय से सबकी साँसें टँगी रह गईं, तभी मिर्च की तरह तीखी आवाज में चाची बोलीं, 'कोई आज की बात है? तीन दिन से सौरी में बैठी है डाइन। पाप को छाती से चिपकाए है, यह भी न हुआ कि गरदन मरोड़कर गड़हे-गुच्ची में डाल दे।'

लोगों को परलय की सूचना देकर, हवा में उड़ते हुए आँचल को बरजोरी बस में करती चाची दूसरे चौराहे की ओर बढ़ चलीं, गाँव का सारा आतंक, भय, पाप उनके पीछे कुत्ते की तरह दुम दबाए चले जा रहे थे। सबकी आँखों में नईडीह का भविष्य था, रक्त की तरह लाल पानी में चूहे की तरह ऊभ-चूभ करते हुए लोग चिल्ला रहे थे, मौत का ऐसा भयंकर स्वप्न भी शायद ही किसी ने देखा था।

2

भैरों पांडे बैसाखी के सहारे अपनी बखरी के दरवाजे में खड़े बाढ़ के पानी का जोर देख रहे थे, अपार जल में बहते हुए साँप-बिच्छू चले जा रहे थे। मरे हुए जानवर की पीठ पर बैठा कौवा लहर के धक्के से बिछल जाता, भीगे चूहे पानी से बाहर निकलते तो चील झपट पड़ते। विचित्र दृश्य है—पांडे न जाने क्यों बुदबुदाए, फिर मिट्टी की बनी पुरानी बखरी की ओर देखा। पांडे के दादा देस-दिहात के नामी-गिरामी पंडित थे, उनका ऐसा अकबाल था कि कोई किसी को कभी सताने की हिम्मत नहीं करता था। उनकी बनवाई है यह बखरी। भाग की लेख कौन टारे। दो पुश्त के अंदर ही सभी कुछ खो गया, मुट्ठी में बंद जुगनू हाथ के बाहर निकल गया और किसी ने जाना भी नहीं। आज से सोलह साल पहले माँ-बाप एक नन्हा लड़का हाथ में सौंपकर चले गए, पैर से पंगु भैरों पांडे अपने दो बरस के छोटे भाई को कंधे से चिपकाए असहाय, निरवलंब खड़े रह गए—धन के नाम पर बाप का कर्ज मिला, काम-धाम के लिए दुधमुँहे भाई की देख-रेख, रहने के लिए बखरी; जिसे पिछली बाढ़ के धक्के ने एकदम जर्जर कर दिया है।

'अब यह भी न बचेगी'—पांडे के मुँह से भवितव्य फूट रहा था, जिसकी भयंकरता पर उन्होंने जरा भी खयाल करना जरूरी नहीं समझा। दरारों से भरी दीवालें उनके खुरदरे हाथों के स्पर्श से पिघल गईं, वर्षा का पानी पसीजकर हाथों में आँसू की तरह चिपक गया।

सनसनाती हवा गाँव के इस छोर से उस छोर तक चक्कर लगा रही थी। विधवा फुलमतिया को बेटा हुआ है, बेटा—कुतिया के पाप से गाँव तबाह हो रहा है, राम राम···ऐसा पाप···भैरों पांडे के कानों में आवाज के स्पर्श से ही भयंकर पीड़ा पैदा हो गई। बैसाखी उनके शरीर के भार को सँभाल न सकी और वे धम्म से चौखट पर बैठ गए। बाजू के धक्के से कुहनी छिल गई, चिनचिनाती कुहनी का दर्द उनके रोएँ-रोएँ में बिंध रहा था और पांडे इस पीड़ा को होंठों के बीच दबाने का प्रयत्न कर रहे थे।

'सबकुछ गया,' वे बुदबुदाए। कर्मनाशा की बाढ़ उनकी इस जर्जर बखरी को हड़पने नहीं, उनके पितामह की उस अमूल्य प्रतिष्ठा को हड़पने आई है, जिसे अपनी इस विपन्न अवस्था में भी पांडे ने धरती पर नहीं रखा। दुलार से पली वह प्रतिष्ठा सदा उनके कंधे पर चढ़ी रही। 'मैं जानता था कि यह छोकरा इस खानदान का नाश करने आया है'—पांडे की आँखों में उनके छोटे भाई की तसवीर नाच

उठी। अठारह वर्ष का छरहरा पानीदार कुलदीप, जिसकी आँखों में भैरों को माँ की छाया तैरती नजर आती, उसके काले काकुल को देखकर मुखियाजी कहते कि इसपर भी पांडे की दादा की लौछार पड़ी है। पांडे हो-होकर हँस पड़ते। 'जा रे कुलदीप, बरामदे में बैठकर पढ़' भैरों पांडे मन में बुदबुदाते, 'तेरी आँख में सौ कुंड बालू, हरामी कहीं का, लड़के पर नजर गड़ाता है, कुछ भी हुआ इसे तो भगवान् कसम तेरा गला घोंट दूँगा, बड़ा आया मुखियाजी', फिर जरा बढ़के बोलते, 'क्या लौछार पड़ेगी मुखियाजी, दादा के पास तो पाँच पछाहीं गाएँ थीं, एक-से-एक, दो थान दूह लें तो पंचसेरी बाल्टी भर जाती थी। यहाँ तो इस लौंडे को दूध पचता ही नहीं, फिर साल-बारह महीने हमेशा मिलता भी कहाँ है हम गरीबों को?'

'अब वह पुराने जमाने की बात कहाँ रही पांडेजी,' मुखिया कहता और अपने संकेतों से शब्दों में मिर्चे की तिताई भरकर चला जाता। काले-काले काकुलों वाला नवजवान कुलदीप उसे फूटी आँखों नहीं सुहाता, किंतु भैरों पांडे के डर से वह कुछ कह न पाता।

भैरों पांडे दिन भर बरामदे में बैठकर रुई से बिनौले निकालते। तमते, सूत तैयार करते और अपनी तकली नचा-नचाकर जनेऊ बनाते, जजमानी चलाते, पत्रा देख देते, सत्यनारायण की कथा बाँच देते और इससे जो कुछ मिलता, कुलदीप की पढ़ाई और उसके कपड़े-लत्ते आदि में खर्च हो जाता।

यह सबकुछ मर-मरकर किया और इसी दिन को पांडे की आँखों में प्यास छा गई, लड़के ने उन्हें किसी ओर का नहीं रखा। आज यहाँ आफत मची है, अपने पता नहीं कहाँ भागकर छिपा है।

'राम जाने कैसे हो,' सूखी आँखों में दो बूँदें गिर पड़ीं, 'अपने से तो कौर भी नहीं उठा पाता था, भूखा बैठा होगा कहीं, बैठे-मरे, हम क्या करें!' पांडे ने बैसाखी उठाई। बगल की चारपाई तक गए और धम्म से बैठ गए। दोनों हाथों में मुँह छिपा लिया और चुप लेटे रहे।

3

पूरबी आकाश पर सूरज दो लठे ऊपर चढ़ पाया था। काले-काले बादलों की दौड़-धूप जारी थी, कभी-कभी हलकी हवा के साथ बूँदें बिखर जाती। दूर किनारों पर बाढ़ के पानी की टकराहट हवा में गूँज उठती। भैरों पांडे उसी तरह चारपाई पर लेटे आँगन की ओर देख रहे थे। बीचोबीच आँगन के तुलसी-चौरा था, जो बरसात

के पानी से कटकर खुरदरा हो गया था। पुराने पौधे के नीचे कई मुलायम मरकती पत्तियों वाले छोटे-छोटे पौधे लहराने लगे थे। वर्षा की बूँदें···पौधे की सख्त पत्तियों पर टकराकर बिखर जाती, टूटी हुई बूँदों की फुहार धीरे से मासूम पौधों पर फिसल जातीं, कितने आनंद-मग्न थे वे मासूम पौधे। पांडे की आँखों के सामने कातिक की वह शाम भी नाच उठी। दो बरस पहले की बात होगी। शाम के समय जब वे बरामदे में लेटे थे, फुलमत आई अपनी बाल्टी माँगने, सुबह भैरों पांडे ले आए थे किसी काम से।

'कुलदीप, जरा भीतर से बाल्टी दे देना,' कहा था पांडे ने। सफेद साड़ी में लिपटी-लिपटाई गुड़िया की तरह फूलमत आँगन में इसी चौरे के पास आकर खड़ी हो गई थी और बाल्टी उठाने के लिए जब कुलदीप झुका था तो फुलमत भी अपने दोनों हाथों से आँचल का खूट पकड़कर तुलसीजी की वंदना करने के लिए झुकी थी। कुलदीप के झटके से उठने पर वह उसकी पीठ से टकरा गई थी अचानक, तब न जाने क्यों दोनों मुसकरा उठे थे। भैंरो पांडे क्रोध से तिलमिला गए थे। वे गुस्से के मारे चारपाई से उठे तो देखा कि कुलदीप बाल्टी लिये खड़ा था और फुलमत तुलसी-चौरे पर सिर रखकर प्रार्थना कर रही थी। न जाने क्यों पांडे आँखें की भर आईं। बरसात के दिनों के बाद इस खुरदरे चौरे को उनकी माँ पीली मिट्टी के लेपन से सँवार देतीं, फिर श्वेत बलुई माटी से पोतकर सफेद कर देतीं। शाम को सूखे हुए चबूतरे पर घी के दीपक जलाकर माथा टेककर वे लड़कों के मंगल के लिए विनय करतीं, तब वे भी ऐसे ही झुककर आशीर्वाद माँगतीं और पांडे बगल में चुपचाप खड़े दीयों का जलना देखा करते थे।

पांडे को सामने खड़ा देख कुलदीप हड़बड़ाया और फुलमत बाल्टी लेकर चुपचाप बाहर चली गई। पांडे के चेहरे पर एक विचित्र भाव था, जिसे सँभाल सकने की ताकत उन दोनों के मन में न थी और दोनों ही भय की कंपन लिये इधर-उधर भाग खड़े हुए।

बहुत दिनों तक पांडे के चेहरे पर अवसाद का यह भाव बना रहा। कुलदीप डर के मारे उनकी ओर देख नहीं पाता, न तो पहले जैसी जिद कर सकने की हिम्मत होती, न तो हँसी के कलरव से घर के कोने-कोने को गुंजान बनाने का साहस। पांडे ने अपने दिल को समझाया, इसे लड़कों का क्षणिक खिलवाड़ समझा। सोचा, धरती की छाती बड़ी कड़ी है। ठेस लगते ही सारी गुलाबी पँखुरियाँ बिखर जाएँगी, दोनों को दुनिया का भाव-ताव मालूम हो जाएगा।

पांडे के रुख से फुलमत भी सशंक हो गई थी, वह इधर कम आती। कुलदीप के उठने-बैठने, पढ़ने-लिखने पर पांडे की कड़ी नजर थी। वह पुस्तक खोलकर बैठता तो दीये की टेम में श्वेत वस्त्रों में लिपटी फुलमत खड़ी हो जाती, पुस्तक के पन्ने खुले रह जाते और वह एकटक दीये की लौ की ओर देखता रह जाता। पांडे को उसकी यह दशा देखकर बड़ा क्रोध आता, पर कुछ कहते नहीं।

'कुलदीप!' एक बार टोक भी दिया था—'क्या देखते रहते हो इस तरह, तबीयत तो ठीक है न!'

'जी,' इतना ही कहा था कुलदीप ने और फिर पढ़ने लग गया था। दीये की टेम कुलदीप के चेहरे पर पड़ रही थी, जिसके पीछे घने अंधकार में लेटे पांडे क्रोध, मोह और न जाने कितने प्रकार के भावों के चक्कर में झूल रहे थे। उन्हें फुलमत पर बेहद गुस्सा आता। टीमल मल्लाह की यह विधवा लड़की मेरा घर चौपट करने पर क्यों लगी है। पता नहीं कहाँ से बह-दहकर यहाँ आकर बस गए। कुलच्छनी, अब क्या चाहती है, बाप मरा, पति मरा, अब न जाने क्या करेगी! जाने कौन सा मंत्र पढ़ा दिया। यह कबूतर की तरह मुँह फुलाए बैठा रहता है। न पढ़ता है, न लिखता है। हँसना, खेलना, खाना, सब भूल गया। पांडे चारपाई से उतरकर इधर-उधर चक्कर लगाते रहे, पर कुछ निर्णय न कर सके।

समय बीतता गया। कुलदीप भी खुश नजर आता। हँसता-खेलता। पांडे की छाती से चिंता का भारी पत्थर खिसक गया। एक बार फिर उनके चेहरे पर हँसी की आभा लोटने लगी। रुई-सूत का काम फिर शुरू हुआ। गाँव के दो-चार उठल्ले-निठल्ले पाकर बैठ जाते, दिन गपास्टक में बीत जाता। सुरती मल-मल ताल ठोंकते और पिच से थूककर किसी को गाली देते या निंदा करते। इन सब चीजों से वास्ता न रखते हुए भी पांडे सुनते जाते। उनका मन तो चक्कर खाती तकली के साथ ही घूमता रहता, हूँ-हाँ करते जाते और निठल्लों की बातों में सन्नाटे को किसी तरह झेल ले जाते।

पांडे उसी चारपाई पर लेटे थे। अंतर इतना ही था कि दिन थोड़ा और ऊपर चढ़ आया था। लहरों की टकराहट थोड़ी और तेज हो गई थी, रक्त की तरह खौलता हुआ लाल पानी गाँव के थोड़ा और निकट आ गया था। उनकी नसें किसी तीव्र व्यथा से जल रही थीं। 'पांडे के वंश में कभी ऐसा नहीं हुआ था'—वे फुसफुसाए। बगल की दीवार में ताखे पर रामायण का गुटका रखा था; उन्होंने उठाया, एक जगह लाल निशान लगा था। पिछले दिनों कुलदीप रात में रामायण पढ़ा करता था, जब

से वह गया है, आज तक गुटका खुला नहीं। पांडे के हाथ काँपे, गुटका उलटकर उनकी छाती पर गिर पड़ा। उठाकर खोला, वही लाल निशान—

कह सीता भा विधि प्रतिकूला।
मिलइ न पावक मिटइ न सूला॥
सुनहु विनय मम विटप असोका।
सत्य नाम करु हरु मम सोका॥

पांडे की आँखें भरभरा पाईं। झरझर आँसू गिरने लगे। हिचकी लेकर वे टूट पड़े। 'यह चुड़ैल मेरा घर खा गई'—शब्द फूटे, किंतु भीतर घुमड़कर रह गए। 'गाली देने से ही क्या होगा अब, इतने तक रहता तो कोई बात थी, आज उसे बच्चा हुआ है, कहीं कह दे कि लड़का कुलदीप का है तो···नहीं, नहीं, ऐसा नहीं हो सकता।' पांडे बड़बड़ाए, उन्होंने अपने बालों को मुट्ठियों से कसकर खींचा, जैसे इनकी जड़ में पीड़ा जम गई है, खींचने से थोड़ी राहत मिलेगी। वे उठना चाहते थे, किंतु उठ न सके। आँखों के सामने चिनगारियाँ टूटने लगीं। उन्हें आज मालूम हुआ कि वे इतने कमजोर हो गए हैं। कुलदीप के जाने के बाद से आज तक उनका जीवन अव्यवस्था की एक कहानी बनकर रह गया है। चार-पाँच महीने से कुलदीप भागा है, पहले कई दिनों तक वे जरूर बहुत बेचैन थे, किंतु समय ने उस दुःख को भुलाने में मदद की थी। आज फिर कुलदीप उनकी आँखों के समने पाकर खड़ा हो गया। बीती घटनाएँ एक-एक कर आँखों के सामने नाचने लगीं।

फागुन का प्रारंभ था। मुखियाजी की लड़की की शादी थी। गाँव भर में खुशी छाई रहती, जैसे सबके घर शादी होनेवाली हो। शादी के दिन तो गाँववालों में बनने-सँवरने की होड़ लग गई। सब लोग पट्टी कटा रहे थे, शौकीनों की पट्टी चार-चार अंगुल चौड़ी, छूरे से बनी थी। कुएँ की जगत पर दोपहर के दो घंटे पहले से भीड़ लगी थी और अब दो बजने को आए, साबुन लग रही थी, पैरों में जमी मैल सिकड़े से रगड़-रगड़कर छुड़ाई जा रही थी।

बारात आई। द्वार-पूजा की शोभा का क्या कहना? बनारस की रंडी नाचने आई थीं। छल-छबीलों की भीड़ जम गई थी। शाम को महफिल जमी। मुखियाजी का दरवाजा आदमियों से खचाखच भरा था। एक ओर गली में सिमटकर औरतें बैठी हुई थीं। गाँव में लड़कियाँ, बूढ़ियाँ और कुछ मनचली बहुएँ। बाईजी आईं। अपना ताम-जाम फैलाकर बैठ गईं। सारंगी लेकर बूढ़े मियाँ ने किन-किन किया, बाईजी ने आलाप के बाद एक गीत गाया।

महफिल से बहुत दूर, गाँव के छोर पर आमों के पेड़ों पर फागुन के पीले चाँद की छाया फैली थी। जिसके नीचे चितकबरे के चाम की तरह फैली चाँदनी में एक प्रश्न उठा; 'मुखियाजी की महफिल में पतुरिया ने जो गीत गाया था, कितना सही था।'

'कौन-सा गीत?'

'ये दोनों नैना बड़े बेदरदी···'

'धत्!'

'उस दिन मैं बड़ी देर तक इंतजार करता रहा।'

'मेरी माँ के सिर में दर्द था।'

'कौन है?' जोर की आवाज गूँज उठी थी।

पास की गली में एक छाया खो गई थी।

'कौन है?' फिर आवाज आई थी।

'मैं हूँ कुलदीप।'

'यहाँ क्या कर रहे हो?'

'नदी की ओर चला गया था।'

'इस समय?'

'पेट में दर्द था।'

क्रोध की हालत में भी भैरों पांडे मुसकरा उठे थे—झूठे, पेट में दर्द था कि आँख में! कुलदीप का सिर लज्जा से झुक गया था। उसे लगा, जैसे एक क्षण का यह भयप्रद जीवन उसकी आत्मा पर सदा के लिए छा जाएगा। एक क्षण के लिए बोला हुआ यह झूठ उसके सारे जीवन को झूठा साबित कर देगा। एक क्षण के लिए झुका यह माथा फिर कभी न उठ सकेगा। वह झूठ के इस परदे को फाड़ डालना चाहता था, किंतु···'कुलदीप!' भैरों पांडे ने आहिस्ते-आहिस्ते कहा, 'तुम गलत रास्ते पर पाँव रख रहे हो बेटा, तुमने कभी अपने बाप-दादों की इज्जत के बारे में भी सोचा है? बड़े पुण्य के बाद इस घर में जन्म मिला है भाई, इसे भी मत भूलना कि अच्छे घर में जन्म लेने से कोई बहुत बड़ा नहीं हो जाता, किंतु इस अवसर को गलत कहकर नीचे गिरने से बड़ा पाप और कोई नहीं है।' कुलदीप को लगा कि तीखे काँटों वाली कोई जीवित मछली उसके गले में फँस गई है, गरदन को चीरती हुई यदि वह निकल जाए तो भी गनीमत किंतु यह असह्य पीड़ा तो नहीं सही जाती और न जाने क्यों वह हिचकियों में फूट-फूटकर रो उठा था। भाई के मन को पीड़ा

की कल्पना भी उसके नए कष्ट कर थी, किंतु उसकी आत्मा अपने संपूर्ण भाव से जिस वस्तु को वरेण्य समझती है, उसे वह एकदम ही व्यर्थ कैसे कह दे! जिस छाया में न जाने क्यों उसे एक अजाने आनंद का अनुभव होता है, उसे कालिख कह सकता उसके वश की बात नहीं थी और इस कष्ट के भार को उसकी आँखें सँभाल न सकीं। भैरो पांडे भी भाई से लिपट गए थे। उसकी पीठ सहला रहे थे और उसे बार-बार चुप हो जाने को कह रहे थे, 'यदि कोई देख ले तो,' उनके मन में आया और वे कुलदीप को जल्दी-जल्दी खींचते हुए एक ओर चले गए।

आँसुओं में जो पश्चात्ताप उमड़ता है, वह दिल की कलौंज को माँज डालता है। पांडे ने सोचा था कि कुलदीप अब ठीक रास्ते पर आ जाएगा। उनके वंश की मर्यादा अपमान के तराजू पर चढ़ने से बच जाएगी, भूखों रहकर भी पांडे ने इज्जत के जिस बिरवे को खून से सींचकर तरोताजा रखा है, उसपर किसी के व्यंग्य-कुठार नहीं चलेंगे, किंतु एक महीना भी नहीं बीता कि कुलदीप फिर उसी रास्ते पर चल पड़ा। छोटे भाई के इस कार्य को छिपकर देखने की पापाग्नि में भैरों पांडे अपनी आत्मा को जलते हुए देखते, किंतु वे विवश थे।

चैत के दिनों में गरमी से जली-तपी कर्मनाशा किनारे के नीचे सिमट गई थी। नदी के पेट में दूर तक फैले हुए लाल बालू का मैदान, चाँदनी में सीपियों के चमकते हुए टुकड़े, सामने के ऊँचे अरार पर घन-पलास के पेड़ों की आरक्त पाँतें, बीच में घुग्घू, चाहों और जलविहार करनेवाले पक्षियों का स्वर··· कगार से नदी तीर तक बने हुए छोटे-बड़े पैरों के निशानों की दो पंक्तियाँ··· सिर्फ दो।

'तुम मुझे मझधार में लाकर छोड़ तो नहीं दोगे?' घुटन और शंका में खोए हुए धीमे स्वर। श्यामा की चीरती दर्द भरी आवाज।

एक चुप्पी, फिर हकलाती आवाज, 'मैं अपना प्राण दे सकता हूँ, किंतु··· तुमको··· कभी नहीं··· ?'

चाँदनी की झीनी परतें सघन होती जा रही थीं, सुनसान किनारे पर भटकी हवा की सनसनाहट में आवाजों का अर्थ खो जाता, कभी हलके हास्य की नरम ध्वनि, कभी आक्रोश के बुलबुले, कभी उल्लास तरंग, कभी सिसकियों की सरसराहट···

भैरों पांडे एक बार चाँदनी के इस पवित्र आलोक में अपनी क्रूरता और निर्ममता पर विचार करने के लिए रुक गए तो क्या आज तक का उनका सारा प्रयत्न निष्फल था? क्या वे असाध्य को संभव बनाने का ही प्रयत्न करते रहे? एक क्षण के लिए भैरों पांडे ने सोचा—काश! फुलमत अपनी ही जाति की होती, कितना

अच्छा होता कि वह विधवा न होती··· तुलसी चौरे की बंदना पांडे के मस्तिष्क में चंदन की सुगंध की तरह छा गई। उसका रूप, चाल-चलन, संकोच सबकुछ किसी को भी शोभा देने लायक था। एक क्षण के लिए उनकी आँखों के सामने सफेद साड़ी में लिपटी फुलमत की पतली-दुबली काया हाथ जोड़कर खड़ी हो गई, जैसे वह आँचल फैलाकर आशीर्वाद माँग रही हो। भैरों पांडे बिजड़ित खड़े थे, विमूढ़।

'यह असंभव है,' पांडे ने बैसाखी सँभाली और नीचे की ओर लपके। 'कुलदीप!' बड़ी कर्कश आवाज थी पांडे की।

दोनों सिर झुकाए सामने खड़े थे, आज पहली बार पाप की साक्षी में दोनों समवेत दिखाई पड़े थे। पांडे फिर एक क्षण के लिए चुप हो गए।

'मैं पूछता हूँ, यह सब क्या है?' पांडे चिल्लाए, 'इतने निर्लज्ज हो तुम दोनों!' पांडे बढ़कर सामने आए, फुलमत की ओर मुँह फेरकर बोले, 'तू इसकी जिंदगी क्यों बिगाड़ना चाहती है? क्या तू नहीं जानती कि तू जो चाहती है, वह स्वप्न में भी नहीं हो सकता, कभी नहीं, कभी नहीं।'

फुलमत चुप थी, पांडे दूने क्रोध से बोले, 'चुप क्यों है चुड़ैल, बोलती क्यों नहीं?'

'मैं क्यों इनकी जिंदगी बिगाड़ूँगी दादा!' वह सहसा एकदम निचुड़ गई, 'मैंने तो इन्हें कई बार मना किया।'

'कुलदीप!' पांडे दहाड़े, 'सीधे रास्ते पर आ जाओ, अच्छा होगा। तुमने भैरों का प्यार देखा है, क्रोध नहीं; जिन हाथों से मैंने पाल-पोसकर बड़ा किया है, उसी से तुम्हारा गला घोंटते मुझे देर न लगेगी।'

'दादा,' कुलदीप हकलाया, 'हम दोनों···'

'पापी, नीच···' भैरों पांडे के हाथ की पाँचों अंगुलियाँ कुलदीप के चेहरे पर उभर आईं, 'मैं सोचता था, तू ठीक हो जाएगा,' पांडे क्रोध से काँप रहे थे, 'लेकिन नहीं, तू मेरी हत्या करने पर तुल ही गया है?' वे फुलमत की ओर घूमकर चिल्लाए, 'क्या खड़ी है डायन! भाग, नहीं तो तेरा गला घोंटकर इसी पानी में फेंक दूँगा।'

अंधड़ को पीते हुए तृषित साँप जैसा स्वर—'यह सब मैंने किया था।' पांडे चारपाई पर घायल साँप की तरह तड़फड़ाते हुए बुदबुदाए। उनकी छाती से सरककर रामायण की गुटका जमीन पर गिर पड़ी और उस पवित्र आराध्य वस्तु को उठाने का उन्हें ध्यान न रहा। कुलदीप दूसरे ही दिन लापता हो गया। पांडे अपनी बैसाखी के सहारे दिन भर गाँव-गिराँव की खाक छानते फिरे। तीन दिन तीन रात बिना अन्न-

जल के वे पागल की तरह कुलदीप को ढूँढ़ते फिरे, किंतु वह नहीं मिला। थककर, हारकर पांडे वापस आ गए। बाप-दादों की इज्जत की प्रतीक इतनी लंबी विशाल बखरी, जिसकी दीवाल मुँह दबाए शांत, पुजारी के तप की तरह अडिग खड़ी थीं, किंतु कितनी सुनसान, डरावनी, निष्प्राण पिंजर की तरह लगती थी यह बखरी। चौखट पर पैर रखने हुए पांडे की आत्मा कराह उठी, 'चला गया!' बैसाखी रखकर पांडे आँगन के कोने में बैठ गए—'अब वह कभी नहीं लौटेगा।'

रात में उन्हें बड़ी देर तक नींद नहीं पाई। कुलदीप को बचपन से लेकर आज तक उन्होंने कभी अपनी आँख की ओट नहीं होने दिया। छुटपन से लेकर आज तक खिलाया, पिलाया, पाला-पोसा और आज लड़का दगा देकर निकल गया। पांडे अधरों की मेंड़ के पीछे बिथा के सैलाब को रोकने का असफल प्रयत्न करते रहे।

4

भोर होने में देर थी, उनींदी आँख करुआ रही थीं, किंतु मन की जलन के आगे उस दर्द का क्या मोल! पांडे उठकर टहलने लगे। सामने की बँसवार के भीतर से पूरबी क्षितिज पर ललछौंहा उजास फूटने लगा था। गली को मोड़ के कच्चे मकान के भीतर से जाँत के घर्र-घर्र गूँज रही थी। एक घुमड़ता गरगराहट का स्वर, जिसके पीछे जाँत पाली के कंठ की व्यथा की एक सुरीली तान टूट-टूटकर कौंध उठती थी।

मोहे जोगिनी बनाके कहाँ गइले रे जोगिया।

पांडे एक क्षण अवाक् होकर इस दर्दीले गीत को सुनते रहे। पियासे, भूले-भटके, थके हुए स्वर, पांडे की आत्मा में जैसे समान वेदना को पहचानकर उतरते चले जा रहे हों।

'अब रोने चली है चुड़ैल,' पांडे पगाल की तरह बड़बड़ाते रहे— 'रो-रोकर मर, मैं क्या करूँ!'

बाढ़ के लाल पानी में सूरज डूब रहा था, पांडे बैसाखी के सहारे पाकर दरवाजे पर खड़े हुए, नदी की ओर आदमियों की भीड़ खड़ी थी। वे धीरे-धीरे उधर ही बढ़े। सामने तीन-चार लड़के अरहर की खूटियाँ गाड़कर पानी का बढ़ाव नाप रहे थे।

'क्या कर रहा है रे छबीला?' पांडे बलात् चेहरे पर मुसकराहट का भाव लाकर बोले।

'देखता नहीं लँगड़ा, बाढ़ रोक रहे हैं।'

पांडे मुसकराए, जैसा बाप वैसा बेटा। तेरा बाप भी खूटियाँ गाड़कर कर्मनाशा की बाढ़ रोकना चाहता है।'

'वह भीड़ कैसी है रे छबीले?'

'नहीं जानते, फुलमत को नदी में फेंक रहे हैं, उसके बच्चे को भी, उसने पाप किया है,' छबीला फिर गंभीर खड़े पांडे से सटकर बोला, 'क्यों पांडे चाचा, जान लेकर बाढ़ उतर जाती है न?'

'हाँ, हाँ,' पांडे आगे बढ़े। बोतल की टीप खुल गई थी। पांडे के मन में भयानक प्रेत खड़ा हो गया। 'चलो, न रहेगी बाँस, न बाजेगी बाँसुरी। हुँ, चली थी पांडे के वंश में कालिख पोतने। अच्छा ही हुआ कि वह छोकरा भी आज नहीं है।'

फुलमत अपने बच्चे को छाती से चिपकाए टूटते हुए अरार पर एक नीम के तने से सटकर खड़ी थी। उसकी बूढ़ी माँ जार-बेजार रो रही थी, किंतु आज जैसे मनुष्य ने पसीजना छोड़ दिया था, अपने-अपने प्राणों का मोह इन्हें पशु से भी नीचे उतार चुका था, कोई इस अन्याय के विरुद्ध बोलने की हिम्मत नहीं करता था। कर्मनाशा को प्राणों की बलि चाहिए। बिना प्राणों की बलि लिये बाढ़ नहीं उतरेगी, फिर उसी की बलि क्यों न दी जाए, जिसने पाप किया। पर साल जाने के बदले जान गईं, पर कर्मनाशा दो बलि लेकर ही मानी। त्रिशंकु के पाप की लहरें किनारों पर साँप की तरह फुफकार रही थीं। आज मुखिया का विरोध करने का किसी में साहस न था। उसके नीचता के कार्यों का ऐसा समर्थन कभी न हुआ। 'पता नहीं किस बैर का बदला ले रहा है बेचारी से।' भीड़ में कई इस तरह सोचते, ऐसा तो कभी नहीं हुआ था, किंतु कौन बोले, सब मुँह सिये खाए थे।

'तुम्हारी क्या राय है भैरों पांडे?' मुखिया बोला, 'सारे गाँव ने फैसला कर दिया—एक के पाप के लिए सारे गाँव को मौत के मुँह में नहीं झोंक सकते। जिसने पाप किया है, उसका दंड भी वही भोगे।'

एक वीभत्स सन्नाटा। पांडे ने आकाश की ओर देखा, आगे बढ़े, फुलमत भय से चिल्ला उठी। पांडे ने बच्चे को उसकी गोद से छीन लिया। 'मेरी राय पूछते हो मुखियाजी? तो सुनो, कर्मनाशा की बाढ़ दुधमुँहें बच्चे और एक अबला की बलि देने से नहीं रुकेगी, उसके लिए तुम्हें पसीना बहाकर बाँधों को ठीक करना होगा। कुलदीप कायर हो सकता है, वह अपने बहू-बच्चे को छोड़कर भाग सकता है, किंतु मैं कायर नहीं हूँ; मेरे जीते-जी बच्चे और उसकी माँ का कोई बाल भी बाँका नहीं कर सकता, समझे!'

'तो यह है बूढ़े पांडेजी की बहू!' मुखिया व्यंग्य से बोला, 'पाप का फल तो भोगना ही होगा पांडेजी, समाज का दंड तो झेलना ही होगा।'

'जरूर भोगना होगा मुखियाजी, मैं आपके समाज को कर्मनाशा से कम नहीं समझता, किंतु मैं एक-एक के पाप गिनाने लगूँ तो यहाँ खड़े सारे लोगों को परिवार समेत कर्मनाशा के पेट में जाना पड़ेगा है कोई तैयार जाने को¨ ?'

लोग अवाक् पांडे की ओर देख रहे थे, जो अपने कंधे से छोटे बच्चे को चिपकाए अपनी बैसाखी के सहारे खड़े थे, पत्थर की विशाल मूर्ति की तरह उन्नत, प्रशस्त, अटल! कर्मनाशा के लाल पानी में सूरज डूब रहा था।

जिन उद्धत लहरों की चपेट से बड़े-बड़े विशाल पीपल के पेड़ धराशायी हो गए थे; वे एक टूटे नीम के पेड़ से टकरा रही थीं, सूखी जड़ें, जैसे सख्त चट्टान की तरह अडिग थीं, लहरें टूट-टूटकर पछाड़ खाकर गिर रही थीं। शिथिल¨थकी¨ पराजित।

□

नन्हों

'चिट्ठी'—डाकिए ने दरवाजे पर दस्तक दी तो नन्हों सहुआइन ने दाल की बटुली पर यों कलछी मारी, जैसे सारा कसूर बटुली का ही है। हल्दी से रँगे हाथ में कलछी पकड़े वे रसोई से बाहर आईं और गुस्से के मारे जली-भुनी, दो का एक डग मारती ड्योढ़ी के पास पहुँचीं।

'कौन है रे!' सहुआइन ने एक हाथ में कलछी पकड़े दूसरे से साँकल उतारकर दरवाजे से झाँका तो डाकिए को देखकर धक से पीछे हटीं और पल्लू से हल्दी का दाग बचाते, एक हाथ का घूँघट खींचकर दरवाजे की आड़ में छिपकली की तरह सिमट गईं।

'अपने की चिट्ठी कहाँ से आएगी मुंशीजी, पता-ठिकाना ठीक से उचार लो, भूल-चूक होय गई होयगी।' वे धीरे से फुसफुसाईं। पल्ले से केवल उनकी कनगुरिया दीख रही थी, जो आशंका और घबराहट के कारण छिपकली की पूँछ की तरह ऐंठ रही थी।

'नहीं जी, कलकत्ते से किसी रामसुभग साहु ने भेजी है, पता-ठिकाना में कोई गलती नहीं।'

'रामसु…' अधकही बात को एक घूँट में पीकर सहुआइन यों देखने लगीं, जैसे पानी का धक्का लग गया हो। कनगुरिया का सिरा पल्ले में निश्चेष्ट। कील की तरह अड़ गया था। 'अपने की ही है मुंशीजी…'

मुंशीजी ने चिट्ठी आगे बढ़ाई, कनगुरिया फिर हिली, पतंगे की तरह फड़फड़ाती चिट्ठी को पंजे में दबोचकर नन्हों सहुआइन पीछे हटी और दरवाजे को झटके से भेड़ लिया। आँगन के कोने में पानी रखने के चबूतरे के पास खड़ी होकर उन्होंने चिट्ठी को पढ़ा। रामसुभग आ रहा है, लिखा था चिट्ठी में। केवल तीन सतर की इबारत थी पूरी पर नन्हों के लिए उसके एक-एक अक्षर को उचारने में पहाड़

सा समय लग गया जैसे। चबूतरे के पास कलसी के नीचे, पानी गिरने से जमीन नम हो गई थी, जौ के बीज गिरे थे जाने कब के, इकट्ठे एक में सटे हुए उजले-हरे अँखुवे फूटे थे। नन्हों सहुआइन एकटक उन्हें देखती रही बड़ी देर तक।

पाँच साल का समय कुछ कम नहीं होता। लंबे-लंबे पाँच साल। पूरे पाँच साल के बाद आज रामसुभग को भौजी की याद आई है। पाँच साल में उसने एक बार भी कुशल-मंगल का हाल नहीं दिया। एक बार भी नहीं पूछा कि भौजी जीती है कि मर गई। जब अपना ही नहीं रहा हाल-चाल लेनेवाला तो दूसरा कौन पूछता है किसे? नन्हों सहुआइन ने चारपाई के पास से माची खींची और उसपर बैठ गई। हल्दी-सनी अंगुलियों के निशान 'कार्ड' पर उभर पाए थे, जैसे वह किसी के शादी-ब्याह का न्योता था। शादी-ब्याह का खयाल पाते ही नन्हों साइन की आँखें चलवे मछली सी चिलक उठीं। जाने कितनी बार सोचा है उन्होंने अपनी शादी के बारे में। कई दफे सोचा, इस दुःखदागी बात को फिर कभी न सोचूँगी, जो भाग में था, उसपर पछतावा क्या? पर औरत क्या, जो अपनी शादी पर न सोचे? और एक ऐसी औरत, जिसकी शादी उसको जिंदगी का दस्तावेज बनकर आई है, जिंदगी सिर्फ उसकी गिरो ही नहीं बनी, उसने तो नन्हों के समूचे जीवन को रेत भरी परती की तरह वीरान कर दिया।

गाँव की सभी औरतों की तरह नन्हों का भी ब्याह हुआ। उसकी भी शादी में वही हुआ, जो सभी शादियों में होता है। बाजा-गाजा, हल्दी-सिंदूर, मौज उत्सव, हँसी-रुलाई—सबकुछ वही।

एक बात में जरूर अंतर था कि नन्हों की शादी उसके मायके में नहीं, ससुराल में हुई। इस तरह की शादियाँ भी कोई नई नहीं हैं। जो जिंदगी के इस महत्त्वपूर्ण मौके को भी उत्साह और इच्छा के बावजूद रंगीनियों से बाँधने के उपकरण नहीं जुटा पाते, वे बारात चढ़ाकर नहीं, डोला उतारकर शादी करते हैं, इसलिए नन्हों की शादी भी डोला उतारकर ही हुई तो इसमें भी कोई खास बात तो नहीं हो गई। नन्हों का पति मिसरीलाल एक पैर का लँगड़ा था, पैदाइशी लँगड़ा। उसका दायाँ पर जवानी में भी बच्चों की बाँह की तरह ही मुलायम और पतला था, डंडा टेककर फुदकता हुआ चलता।

नक्शे से कोई बुरा नहीं था, वैसे काला चेहरा उभरी हुई हड्डियों की वजह से बहुत वीरान लगता। घर में किराने की दुकान होती, जिसमें खाने-पीने के जरूरी सामानों के अलावा तंबाकू, बीड़ी-सलाई और जरूरत की कुछ सब्जियाँ भी बिकतीं।

अकसर सब्जियाँ बासी पड़ी रहतीं, क्योंकि अनाज से बराबर के भाव खरीदने वाले। अच्छे गृहस्थ भी मेहमान के आने पर ही इस तरह का सौदा किया करते।

मिसरीलाल की शादी पक्की हुई तो नन्हों का बाप बड़ा खुश था, क्योंकि मिसरीलाल के नाम पर जो लड़का दिखाया गया, वह शक्ल में अच्छा और चाल-चलन में काफी शौकीन। लंबे-लंबे उलटे फेरे हुए बाल थे, रंग वैसे साँवला था, पर एक चिकनाई थी, जो देखने में खूबसूरत लगती थी, इसीलिए लड़केवालों ने जब जोर दिया कि हमें बारात चढ़ाके शादी सहती नहीं; डोला उतारेंगे तो थोड़ी मीन-मेख के बाद नन्हों का बाप भी तैयार हो गया, क्योंकि इसमें उसका भी कम फायदा नहीं था। खर्चे की काफी बचत थी।

डोला आया, उसी दिन हल्दी-तेल की सारी रस्में बतौर टोटके के पूरी हो गई और उसी रात को बाजे-गाजे के बीच नन्हों की शादी मिसरीलाल से हो गई। बाजों की आवाजें हमेशा जैसी ही खुशी से भरी थीं, मंडप की झंडियों और चंदोवे में हवा की खुशी भरी हरकतें भी पूर्ववत् थीं, भाटिनों के मंगल गीतों में राम और सीता के ब्याह की वही पवित्रता गूँज रही थी, पर नन्हों अपने हाथ भर के घूँघट के नीचे आँसुओं को सुखाने की कितनी कोशिश कर रही थी, इसे किसी ने न देखा। एक भारी बदसूरत पत्थर को गले में बाँधे वह वेदना और पीड़ा के अछोर समुद्र में उतार दी गई, जहाँ से उसकी सिसकियों की आवाज भी शायद ही सुनाई पड़ती।

'कहो भौजी, बाबा ने देखा तो मुझको, पर शादी हुई मिसरी भैया की।' रामसुभग ने दूसरे दिन कोने में बैठी नन्हों से मुसकराते हुए कहा, 'अपना-अपना भाग है, ऐसी चाँद सी बहू पाने की किस्मत मेरी कहाँ है?' भौजी मजाक के लिए बनी है, पर ऐसे मजाक का भी क्या जवाब? नन्हों की आँखों में झर-झर आँसू गिरने लगे, जिन्हें वह पूरे चौबीस घंटे से लगातार रोके हुए थी। रामसुभग बिल्कुल घबरा गया, उसने दुःखी करने के लिए ही चोट की थी, पर घायल सदा पंख समेट शिकारी के चरणों में ही तो नहीं गिरता, कभी-कभी खून की कुछ बूँदें भर गिरती हैं और पंछी तीर को सीने में समाए ही उड़ता जाता है।

'ठीक कहा लाला तुमने, अपना-अपना भाग ही तो है।' नन्हों ने कहा और चुपचाप पलकों से आँसुओं की चट्टानों को ठेलती रही।

रामसुभग मिसरीलाल का ममेरा भाई है। अकसर वह यहीं रहता, एक तो इसलिए कि उसे अपना घर पसंद न था। बाप सख्ती से काम कराता और आनाकानी की तो बूढ़े बाप के साथ दूसरे भाइयों का मिला-जुला क्रोध उसके

लिए बहुत भारी पड़ता। दूसरे मिसरीलाल का भी इरादा था कि वह अकसर यहाँ आता-जाता रहे, ताकि उसे दुकान के लिए सामान वगैरह खरीदवाने में आसानी पड़े। रामसुभग के लिए मिसरीलाल का घर अपना जैसा ही था। उसने मिसरीलाल की शादी की बात सुनी तो बड़ा खुश हुआ था कि घर में एक औरत आ जाएगी, थोड़ी चुहल रहेगी और मुरव्वती में अकसर जो उसे चूल्हा फूँकने का काम भी कर देना पड़ता, उससे फुरसत मिल जाएगी, पर नन्हों को देखकर रामसुभग को लगा कि कुछ ऐसा हो गया है, जैसा कभी सोचा न था। नन्हों वह नहीं है, जिसे मिसरीलाल की औरत के रूप में देखकर उसे कुछ अड़चन न मालूम हो। वह काफी विश्वास से साथ आया था, नन्हों से बात करने, उसे जता देने कि रामसुभग भी कुछ कम नहीं है, मिसरीलाल का बड़ा आदर मिलता है उसे, यह घर जैसे उसी के सहारे टिका है और भौजी के लिए रामसुभग सा देवर भी कहाँ मिलेगा और शादी के पहले तो नन्हों के बाप ने भी उसे ही देखा था, पर जाने क्या है नन्हों की उन झुकी हुई आँखों में कि रामसुभग सब भूल गया। चारपाई के नीचे बिछी रंगीन सुहागी चटाई पर पैरों को हाथ में लपेटे नन्हों बैठी थी गुड़ीमुड़ी, उसकी लंबी बरौनियाँ बारिश में भीगे तितली के परों की तरह नम और बिखरी थीं और वह एकटक कहीं देख रही थी, शायद मन के भीतर किसी बालियों से लदी फसल से ढके लहराते हुए एक खेत को, जिसमें किसी ने अभी-अभी जलती हुई लुकाठी फेंक दी है।

रामसुभग बड़ी देर तक वैसे ही चुप बैठा रहा। वह कभी आँगन में देखता था, कभी मुँड़ेरी पर। वह चाहता था कि इस चुप्पी को नन्हों ही तोड़े, वही कुछ कहे, अपने मन से ही जो कहना ठीक समझे, क्योंकि उसके कहने से शायद बात कुछ ठीक बने, न बने पर नन्हों तो कुछ बोलती ही नहीं।

ब्याह के दूसरे दिन के रस्म-रिवाज पूरे हो रहे थे, कमारी डाले में अक्षत-सिंदूर लेकर गाँव की तमाम संतियों के चौरे पूज आई थीं और सबसे मिसरीलाल की मृत माँ की ओर से वर-वधू के लिए आशीर्वाद माँग आई थीं। रात भर गाने से थकी हुई भाटिनें अपने मोटे और भोंड़ें स्वरों में अब भी राम और सीता की जोड़ी की असीसें गा रही थीं। कुछ बचे-खुचे लोग एक तरफ बैठे खा रहे थे, पुरवे-पत्तल इधर-उधर बिखरे पड़े थे।

'अच्छा भौजी···' रामसुभग इस मौन को और न झेल सका। चुपचाप उठकर आँगन में चला आया।

'क्या बबुआ, भौजी पसंद आई?' एक मनचली भाटिन ने मोटी आवाज में पूछा।

'हाँ, हाँ, बहुत···' रामसुभग इस प्रश्न की चुभन को भाँप गया था। उसने मुसकराने की कोशिश की, पर गरदन ऊपर न उठ सकी। वह चुपचाप सिर झुकाए दालान में जाकर मिसरीलाल के पास चारपाई पर बैठ गया। उस समय मिसरीलाल दो-एक नाते-रिश्ते के लोगों से बातें कर रहा था। पीले रंग की धोती उसके काले शरीर पर काफी फब रही थी, पर उसके चेहरे की वीरानी में कोई अंतर न था, खुशी उसके चेहरे पर ऐसी लग रही थी, जैसे किसी ने मुर्चीली पिचकी हुई डिबिया में कपूर रख दिया हो। उसके दाहिने हाथ का कंगन एक मरे हुए मकड़े की तरह झूल रहा था। जाने क्यों आज रामसुभग को मिसरीलाल बहुत बदसूरत लग रहा था, शादी के कपड़ों में कोई ऐसा भद्दा लगता है, यह रामसुभग ने पहली बार देखा।

'सुभग,' मिसरीलाल ने बातचीत से निपटकर दालान में एकांत देखकर पूछा, 'क्यों रे, भौजी कैसी लगी—सच कहना, अपनों से क्या दुराव—गया था न, कुछ कह रही थी?'

'नहीं तो,' रामसुभग ने कहा, 'काफी हँसमुख है, वैसे मायका छूटने पर तो सभी दुलहिनें थोड़ी उदास रहती हैं।' मिसरीलाल अजीब तरीके से हँसा, 'अरे वाह रे सुम्भू, तू तो भई दुलहिनें पहचानने में बेजोड़ निकला, उदास क्यों लगती है भला वह! किसी परिवारवाले घर में जाती, सास-जिठानियों की घौंस से कलेजा फट जाता, दिन-रात काँव-काँव, यहाँ तो बस दो परानी हैं, राज करना है, है कि नहीं!' 'हूँ' रामसुभग गरदन झुकाए चारपाई के नीचे देख रहा था, उसने वैसे ही हामी भर दी, जैसे उसने पूरी बात सुनी ही न हो।

'मिसरी साह!' दरवाजे से कमारी ने पुकारा, 'बाबाजी बुला रहे हैं चौक पर, कंगन छूटने की साइत बीत रही है।' मिसरीलाल धीरे से उठे और फुदकते हुए चौके पर जा बैठे। लाल चूनर में लपेटे, गुड़िया की तरह उठाकर नन्हों को कमारी ले आई और उसने मिसरीलाल की बगल में बिठा दिया।

मिसरीलाल की शादी हुए एक सतवारा बीत चुका था। इस बीच जाने कितनी बार रामसुभग नन्हों के पास बैठा। नन्हों के पास बैठने में उसे बड़ी घुटन महसूस होती, उसे हर बार लगता कि वह गलती से आ गया, उसका मन हर बार एक अजीब किस्म की उदासी से भर जाता। वह सोचता कि अब उसके पास नहीं जाऊँगा, जो होना था, सो हो गया पर, उसका जी नहीं मानता। नन्हों ने इस बीच

मुश्किल से उससे दो-चार बातें की होंगी। कभी शायद ही उसकी ओर देखा होगा, पर पता नहीं उन झुकी हुई बरौनियों से घिरी आँखों में कैसा भाव है कि रामसुभग खिंचा चला आता है। वे आँखें उसे कभी नहीं देखतीं, कहीं और देखती हैं, पर उनका इस तरह देखना रामसुभग के मन में आँधी की तरह घुमड़ उठता है। वह बार-बार सोचता कि शायद नन्हों के बाप के सामने वह दूल्हा बनकर न खड़ा होता तो नन्हों आज यहाँ न होती। झुकी हुई पलकों से घिरी इन आँखों की पीड़ा उसी की उपजाई हुई है। वही दोषी है, वही अपराधी है। रामसुभग इसीलिए नन्हों के पास जाने को विकल हो उठता है, पर पास पहुँचने पर यह विकलता कम नहीं होती। उसको माँ ने बहू को 'मुँहदेखाई' देने के लिए दो रुपए न्योता के साथ भेजे थे, पर नन्हों को देखकर उसकी हिम्मत न होती कि वे रुपए माँ की ओर से उसे दे दे। वह बाजार से सिल्क का एक रुमाल भी खरीद लाया। रुपए उसी में बाँध लिये, पर रुमाल हमेशा उसकी जेब में पड़ा रहा, वह उसे नन्हों को दे न सका।

'क्यों लाला, इतने उदास क्यों हो?' एक दिन पूछा था नन्हों ने, 'यहाँ मन नहीं लगता, भाई-भौजाइयों की याद आती होगी?'

'नहीं तो, उदास कहाँ हूँ, तुम जो हो।' रामसुभग ने मुसकराते हुए कहा।

'मैं···हाँ, मैं तो हूँ ही, पर लाला मैं तो दुःख की साझीदार हूँ, सुख कहाँ है अपने पास जो दूसरों को दूँ? उदासी में पली, उदासी में ही बढ़ी। जनमी तो माँ मर गई, बड़ी हुई तो बाप की बोझ बनी। मैं भला दूसरे की उदासी क्या दूर कर सकूँगी!'

'देखो भौजी···' रामसुभग ने पूरी समझदारी से कहा, 'जो होना था, वह हो गया, दिन-रात घुलते रहने से क्या फायदा, कुछ खुश रहा करो, थोड़ा हँसा करो।'

नन्हों मुसकराने लगी—'अच्छा लाला, तुम कहते हो तो खुश रहा करूँगी, हँसूँगी, पर बुरा न मानना, बेबान के काम में थोड़ी देर लगती ही है।'

उस दिन रामसुभग बड़ा प्रसन्न था। सिर का भारी बोझ हट गया, जैसे किसी ने कलकते हुए काँटे को खींचकर निकाल दिया। नन्हों का मुसकराना भी गजब है, वह सोच रहा था। उदास रहेगी तब भी, मुसकराएगी तब भी, हर हालत में जाने क्या है उसके चेहरे में, जो रामसुभग का मन उचाट देता है। गाँव में घूमता रहे, बाजार से सौदा लाता रहे, लोगों के बीच में बैठकर गप्पें हाँकता रहे···' नन्हों के चेहरे की सुध आते ही एकरस सूत झटके से टूट जाता, सोई सतह में लहरें वृत्ताकार घूमने लगतीं, सन्नाटे में जैसे मंदिर के घंटे की अनुगूँज झनझना उठती।'

चैती हवा में गरमी बढ़ गई थी। उसमें केवल नीम की सुवासित मंजरियों की

गंध ही नहीं, एक नई हरकत भी आ गई थी, उसकी लपेट में सूखी पत्तियाँ, सूखे फूल, पकी फसलों की टूटी बालियाँ तक उड़कर आँगन में बिखर जातीं। दोपहर में खाना खाकर मिसरीलाल दालान में सो जाता और रामसुभग बाजार गया होता या कहीं घूमने। नन्हों घर में अकेली बैठी सूखे पत्तों का फड़फड़ाना देखती रहती। उसके आँगन के पास भी खँडहर में नीम का पेड़ था। ऐसे दिनों में जब नीम हरी निबौरियों से लद जाती, वह ढेर सी निबौरियाँ तोड़कर घर ले आती और उन्हें तोड़-तोड़कर ताजे दूध से गालों पर तरह-तरह की तसवीरें बनाती। शीशे में ठीक ऐपन की पुतरी मालूम होती। रामलीला में देखा था, राम और सीता बननेवाले लड़कों के गालों पर ऐसी ही तसवीरें बनती थीं।

हवा का एक तेज झोंका पाया, किवाड़ झटके से खड़खड़ाया, देखा सामने रामसुभग खड़ा था, मुसकराता हुआ।

'भौजी,' वह पास की चारपाई पर बैठ गया, 'एक गिलास पानी पिला दो। बड़ी प्यास लगी है।'

'कहाँ गए थे इतनी धूप में—' नन्हों उठी और आँगन के कोने में चबूतरे पर रखी गगरी से पानी ढालकर ले आई।

जाने क्या हो गया था, उस दिन रामसुभग को कि उसने गिलास के साथ ही नन्हों की बाँह को दोनों हाथों से पकड़ लिया। एक झटके के साथ बाँह काँपी और साँप की तरह ऐंठकर सुभग के हाथों से छूट गई। गिलास धब्ब की आवाज के साथ जमीन पर गिर पड़ा।

'सरम नहीं आती तुम्हें—' नन्हों साँपिन की तरह फुफकारती हुई बोली, 'बड़े मर्द थे तो सबके सामने बाँह पकड़ी होती, तब तो स्वाँग किया था, दूसरे के एवज बने थे, सूरत दिखाकर ठगहारी की थी, अब दूसरे की बहू का हाथ पकड़ते सरम नहीं आती—'

'मैं तो भौजी तुम्हें यह देने आया था।' रामसुभग ने रुमाल निकाला, जिसकी खूट में दो रुपए बँधे थे।

'क्या है यह?' नन्हों ने गुस्से में ही पूछा, 'मुँहदेखाई के रुपए हैं। कई बार सोचा देने को, पर दे न सका।'

उसने रुमाल वहीं चारपाई पर रख दिया और लड़खड़ाता हुआ बाहर चला गया। सारा आँगन झूले की तरह डोल रहा था। गाँव की गलियाँ, दरवाजे जैसे उसकी ओर घूर रहे थे। उसी दिन वह अपने गाँव चला गया।

दो महीने बीत गए, रामसुभग का कोई समाचार न मिला। मिसरीलाल कभी उसकी चर्चा भी करता तो नन्हों को चुप देख, दो-एक बातें चलाकर मौन हो जाता। दुकान के लिए सारी चीजें रामसुभग ही खरीदकर लाता था। उसके न होने से मिसरीलाल को बहुत तकलीफ होती। किसी लद्दू टट्टू या बैल वाले से सामान तो वह मँगवा लेता, पर चीजें मनमाफिक नहीं मिलतीं और उनके साथ बाजार जाकर चीजें खरीदने में उसे काफी दिक्कत भी होती। दोपहर के वक्त जबकि सूरज सिर पर तपता होता, लू में डंडे के सहारे टेकता, पसीने से लथपथ किसी तरह वह घर पर पहुँचता। इस तरह की आवाजाही में एक दिन उसे लू लग गई और वह बिस्तर पर गिर पड़ा। नन्हों ने आम के पन्ने पिलाए, हाथों और पैरों में भुने आम की लुगदी भी लगाई, पर ताप कम न हुआ। पीड़ा के मारे वह छटपटाता रहा। नन्हों घर से निकलती न था, किसी से मदद माँगना भी मुश्किल था। उसने कमारी को बुलाकर रामसुभग के गाँव भेजा। कहलाया कि कुछ सोचने-बिचारने की जरूरत नहीं है, खबर मिलते ही जल्दी-से-जल्दी चले आवें। तीन-चार घड़ी रात गए रामसुभग मिसरीलाल के दरवाजे पर पहुँचा तो वहाँ काफी भीड़ थी। भीतर औरतों के रोने की चीत्कार गूँज रही थी। बाहर मिसरीलाल का शव रखा था। नन्हों विधवा हो चुकी थी।

रामसुभग मिसरीलाल के क्रियाकर्म में लगा रहा, नन्हों से कुछ कहने की उसे फुरसत ही न मिली। कभी सामने नन्हों दिख भी गई तो उसमें इतना साहस न हुआ कि सांत्वना के दो शब्द भी कह सके। काँच की चूड़ियाँ भी किस्मत का अजीब खेल खेला करती हैं। नन्हों जब इन्हें पहनना नहीं चाहती थी, तब तो ये जबरदस्ती उसके हाथ में पिन्हाई गईं और अब, जब वह इन्हें उतारना नहीं चाहती तो लोगों ने जबरदस्ती हाथों से उतरवा दिया। कार-परोजन के घर में इतनी फुरसत ही कहाँ थी कि नन्हों बैठ पाती, परंतु कभी-कभी दोपहर में दो-एक घड़ी की फुरसत मिलती तो वह अपनी उसी सुहागी चटाई पर बैठी हुई चुपचाप आँगन में देखा करती। रामसुभग उसके इस देखने के ढंग से इतना परेशान हो जाता कि काम-काज के बीच में भी नन्हों की वे तिरती आँखें उसके हृदय को बेधने लगतीं। आँगन में इधर-उधर आने-जाने में वह घबराता, कहीं नन्हों पर नजर न पड़ जाए, इसीलिए गाँव के दूसरे लोगों को काम सौंपकर वह बाहर के कामों में सुबह से शाम तक जुता रहता। किरिया-करम बीत जाने पर भी वह घर में कम ही बैठ पाता। अकसर सौदा-सामान खरीदने बाजार निकल जाता या खाली रहा तो गाँव में किसी के दरवाजे पर बैठा दिन गुजार देता।

कई महीने बीत गए, बरसात आई और गई। पानी सूख गया, बादलों का घिरना बंद हो गया। बौछारों से टूटी-जर्जर दीवारों के घाव भर गए, नई मिट्टी से सज-सँवरकर वे पहले जैसी ही प्रसन्न मालूम होती। ऐसा लगता, जैसे इनपर कभी बौछार की चोट पड़ी ही न हो, कभी इनके तनपर ठेस लगी ही न हो।

उस दिन चमटोली में गादी लगी थी। कातिक की पूनो को हमेशा यह गादी लगती। बीच चौकी पर सतगुरु की तसवीर फूलमालाओं से सजाकर रखी हुई थी। अगरबत्तियों के धुएँ से चमरौटी की गंदी हवा भी खुशबूदार हो गई थी। कीर्तन-मंडली बैठी हुई थी। गाँव की औरतें, बूढ़े-बच्चे इकट्ठा होकर भजन सुन रहे थे।

जो तुम बाँधे मोह फाँस हम प्रेम बंधन तुम बाँधे
अपने छूटन की जतन करहु हम छूटे तुम आराधे
जो तुम गिरिवर तउ हम मोरा
जो तुम चंदा हम भये हैं चकोरा
माधव तुम तोरहु तो हम नाहि तोरहिं
तुम सों तोर कवन सों जोरहिं

काफी देर तक कीर्तन चलता रहा। नन्हों लौटी तो उसके मन में रैदास के गीत की पंक्तियों बार-बार गूँजती रहीं। 'जो तुम तोरो तो हम नाहि तोरहिं···' वह धीरे-धीरे गुनगुना रही थी। दालान का दरवाजा रामसुभग ने बंद कर रखा था। साँकल खटखटाई तो उसने आकर दरवाजा खोला।

'इतनी रात को तुम्हारा इस तरह गली-गली घूमना ठीक नहीं हैं भौजी।' जाने कहाँ का साहस पा गया था उसे। रामसुभग दरवाजा बंद करते हुए बोला।

'हूँ'। नन्हों ने और कुछ न कहा।

'मैं तुम्हीं से कह रहा हूँ।'

नन्हों एक झटके के साथ घूमी। रामसुभग के चेहरे पर उसकी आँखें इस तरह टिकी थीं मानो बेधकर भीतर घुस जाएँगी, 'इतनी कलक होती है तो पहले ही ब्याह कर लिया होता। इस तरह डाँट रहे हो लाला, जैसे मैं तुम्हारी जोरू हूँ। खबरदार फिर कभी आँख दिखाया तो···।' रामसुभग माथा पकड़कर बैठ गया। गुस्से और ग्लानि के मारे उसका सारा बदन जल रहा था, पर मुँह से एक शब्द भी न निकला। उसने चादर खींचकर मुँह ढक लिया और भीतर ही उफनता, उबलता रहा।

और तब से पाँच बरस बीत गए। आज पहली बार रामसुभग की चिट्ठी आई है कि वह कलकत्ते से गाँव आ रहा है। ये पाँच बरस जाने नन्हों ने कैसे बिताए हैं।

रामसुभग उसी रात को लापता हो गया। रोते-रोते नन्हों की आँखें सूज गईं। मेरा कोई न होगा, मैं अकेली रहने के लिए ही जनमी हूँ। वह अपने को धिक्कारती, कलपती। कभी मन पूछता, पर इसमें मेरी क्या गलती थी। मैं तो गादी देखने भर चली गई, कौन नहीं गई थी वहाँ, मैंने क्या कर दिया था ऐसा ? हाँ, गलती जरूर थी। मैं विधवा हूँ, उत्सव-तमाशा मेरे लिए नहीं है।

'बबुआ नहीं हैं क्या,' दूसरे दिन शाम को कमारी ने पूछा था, 'देखो दुलहिन, मेरी बात मानो, सुभग से ब्याह कर लो, तुम्हारी जात में यह मना भी नहीं है, कब तक ऐसे रहोगी ?'

'चुप रह!' नन्हों ने उसे बरज दिया था। दूसरे ही क्षण वह सरम से गड़ गई थी। जाने क्यों लोग मन के छिपे राज को भाँप लेते हैं। जिसे जितना छिपायो, उसे उतनी ही जल्दी लोग खींचकर सामने कर देते हैं।

'चुप तो रहूँगी दुलहिन, पर पछताओगी, ऐसा दूल्हा हाथ न आएगा। वह जिंदगी भर तुम्हारे लिए कुँवारा नहीं बैठा रहेगा, ऐसा मौका हमेशा नहीं आता। तुम्हारे बाबूजी ने तो उसी को देखा था, मिसरीलाल से तो ब्याह धोखे से हुआ।'

'मैं कहती हूँ चुप कर!' नन्हों की आँखें डबडबा आईं, 'मेरी जिनगानी में धोखा ही लिखा है तो उसे कौन मेट सकता है ?'

कमारी सकपकाकर चुप हो गई। आँसुओं की धार सँभालना उसके वश के बाहर था। वह चुपचाप दरवाजा भेड़कर चली गई।

'नन्हों चाची, नन्हों चाची!' दुकान से कोई लड़का चीख रहा था, नन्हों माची पर रो उठी और दुकान की ओर लपककर चली।

'क्या है रे, क्यों चीख रहा है ऐसे ?'

'ये देखो, किसना बेर लेकर भाग रहा है।' जन्नू ने हकलाते हुए कहा। वह ललचाई आँखों से लाल-लाल बेरों से भरी टोकरी को देख रहा था।

'अच्छा, भाग रहा है तो भागने दे, तू भी ले और भाग यहाँ से, हल्ला मत मचायो यहाँ।' लड़के जेबों में बेर भरे खिलखिलाते हुए बाहर चले गए। नन्हों ने दरवाजा बंद कर लिया और रसोई में चली गई।

कलकत्ते की गाड़ी शाम सात बजे के करीब आती थी। नन्हों आँगन में चारपाई डाले लेटी थी। झिलंगी चारपाई थी, मूँज की। पैरों में रेशों की चुभन अजीब लगती। हवा पहले जैसी सर्द न थी। हलकी गरमी गुलाबी रंग की तरह हर झकोरे में समाई हुई थी। नन्हों के खुले हुए काले बाल सिरहाने को पाटी से जमीन तक लटके

हुए थे। वह चुपचाप नीले आसमान के तारों को देख रही थी। आँगन की पूर्वी दीवार की आड़ से शायद चाँद निकल रहा होगा, क्योंकि उजला-उजला ढेर सा प्रकाश मुँड़ेरे की छाजन पर मिट्टी की पटरियों से टकराकर चमक रहा था।

साँकल खड़की।

'भौजी!'

नन्हों ने दरवाजा खोला। सुभग था सामने। अँधेरे में वह उसे देखती रही।

'आ जाओ!' पँखुड़ियों के चिटकने जैसी आवाज सन्नाटे में उभरकर खो गई। दोनों बिल्कुल खामोश थे। रामसुभग आँगन की चारपाई पर पाकर बैठ गया। एक अजीब सन्नाटा दोनों को घेरकर बैठ गया था।

खा-पीकर रामसुभग जब सोने के लिए अपनी चारपाई पर गया तो माची खींचकर नन्हों उसके पास ही बैठ गई।

'क्यों बाबू, बहुत दिनों के बाद सुध ली!' नन्हों ने ही बात शुरू की, 'बहुत दुबले हो गए हो, बीमार तो नहीं थे?'

'नहीं तो,' रामसुभग बोला, 'पाँच साल तक तो भुलाने की कोशिश करता रहा भौजी, पर भूलता नहीं। मैंने कई बार सोचा कि चलकर तुमसे माफी माँग लूँ, पर हिम्मत न हुई। अब की मैंने तय किया कि जो कहना है, कह ही जाऊँ। मैंने अनजाने में गलती कर दी भौजी। मैं नहीं जानता था कि मेरी तनिक सी गलती इतना फल देगी। मैंने जो कुछ किया, मिसरी भैया की खुशी के लिए ही, पर कसूर तो है ही, चाहे वह जैसे भी मन से हो।' रामसुभग ने जमीन पर देखते हुए कहा, 'मेरे कसूर को तुम ही माफ कर सकती हो।'

'कसूर कैसा लाला? तुम जिसे कसूर कहते हो, वह मेरे भाग्य का फल था। तुम समझते हो कि बाबूजी को कुछ नहीं मालूम था! मालूम तो उन्हें तभी हो गया, जब डोला भेजने की बात हुई। बिगड़ने वाली बात को सभी पहले से जान लेते हैं बाबू, जिनके पास बल है, उसे नहीं होने देते, जो कमजोर हैं, उसे धोखा कहकर छिपाते हैं। बाबू को सब मालूम हो गया था, पर अच्छे घर के लिए, जो चाहिए वह बाबू कहाँ से लाते! इसमें तुम तो एक बहाना बन गए, तुम्हारा क्या कसूर है इसमें?' नन्हों ने आँचल से आँखें पोंछ लीं। रामसुभग बेवकूफ की तरह आँखें फाड़कर अँधेरे में नन्हों को देख रहा था।

'अच्छा बाबू, थके हो, सोओ, सबेरे फिर बातें कर लूँगी।' नन्हों उठकर अपने घर में चली गई।

रामसुभग तीन दिन तक रहा। तीन दिनों में शायद ही वह दो-एक बार गाँव में घूमने गया। दिन-रात नन्हों से बातें करना ही उसका काम था, दुनिया भर की बातें, कलकत्ते की, बाप की, माँ की, भाइयों और भौजाइयों की। नन्हों रामसुभग को एकदम बदली हुई लगती। उसकी आँखों में अब पहले जैसी तीखी चमक नहीं थी, उसके स्थान पर ममता और स्नेह का जल भरा था, अब वह एकटक सुनसान कोने को नहीं देखती थी, पर बरौनियों में नमी अब भी पहले जैसी ही थी। नन्हों को इस नए रूप में देखकर सुभग का मन नई आशा से भरने लगा तो क्या यह सब हो जाएगा, क्या भाग्य की गणना फिर सही हो जाएगी, पर नन्हों से कुछ कह पाना उसके लिए सदा ही कठिन रहा है। वह आज भी पिछली दो घटनाओं को भूला नहीं था, पर नन्हों भी तो ऐसी पहले न थी।

आज नन्हों को फिर पुरानी बातें याद आ रही हैं। रैदास के गीत की वह पाँत जाने फिर क्यों बार-बार याद आने लगी है।

'जो तुम तोरो तो हम नाहि तोरहि, तुम सों तोरि कवन सों जोरहिं।'

वह खुश है, प्रसन्न है, पर रामसुभग को चैन नहीं, शायद चलने की बात करूँ तो वह कुछ खुलके कहेगी। इसी आशा से उस दिन सुबह ही सुभग ने कहा, 'भौजी, अब मैं गाँव जाऊँगा, आज रात वाली गाड़ी से।'

'क्यों बाबू, मन नहीं लग रहा है?'

'मन तो लग रहा है, पर···'

'अच्छा, ठीक है।'

रामसुभग इस उत्तर से कुछ समझ न सका। वह मन मारे अपने कमरे में बैठा रहा, शायद चलते वक्त कुछ कहे, शायद फिर लौट पाने के लिए आग्रह करे।

शाम को अपना सामान बाँधकर जब सुभग तैयार हुआ तो नन्हों अपने घर में से निकलकर पाई।

'तैयारी हो गई लाला?'

'हाँ।'

नन्हों ने आँचल से हाथ निकाला और रामसुभग की ओर हाथ बढ़ाकर कहा, 'यह तुम्हारा रुमाल है लाला।'

रामसुभग काठ की तरह निश्चेष्ट हो गया—'पर इसे तो मैंने 'मुँहदेखाई' में दे दिया था भाभी!'

'बाबू ने तुम्हारा मुँह देखकर मुझे अनदेखा सुहाग सौंपा था, तुम्हारी माँ ने उसी

के अमर रहने के लिए रुपए दिए थे आशीर्वाद में। बड़ों ने जो दिया, उसे मैंने माथे पर ले लिया। मैं कमजोर थी बाबू, भाग्य से हार गई, पर आज तो मैं अपने पैरों पर खड़ी हूँ, आज मुझे तुम हारने मत दो। तुम्हारा रुमाल मेरे पाँव बाँध देता है लाला, इससे लौटा रही हूँ, बुरा न मानना!'

रामसुभग ने धीरे से रुमाल ले लिया। नन्हों उसका जाना भी देख न सकी। आँखें जल में तैर रही थीं। दीये की लौ जटामांसी के फूल की तरह कई फाँकों में बँट गई। नन्हों ने किवाड़ तो बंद कर लिया, पर साँकल न चढ़ा सकी।

□

सुबह के बादल

अभी-अभी सूरज निकला था। ताजा, लाल-लाल, नए-नए जनमे बच्चे की तरह किलकता हुआ। उषा के मायूस साँवले मुँह पर पल भर के लिए सुनहरी आभा छा गई थी, बच्चे को जनने के बाद जैसे हर माँ के पीड़ा से साँवले पड़े चेहरे पर छा जाती है। रूखी अलकों की तरह पूरबी दिशा में फैली हुई बँसवारियों से उषा के चेहरे का उल्लास झाँकने लगा था, चिड़ियाँ चहक उठी थीं, काली भुचंगे ने अपनी आखिरी ठनकार तक लुटा दी, तभी भोर में काँपते पेड़ के पत्ते एक झटके से काँप उठे थे। तेज हवा के साथ ही सारा आसमान मुर्दे की आँखों की तरह निस्तेज उदास बादलों से भर गया।

आम की गीली कुसली पैर के नीचे आ गई थी। दीनू गोला की पूँछ न पकड़ता तो अभी तक आसमान ताकता होता। पहले तो एक क्षण तक गोला भी भौंचक खड़ा रहा, पूँछ मरोड़ने वाले इनसान तो उसने बहुत देखे थे, पर पूँछ से लटक जानेवाले से पहली बार सामना हुआ था, वह हड़बड़ा गया और बिदककर भाग चला। दीनू ने इधर-उधर देखा, गली के मोड़ पर ठाकुर की बखरी के कोने से नेवले की तरह गरदन निकालकर बहिरा झाँक रहा था और दीनू की ओर हाथ फेंक-फेंककर बेतहाशा हँसे जा रहा था।

'अबे हँसता क्या है, वह देख, कैसा हरिने की तरह कुलाँचे मार रहा है, तू तो कहता था कि गोला गद्दड़ है—पूँछ तोड़के रख दो तो भी न टसकेगा, देखा कैसा दौड़ाया है, रेल से भिड़ा दो तो डांक जाए, तेरा वो घोंचा मैना क्या बाके पाएगा इसे!'

बहिरा वैसे ही हँसी के मारे लोटन कबूतर बना जा रहा था, दीनू कुछ कह रहा है यह तो वह देख रहा था, पर क्या कह रहा था, यह उसे मालूम नहीं और न जानने की जरूरत ही थी उसे।

'बहिरबंड कहीं का। कुछ सुनना-न जानना, बस हें-हें हँसता जाएगा।' दीनू ने अपनी झेंप मिटाने के लिए आसमान की ओर देखा, गोला को एक भद्दी गाली दी, लाठी को झटककर कंधे पर रखा और इधर-उधर ताककर रेंकने लगा :

बदरा बंगाले से आए, हाँ-हाँ रे राम¨

'ऐ छोकरे, सुनता भी है, जाने कब से बुला रहा हूँ और तू है तानसेन का दादा बना कि बस अलापचारी भरे जा रहा है¨मुड़कर देखता तक नहीं।' दीनू ने मुड़कर देखा, नकद दो दर्जन गालियाँ निकाल ली थीं हलक तक, ताबड़तोड़ दाग देने को, पर सामने डाकिए को खड़ा देख सहम गया।

'क्या है मुंशीजी, जयहिंद।'

'जयहिंद,' मुंशी ने उँगली जीभ पर मारी और सटी हुई एक चिट्ठी को चुरमुराते हुए पूछा, 'क्यों रे, सुदामी पासिन कोई है क्या तेरे यहाँ?'

'हाँ-हाँ, है क्यों नहीं, अरे जरा सँभलकर मुंशीजी, आगे गीली कुसली देखते हैं न, पैर के नीचे पड़ी नहीं कि बस ऐसे गिरेंगे—ऐसे—बस गामा पहलवान की तरह, जब मंगलाराय ने उसको कलाजंग पर मारा था—सुना आपने! पैसे के तीन आम मिलते थे पारसाल और यह बुढ़िया अब तीन पैसे का एक देती है, पर राम जाने इतनी कुसलियाँ कहाँ से आ गई हैं कि हर गली में कोई न-कोई, पत्ते के नीचे, राख के भीतर, छिपी बैठी है, बस पर पड़ा नहीं कि ऐसा धोबियापाट मारती हैं कि घड़ाम!'

'अच्छा भई मान गए, तू खाली तानसेन का ही बाप नहीं गामा का भी बाप है, ये ले चिट्ठी और दौड़ जा, बुढ़िया को दे देना, दो ठो आम भी ले लेना, एक अपने लिए और एक मेरे लिए।'

मुंशी कुछ और भी कहता, तब तक दीनू ने एक झपट्टा लगाया, चिट्ठी को फड़फड़ाता गली में भागा, 'तुम्हारे आम रक्खे रहेंगे मुंशी, कभी आके ले लेना।'

'अच्छा, अच्छा,' मुंशी ने चश्मा उतारकर, भागते हुए लड़के को देखा और तभी उनके बटुरकर गूलर बने होंठों पर एक प्यारी सी हँसी दौड़ गई, आँखों पर चश्मा चढ़ाते हुए बुदबुदाए, 'लड़का है कि चरखी, कभी भी तो कल से रहता, जैसे कमबख्त के पैर में कोई जोड़ ही नहीं है, बस कुलाँचे मारा करता है।' मुंशी ने जीभ पर उँगली मारी और कार्ड चुरमुराते गली में मुड़ गए।

दीनू वैसे ही बेतहाशा भागा जा रहा था। सामने पुरसा भर ऊँचे चबूतरे पर चौकी पर बैठे पं. घरेलाल तेल की मालिश करा रहे थे, पर आज जाने क्या हो गया था छोकरे को कि वह उन्हें देखकर भी अनदेखा कर रहा था। मांस के लोथड़े में

धँसी आँखें एक लहमे के लिए लड़के के इस गुमान पर कड़वे तेल की तरह झनक उठीं, पं. घरेलाल ने अपनी जनानी आवाज में गुस्से की बुकनी डालकर ललकारा, 'क्यों रे दीनू, किस प्रकार का कागद है?' पं. घरेलाल एक वाक्य बोलकर व्यग्रता के साथ अपनी तोंद पर लरजती तेल की बूँदें देखने लगे थे। ऐसे मौकों पर उनका बुरा हाल हो जाता, क्योंकि वे लाख चाहने पर भी आज तक गुस्से से भरा एक वाक्य भी नहीं बोल सके; कितनी ही बार गुस्सा आता, पूरी तैयारी के साथ ठाँय से कुछ कह जाने की बारहा कोशिश करते, पर हर बार अँगारे की तरह दहकते हुए लफ्ज उनके मुँह के बाहर निकलते ही पिघले हुए लावे की शक्ल में कुड़मुड़ाकर रह जाते। अपनी इस असफल कोशिश के बाद वह हमेशा बेहद खामोश हो जाते, क्योंकि गली से गुजरने वाला कोई भी उनके सवाल का जवाब ही न देता, पर जाने कैसे आज दौड़ते घोड़े की बाग को करारा झटका लग गया था, दीन के उतावले पैर एक क्षण को थम गए थे और उसने सामने चबूतरे पर पंडितजी को देखते ही धनुष सँभाला और बीसों बार का सधाया हुआ पुराना तीर छोड़ दिया।

कांग्रेस के तीन दलाल, बब्बन, झब्बन, घूरेलाल

पं. घरेलाल के दोनों लड़के बब्बन और झब्बन बगल की पलंगड़ी पर बैठे फरुही का फंका मार रहे थे। अचानक हमले से वे तमतमाए और पोरवानी के नीचे से गिट्टी उठाकर फटाफट फेंकने लगे! दीनू को मालूम था कि तीर निशाने पर लगा है, इसलिए वह एक हाथ में चिट्ठी को टाँगे, विजय के झंडे की तरह फहराता गली में भागा जा रहा था। घूरे पंडित अपनी झँकार भरी आवाज में हँसी की किलकारियाँ भरे जा रहे थे। वह आज बेहद खुश थे, क्योंकि उन्हें लग रहा था कि आज उनका गुस्सा बेकार नहीं गया। उनके दोनों लड़के अगिया-वेताल की तरह गिट्टी उठा-उठाकर अंधाधुंध फेंके जा रहे थे, घूरेलाल को बड़ा गुस्सा पाया कि ऐसे अवसर पर ये गधे शांत क्यों नहीं बैठते। जोर से दहाड़े, 'अरे मूर्खों···' पंडित घरेलाल ने सोचा था कि उन्हें अब गुस्सा करना आ गया है, पर आवाज इस बार फिर चिनगारी की जगह ठंडी राख बनकर ही निकली तो एकदम निराश होकर वह मायूसी भरी आवाज में बोले, 'बब्बनजी और झब्बनजी सुनो, सामने खरल में दवा डाल दी है। जाके उसे कूटो, अभी स्नान-ध्यान से निवृत्त होकर मैं भी पा रहा हूँ।'

सुदामी पासिन गाँव के एक छोर पर अपनी बगिया में ही फूस की छपरी डाल के रहती थी। उसे एक लड़का था, जो उसे छोड़कर कलकत्ता चला गया था,

इसलिए संतान के नाम पर पाँच पेड़ आम थे, घरबार के नाम पर यही बगिया। वह आमों की नींद सोती थी और आमों की नींद उठती, उन्हें वह जान से ज्यादा जोगा के रखती। किसकी मजाल थी कि कोई उसकी छाँव के नीचे से एक जूठी कोंपल भी छू दे।

'सुद्दो चाची,' चिट्ठी को एक हाथ से कमर के पीछे छुपाए दीनू ने कहा, 'मैं तो नहीं बताऊँगा।' सुदामी भूरे बालों से अपने मुँह को ढाँके बैठी थी, वह पानी की मटकी में पीले आमों को डालती और उन्हें धो-धोकर बगल की दौरी में रखती जाती। बालों के झोंझकर भीतर से उसकी आँखें बया के बच्चे की तरह बाग के तमाम पेड़ों को टुकुर-टुकुर देखती रहतीं, वह बैठे-बैठे ही हर पेड़ के नीचे चूनेवाले आमों की गिनती करती जाती, अभी कुल दो कम दो बीसी आम चुये थे कि दीनू ने फिर पुकारा—'सुद्दो चाची, हम तो नहीं बताएँगे।'

दौरी के बगल में सोए हुए डंडे को चट से खींचते हुए बुढ़िया झटककर खड़ी हुई। उसे हमेशा इस तरह के छोकरों से डर बना रहता। बहुरुपिए की तरह मुखौटा डालकर छोकरे आते, सुद्दो चाची की बीस बार जुहार करते, पालंगी करते और जरा नजर भंजी नहीं कि दो-एक आम झटककर चलते बनते। इसी कारण बुढ़िया हमेशा अपने पास सोटा रखकर बैठती और किसी को 'सुद्दो चाची' कहते सुनती तो चटाक डंडा खींचकर खड़ी हो जाती। बुढ़िया को इस आदत से दीनू खूब परिचित था, वह कलाबाज बंदर की तरह छटककर एक तरफ खड़ा हो गया। चिट्ठी को कमर के पीछे छुपाए हुए दोनों पैरों पर जोर देकर, एक खटके पर ही सरक सी जवान की तरह कूद जाने की अदा में खड़ा होकर वह बुढ़िया के भूरे बालों और झुर्रियों में धँसी आँखें डाले घूरता रहा।

'क्या है रे, सुट्टो चाची को अपनी माँ की···' बुढ़िया ने एक गंदी जनाना गाली देकर होंठों को ऐसा फैलाया कि उसके मिस्सी से करियाए दाँत शरीफे के दाने की तरह बाहर निकल पाए—'यहाँ क्या तेरे वास्ते कफ्फन रखा है, जो सुट्टो चाची से माँगने पाया है?'

'नहीं सुद्दो चाची' सुदी ने होंठों को गोल बनाकर एक बार 'पू' किया और बोला, 'पिसिर चाचा पूछ रहे थे कि तुम्हारे लिए नए बाँस की टिकठी बनेगी या पुराने की?'

बुढ़िया ने खींचकर सोटा फेंका, दीनू चौंककर चिट्ठीवाले हाथ को हवा में भाँजते अलग खड़ा हो गया।

'यह चिट्ठी किसकी लिया है, बचवा ने भेजी है क्या—' अचानक बुढ़िया की आँखें भर आईं और वह खुशी में मुँह फैलाए, साड़ी में हाथ पोंछती, ललचाए लड़के की तरह चिट्ठी को लेने के लिए आगे बढ़ी।

'मैं नहीं बताता, मैं क्या तेरा नौकर हूँ, तू समझती है कि सब लोग तेरे ये खट्टे आम चुराने को आते हैं। कंजूस, डाइन कहीं की!'

'अरे बेटा, तू है दीनू, भगवान् तुझे जल्दी जवान बनाएँ, मैं तो सोचती थी बहिरा है—'

'हाँ, हाँ, मैं ही हूँ बेटा दीनू, तू तो समझती थी कि बस मुफत में आम लेने आया हूँ। डाक मुंशी ने चिट्ठी दी, तब से दौड़ते-दौड़ते दम फूल गई और तुमने आम देना तो दूर, उलटे सोटा भी मारा, कहीं मेरी टाँग टूट गई होती तो तू अंधी मुझे बैठकर खिलाती, क्यूँ!' दीनू ने चेहरा ऐसा बनाया कि एक क्षण के लिए बुढ़िया भी अपने को गुनहगार माने बिना न रही।

'अच्छा बेटा, माफ करो भैया,' बुढ़िया की झुरियों में धँसी आँखें खुशी और याचना के भाव से अजीब मालूम होती थी, वह चिट्ठी लेने के लिए हाथ फैलाकर यों आगे बढ़ी, जैसे कोई बड़ी देर से रोता हुआ लड़का उसकी परेशानी में ही आनंद लेनेवाले किसी प्रौढ़ के हाथों से अपनी कटी पतंग लेने को मचल उठे।

'ना-ना,' दीनू चिट्ठी को पीठ के पीछे करके दो कदम खिसकता हुआ बोला, 'बिना आम के चिट्ठी नहीं मिलने की—'

बुढ़िया झुंझला उठी, पर लाचार थी। आखिर को उसने अपनी दौरी से एक छोटा सा पिचका हुआ आम निकालकर दीनू को दिया और 'बचवा' की चिट्ठी को रक्तहीन सूखे हाथों में लेकर छाती से लगा लिया, गोया वह चिट्ठी नहीं थी, कोई संदेशवाहक कबूतर था, जिसके नन्हे से गरम दिल की धड़कन बुढ़िया की ममता भरी छाती में समाती जा रही थी।

इधर चिट्ठी को छाती से लगाए अपने निर्दयी बचवा के बारे में जाने बुढ़िया क्या-क्या सोचती हुई बुत की तरह निश्चेष्ट खड़ी थी, उधर दीनू आम को हाथ में दबाए दौड़ता जा रहा था। दौड़ने की सारी जिम्मेदारी उसने अभ्यस्त पैरों पर ही छोड़ दी थी, क्योंकि बुद्धि तो उस समय पिचके हुए उस छोटे से आम की सुरक्षा में लगी हुई थी। उँगलियों की पकड़ मुलायम थी, जैसे आम न होकर वह कोई जानदार नाजुक चीज हो, जो जोर से पकड़ने पर मर जाएगी, इसलिए उँगलियों को इस कदर रखना होगा कि चीज पकड़ में भी रहे और उसपर दबाव भी न पड़े।

भागते हुए सरपट कुत्ते को बगल से गुजरते देख, जैसे बुरी नसल के घोड़े भड़क उठते हैं, वैसे ही दीनू को दौड़ते देख ठाकुर का नौकर हरिया चरनी पर से यों भड़ककर कूदा, जैसे उसने ऊदबिलाव देख लिया हो।

'अब मुझी से उस्तादी,' उसने रास्ता काटकर बीचोबीच खड़ा होकर कहा, 'बुढ़िया का आम तिड़ी करके यों भागा जा रहा है, जैसे कहीं आग लगी हो, वाह उस्ताद, आधा तो हमें दे ही दो, हमारा-तुम्हारा पुराना वादा है।'

'ऐ है, बड़ा आया साझीदार, चमार कहीं का, जाके अपना मुँह तो देख आ, सूअर की तरह थूथन निकाले, जब भी कोई चीज हाथ में देखी, सामने खड़ा हो जाता है—' हरिया दीनू की बात पर यों हँसा, जैसे अलादीन के चिरागवाला जिन्न किसी आदमजात को देखकर हँस पड़ता था, उसने अपने लोहे की तरह सख्त हाथों में दीनू की कलाई पकड़ ली, दीनू ने झटककर कहा, 'देख बे, हाथ छोड़ दे मेरा, नहीं साले वो लंगी दूँगा कि तेरे सात पुश्त की कमर टूट जाएगी, हाँ, क्या समझा है तूने—' मजबूत हाथ की पकड़ सख्त होती जा रही थी, दीन जोर से चिल्लाया, 'बाबू साहब—' आवाज छावनी में सोए बुढ़ऊ ठाकुर को पुकार रही थी, जिनके नाम से हरिया को दिन में ही तारे नजर आने लगते थे। मजबूत हाथ की पकड़ ऐसी ढीली हो गई, जैसे किसी ने जलती सलाख रख दी हो।

'जाओ न, जाओ, तुम्हें कौन पकड़ता है—झूठे चिल्ला रहे हो।' हरिया का चेहरा ऐसा हो गया था, जैसे किसी ने सेंध के दरवाजे पर चोर को पकड़ चार जूते रसीद कर दिए हों। वह भुनभुनाया—'अच्छा बेटा, बदला न लिया तो मेरा नाम हरिया नहीं।' और बंदर की तरह उचककर चरनी में छुप रहा।

दीनू ने विजय की किलकारी मारी और हुर्र से घर की ओर भागा। दरवाजे से झाँककर देखा, माँ आँगन में नहीं थी, वह भीतर हेल गया और किवाड़ के पल्ले हटाकर कोनेवाले कमरे में चला गया। भीतर का सारा वातावरण लोहवान और किसी तीखी दवा की गंध से भरा हुआ था, शायद राजी ने अभी-अभी कै की थी। तेल की चीकट से काली पड़ी दरी पर एक गंदे से तकिए पर सिर टिकाए राजी लेटी थी—'राजी!' दीनू फुसफुसाया, 'ये ले, बड़ी मुश्किल से मिला है एक, जाने कितना दौड़ना पड़ा। जल्दी खा डाल, नहीं अम्मा देख लेंगी तो फिर आफत हो जाएगी।'

'एक ही लाया है,' राजी ने नाराज होकर कहा, 'मैंने तो दो माँगे थे।'

'पर मिलता कहाँ से, बिना पैसे के बुढ़िया देती है? एक के लिए ही कितना करना पड़ा।'

छिलका उतारकर जब दीन ने राजी को प्राम थमाया तो उसके मुँह में पानी भर आया, पर राजी ने उसे एक कतरा भी न दिया, उलटे नाराज होकर बोली, 'मरा सा आम लाया है।'

राजी को सुलाते वक्त उसने उसका सिर छूकर देखा तो वह तवे की तरह जल रहा था—'राजी, तुझे तो बहुत जोर का ज्वर है न?' वह कुछ न बोली, दरवाजे पर पैरों की आहट सुनाई पड़ी। दीन ने छिलके और कुसली चुनकर मुट्ठी में भर लिया और दबे पाँवों दरवाजे के पास सिकुड़कर खड़ा हो गया, झाँककर देखा माँ बगलवाले कमरे में जा रही थी, वह हड़बड़ाकर भागा तो दरवाजा खड़क उठा।

'दीनू।' माँ के सामने वह अपराधी की तरह खड़ा था।

'पीछे क्या चुराए है, सामने हाथ कर।' भय के आँसुओं में डबडबाई आँखें माँ के चेहरे पर लगी थीं—खुले हाथों में छिलके और कुसली देखकर माँ बिफर पड़ी और उसने जोर से एक थप्पड़ मार दिया, 'हत्यारा कहीं का, मारना है उसे तो लेकर गँड़ासा काट दे, घुलाकर काहे मारता है। कहाँ से चुराकर लाया था आम?' दीनू सुबक रहा था, वह कुछ बोल न सका। माँ गुस्से में काँप रही थी, 'बाप रुपए कमाने गया था, हंडा लाने; वहीं चुड़ैल रखकर अपनी मिट्टी दे रहा है और तू है साढ़े साती पैदा हुआ कि घर भर को गंगा में भेजकर तब कल पाएगा। एक पखवारा हो गया, वह तो न मरेगी न जिएगी। घर में मुट्ठी भर अन्न नहीं कि हाँड़ी चढ़े और तू है लाट का नाती बना कि सारे गाँव में ऊधम मचाकर हमारी छाती तोड़ रहा है—एक बांड़ा बैल है। वह किसी के खेत में पड़ा होगा तो अभी कोई उलाहना लेकर आएगा—खड़ा क्या है चौपट कुलच्छन, जाकर कहीं मर-खप।'

गुस्से में अम्मा ने धोई हुई थाली उठा ली थी, उसे वह नाबदान के पास बड़ी देर तक मलती धोती रही और अपनी छाती में जमे दर्द के पत्थरों का गलाकर बहाती रही—

'दीनू,' बड़ी देर के बाद उन्होंने पुकारा, 'जाके बैद्यजी को बुला ला, मैं अभी गई थी तो वह नहाकर पूजा पर बैठे थे। देख, खाली हो गए हों तो साथ ही बुलाते पाना।' दीनू चौखट पर बैठा वैसे ही सुबक रहा था। माँ की बात सुनकर उठा। कुसली और छिलके वह वैसे ही हाथ में दबाए था, जो उसके आँसुओं में सनकर और भी गीले हो गए थे। उसने उन्हें धीरे से चौखट के नीचे फेंका, कुरते से आँसू पोंछते हुए दालान से बाहर निकल गया, माँ ने ताककर उसे देखा और थाल में लगी राख को छुड़ाने के लिए आँसुओं की धारा बहाने लगी।

बादल घने होते जा रहे थे। हवा बिल्कुल बंद थी। मुश्किल से दो घरों में दिन चढ़ा होगा, अभी-अभी सबेरा हुआ था, अभी उषा के स्वागत में पंछी बोले ही थे, वृक्षों की फुनगियों पर अभी एक क्षण के लिए ही बाल-सूर्य को लाल रोशनी पालने में झूली थी कि बादलों के काले झुंड ने सारे आसमान को ढक लिया। बड़ा उदास मौसम था, गलियाँ बिल्कुल सुनसान थीं, जैसे किसी को घर से बाहर निकलने की फुरसत ही नहीं मिलती।

पं. घूरेलाल अपने दालान में बैठे, सुरती का बड़ा सा खिल्ली मुँह में दाबे 'आरोग्य' का कोई अंक देख रहे थे। बीच-बीच में सफहों के बीच उँगली लगाकर वे मुट्ठी बंद करके पत्रिका को छाती से लगा लेते और चारपाई के नीचे गरदन करके पिच्च से थूकते और फिर इत्मीनान से उँगली लगे हुए पन्ने को उलटकर बड़े गौर से पढ़ने लगते। दालान के बाहर चौखट पर बैठकर बब्बनजी और झब्बनजी खरल में दवा कूट रहे थे। दीनू को चबूतरे पर चढ़ते देखा तो दोनों कनकनाकर दौड़े। शिकार सामने था, अभी घंटे भर पहले दीनू ने जो सधा तीर मारा था, उसको चोट कलेजे में साल रही थी, पर छोकरा तो जैसे अभी-अभी नहाकर आ रहा है, जैसे वह नहीं है जो था। बब्बन और झब्बनजी एक क्षण के लिए सहमकर खड़े हो गए। दीनू चुपचाप चौखठ के पास गया। उसने अपने दोनों कान पकड़े और बिना किसी के कुछ कहे उठा-बैठी करने लगा। बब्बनजी और झब्बनजी उसके पास आकर खड़े हो गए और दोनों गिनती गिनने लगे। एक, दो, तीन, चार, पाँच, दस, बीस¨

'क्या है मूर्खो¨!' पं. घूरेलाल जोश में आकर बोले, 'बब्बनजी और झब्बनजी, इस समय दवा कूट डालो बेटा, गिनती बाद में गिनना।' घूरेलाल ने 'आरोग्य' को मुट्ठी में बाँधा और पिच से थूककर फिर पन्ना खोलकर पढ़ने लगे।

बाइस, तेइस, चौबीस, पच्चीस, छब्बीस-चालीस-पैंतालीस गिनती के साथ किसी के हाँफने की आवाज सुनकर घूरेलाल बाहर आए। दीनू का चेहरा लाल हो गया था। उसकी आँखों में पानी तैर रहा था, पर जाने कैसे वह बाहर नहीं आ पाता था।

घूरेलाल एक क्षण के लिए हतप्रभ खड़े रह गए, 'यह सब क्या हो रहा है?'

'बाबूजी,' बब्बनजी ने कहा, 'यह माफी माँगने आया है, इसने आपको सुबह चिढ़ाया था न।'

'हाँ, अब तक पचास बार उठा-बैठी कर चुका है।' झब्बनजी ने हँसते हुए अपने बाप को देखा।

'बंद करो यह सब—मूर्खो! शाम तक दवा कूटो, बब्बनजी और झब्बनजी!' घूरेलाल गुस्से में जाने क्या कहना चाहते, पर कुछ कह न सके। उन्होंने आगे बढ़कर दीनू का हाथ पकड़ लिया—'यह सब क्यों कर रहे हो दीनू बेटा?'

बाँध टूट गया, आँखों में तैरता पानी बिखर गया। 'राजी बहुत बीमार है, पं. चाचा,' वह आगे कुछ न कह सका और फूटकर रो पड़ा।

'हाँ-हाँ, राजी ठीक हो जाएगी, इसमें रोने की क्या बात है, बब्बनजी, दवा की झोली लाना मेरी···चलो-चलो अभी देखता हूँ···अभी···'

दवा देकर और जल्दी ठीक हो जाने की भविष्यवाणी करके घूरेलाल चले गए। दीनू चुपचाप दोनों हाथों पर गाल टिकाए अपने घर के चौखट पर बैठा सामने फैले सीवान को देख रहा था। नई-नई घासों की हरियाली में पूँछ उठाए बछवे, गाय, बैल कुलाँचें मार रहे थे। दूर ताड़ के पेड़ों के नीचे कुछ छोकरे होला-पाती खेलने में मशगूल थे। उनकी खुशियों की किलकारियाँ मोर की आवाज की तरह पूरे खित्ते को बाँध रही थीं। दीनू शायद अपने बाप के बारे में सोच रहा था पर वह तो बहुत दूर था कलकत्ते में। किसी और के साथ अपनी जिंदगी की गाड़ी को खींच रहा था वह। सारे सीवान में नई खेती का उत्साह फैला है। सब लोग अपने-अपने खेतों में काम कर रहे हैं—लड़के दौड़-धूप मचा रहे हैं, दीनू चुपचाप सब देख रहा था।

'क्यों बे, कहा था न कि बदला नहीं लिया तो मेरा नाम हरिया नहीं। देख ले, यह तेरा ही बांड़ा है न, मालिक की बीया में पड़ा था, देख ले पैर में अभी भी पाँक लगी है, ले चलता हूँ बुढ़ऊ के पास, अभी आते हैं छोटे सरकार तो तेरी माँ की···' हरिया ने एक निहायत भद्दी किस्म की गाली दी, जिसे सुनना दीनू के लिए सदा मुश्किल हो जाता है। वह अपनी औकात के खिलाफ ऐसे मौकों पर गाली देनेवाले का मुँह नोच लेना जरूरी मानता है। हरिया, चमार कहीं का। सूअर का थूथुन—माँ की गाली!

दीन तमककर उठा और हरिया के पास जाकर खड़ा हो गया, पर खली मुट्ठियाँ भिंच न सकीं।

'देखो हरी चाचा, गलती हो गई मुझसे, माफ कर दो मुझे।'

'गलती हो गई, सूअर कहीं का!' हरिया ने अपनी सख्त उँगलियों से उसका कान पकड़कर खींचा।

'तुम मेरा कान तोड़ दो, मुझे थप्पड़ मार दो, पर बुढ़ऊ से मत कहना, नहीं मेरी माँ को बड़ा दुःख होगा, राजी बहुत बीमार है—' दीन की आँखों में जैसे आज

बाढ़ आ गई थी, झर-झर आँसू गिरे जा रहे थे। हरिया घबराकर आगे बढ़ आया। उसने उसका हाथ अपने हाथों में लेकर दुलारा, 'अरे तो बुढ़ऊ से कौन साला कहने जा रहा है, रोओ मत, रोओ मत, दीनू, धत् तेरे की, इतनी-सी बात पर रोने लग गए?' हरिया चुपवाने चला था, पर जाने क्या था दीनू की उन उदास आँखों में कि उसका भी गला भर पाया।

'अच्छा-अच्छा, दीन तुम घर जाओ, हम इसे तुम्हारी चरनी पर बाँध पाते हैं, कोई फिकर की बात नहीं है।' जैसे-तैसे करके हरिया बैल को हाँककर वहाँ से चला जाना चाहता था, उसे नहीं मालूम था कि दीनू को समझाने के लिए और क्या कहना चाहिए।

दीनू ने आँसू पोंछ लिये। हरिया बाँड़ा को हाँककर गली में चला गया था। दीनू आकर चौखट पर फिर उसी जगह बैठ गया। घर में घुसने की हिम्मत नहीं पड़ती थी। राजी का बुखार तेज हो गया था। अम्मा सिरहाने बैठी ठंडे तेल की पट्टियाँ बनाकर उसके सिर पर रखती जाती थीं, राजी बेहोशी में छटपटा रही थी।

बादलों से बूँदाबूँदी शुरू हो गई थी। ताड़ के पेड़ों के नीचे खेलते छोकरे भींजने के डर से इधर-उधर जाकर छिप गए थे, फुहारों के पड़ने से मवेशी कनकनाकर दौड़ते हुए पेड़ों की छाया में आ रहे थे। दीनू वैसे ही बैठा सब देख रहा था—

'क्यों उस्ताद, दोनों खा गए या एक हमारे लिए भी रखा?' डाकमुंशी बूँदाबाँदी से बचाने के लिए दालान में आकर खड़ा हो गया।

दीनू चुप।

'अरे बोलो तो उस्ताद, यह क्या मुँह बनाकर बैठे हो, ऐसे ही कंबख्त सुबह-सुबह बारिश होने लगी और दूसरे तुम मुँह फुलाकर बैठ गए, तुम्हारी माँ ने बुलाया था, क्या बात है, शायद चिट्ठी के लिए पूछना था, हाँ-हाँ तो, चिट्ठी आ जाएगी, इसमें क्या मुँह फुलाने की बात है।'

'राजी बहुत बीमार है, मुंशीजी?'

'राजी बीमार है तो क्या हुआ, वह भी ठीक हो जाएगी, इत्ती सी बात है, बाप की चिट्ठी नहीं आई और बहन जरा सी बीमार हो गई, बस सारा दाँव भूल गए, अरे वाह उस्ताद! अरे भाई हँसो, हँसो जरा हँस दो तो बादल फट जाएँ, हमें दूसरे गाँव जाना है।'

'नहीं हँसोगे? अच्छा तो भई जयहिंद, मैं तो चला।'

चौखट के नीचे कुसली पर मुंशी का पैर फिसल गया—चिट्ठियों का थैला

धब्ब से दूर जा गिरा, मुंशी ने दीवाल का सहारा लिया और एक हाथ से किसी तरह चश्मे को गिरने से रोका। दीनू खिलखिलाकर कूदा, 'कहो मुंशीजी हः हः हः··· कहता था न कि पैर पड़ा नहीं कि बस लगा धोबियापाट और गिरे धड़ाम!' दीनू तालियाँ पीटकर ठहाका लगाए जा रहा था। गली की ओर से बहिरा भी आ गया। मुंशी ने झोला उठाया और छोकरों की ओर गुस्से में देखते चल दिए।

'कुसली पर फिसल गया था।' दोलू ने कहा।

'ठीक किया, एक ही लंगी मारी न, एक और मारना चाहिए था।'

दीनू ने घूरकर बहिरा को देखा, 'बहिरबंड, कहता कुछ है, सुनता कुछ है।' बहिरा बेवकूफ की तरह हँसता रहा, पर दीन की हँसी ऐसी थी, जैसे उसने वह हँसी आज ही सवेरे अर्जित की हो।

□

अंध-कूप

आपकी चिट्ठी मिली। मैं इसका जवाब भी दे रहा है। मैं जब से देवपारा छोड़कर कलकत्ते आया, तब से गाँव-घर की दो-चार चिट्ठियाँ और भी आईं। मेरा पता सबको चल गया है। सभी जानते हैं कि मेरे जैसे आवारा नालायक के लिए कलकत्ते भागने के अलावा कोई चारा नहीं। बहनोई के पास दो-चार बार आया हूँ न, मेरी बाहर के दूसरे लोगों से जान-पहचान भी कहाँ है! इसलिए कलकत्ता पहुँचने के दो-चार रोज बाद से ही चिट्ठियाँ आने लगीं। बहनोई ने एक दिन पूछा, 'क्यों, भाग के आए हो?'

'नहीं तो···' मैंने आँखें झुकाकर मुकर जाने की गरज से कहा।

'फिर अइया ने यह सब लिखा क्यों है—देखो भाई, अब तुम लड़के नहीं हो, जवान हुए। ठीक-ठाक से रहो, कुछ करो-धरो'—आदि आदि।

उपदेश को मैं चुपचाप सुनता रहा। करता भी क्या? बहनोई शायद पिंड छुड़ाना चाहते हों। नालायक को दोनों जून खिलाना-पिलाना कोई कम मशक्कत का काम थोड़े ही है, पर सुचित भाई, इस बार उन्हें घबराना नहीं चाहिए। मैं खुद निठल्ले रहकर दूसरों की कमाई की रोटी तोड़ने से आजिज आ गया हूँ। मैं खुद अपनी अँधेरी जिंदगी को छोड़कर रोशनी में आना चाहता हूँ। मैं देवापारा से इसलिए नहीं भागा कि माई से रोज झगड़ा होता था। वह खेती तड़क जाने का सारा दोष मेरे मत्थे मढ़कर अपना माथा पीटने लगती थी, अपने करम को धिक्कारती थी, यहाँ तक कि गुस्से में रो-रोकर बाबू की आत्मा को कोसती थी, गालियाँ देती थी।

अपने तो मर गए—आराम से हो गए और इस सूरत-हराम आवारे को मेरे मत्थे डाल गए। दिन भर हाथ-पर-हाथ डाले बैठा रहेगा, गप्प करेगा, आसनाई करेगा और खाने के वक्त भरसायं जैसा पेट लेकर पीढ़ा चढ़ बैठेगा। घर में जवान बेटी बैठी है, कहीं कुछ हो जाए तो आग में कूदने पर भी तो कलंक न धुलेगा—हे

राम, क्या करूँ, कहाँ जाऊँ? कहीं किसी कुइयाँ-पोखर में धँस मरती तो भी इस जंजाल से मुक्ति मिल जाती।' बहनोई ने माई की चिट्ठी मेरी ओर बढ़ा दी थी, यही सब उसमें भी लिखा था, वही रोना-धोना, वही थुक्का-फजीहत।

मैंने इस बार हमेशा की तरह गुस्से में वह चिट्ठी फाड़ी नहीं। तह करके जेब में रख ली।

दो दिन बीत गए होंगे, बहनोई से मेरे होने की खबर पाकर मुन्नी ने एक चिट्ठी लिखी। लिखा कि 'भैया, चले आयो। माई ने रो-रोकर बुरा हाल कर लिया है। तुम यहाँ कुछ करना-धरना मत, जैसे रहते थे, वैसे ही रहना, पर आ जाओ जरूर। माई पीपल के पके पत्ते की तरह हैं, जाने कब चू जाएँ। वे तुम्हारे कारण पगला गई हैं। न खाती हैं, न पीती हैं, बस कोने-अंतरे बैठकर जाने क्या-क्या सोचती रहती हैं।'

मुन्नी की चिट्ठी पढ़कर बरबस मेरी आँखों से आँसू गिरने लगे, इसलिए नहीं कि मुझे माई पर तरस आ गया या मुन्नी की चिट्ठी ने मेरे मन को कुरेद दिया—रोना तो इसलिए आ गया मेरे भाई कि मुन्नी के चेहरे में मुझे किसी की परछाईं दिख गई।

तुम शायद मुसकरा रहे हो। तुमसे मेरी कोई बात छिपी नहीं है, इसलिए तुम्हारा मुसकराना भी सही है। तुम मुझे तब से जानते हो, जब हम दोनों भगई लपेटे गाँव की गलियों में घूमते थे, साथ-साथ खेलते थे। बड़े होकर भी हमारा बचपना अलग कहाँ हुआ! साथ-साथ घोंघे के अंडे बीनना, ताल में कूदकर कुई के फूल लाना, मदरसे जाते वक्त 'अंधे कुएँ' वाले बगीचे में पेंपा और कोयल के बच्चे उतारना, सड़क पर दौड़ते वक्त कंकड़ों की गेंद खेलना—यह सब हम हमेशा इकट्ठे करते रहे। कुछ और बड़े हुए तो कस्बे के स्कूल जाने लगे। स्कूल में मास्टर हम दोनों को एक साथ बेंच पर खड़ा कर देता।

'क्यों सूचित पांडे!' संस्कृत-टीचर बुरी तरह मुँह बिगाड़कर, घृणा से ओठों को सिकोड़कर कहता, 'तुम दोनों जब जनमे थे तो तुम्हारी माँओं ने दोनों की नाड़ा-खेड़ी एक साथ गाड़ी थी क्या?'

पर हमारा साथ-साथ रहना भाग्य को मंजूर न हा। मैं फीस अदा न कर सकने के कारण इम्तिहान में बैठने से रोक दिया गया, तुमने इंटर पास कर लिया। तुम कस्बे में मास्टरी करने लगे और मैं गाँव में आवारागर्दी। मैं बहुत दिनों तक अपने भाग्य को कोसता रहा। गरीबी का सारा दोष माई पर लादकर उसे बुरा-भला कहता, लड़ता-झगड़ता, तब मुझे साफ लगता था कि मेरी सारी असफलता के लिए माई ही जिम्मेदार है। उसने मुझे पढ़ाना न चाहा होगा।

मैं जिस जिद पर आमादा हुआ, उसपर हमेशा डटा रहा। मेरी आँखों के सामने चारों तरफ असफलता का घना अंधकार था, उसमें मेरा चेहरा साफ नहीं दीखता था, इसलिए मैंने लाज छोड़कर वह सबकुछ किया, जो दिन की रोशनी में कोई भला आदमी नहीं करता। सुचित भाई, तुमने लिखा है कि इस बार किसके-किसके लिए दवाएँ भेजनी हैं और किसके लिए तेल-साबुन।

तुम्हारा संकेत मैं समझता हूँ और अगर पहले जैसी बात होती तो मैं गर्व से अपने कर्मों का ब्योरा सुना देता, जैसे पिछली बार तुमको सुनाया था। छबिया को मैंने पहले-पहले वैसे ही देखा, जैसे औरों को देखा था। अँधेरे में कभी भी उसका चेहरा दूसरों से अलग नहीं मालूम होता था। ज्वार-बाजरों के खेतों की आड़ में, गाँव के किसी खँडहर की झुकी हुई दीवाल के नीचे, किसी अंधी गली के मोड़ पर जब भी मैं उससे मिला, उसके चेहरे की बनावट, अंगों की गठन, आँखें झंपा लेने की आदत, मुझे हर तरह से खुश करने की कोशिशें और बाद में किसी मामूली चीज की फरियाद, यानी तेल, साबुन, पीतल के बुंदे या चोली या रुमाल या ऐसा ही और कुछ, सभी तो वैसा ही था, उन पहले जैसियों की तरह ही। यह सबकुछ कितना आसान था। इसकी मैंने कभी कल्पना भी न की थी। मैं डरता था, शायद अपने चेहरे की रोशनी से।

पर छबिया के चेहरे पर नई रेखाएँ उभरने लगीं। वह किसी भी तरह अँधेरे की लीक के भीतर घिरे रहने को तैयार नहीं हुई। उसकी आँखों में एक ऐसी हरकत थी, जो दिन की रोशनी में भी उभरकर सामने आ जाती। वह अपने समवयस्कों के झुंड में चलती-चलती भी अनमनी हो जाती और उलटकर पीछे देखने लगती। मैं उसकी इस नई हरकत से परेशान होने लगा और घबराकर कलकत्ते भाग आया।

एक ही महीना बीता होगा कि तुम्हारा खत मिला। तुमने बड़ी जहरीली भाषा में बिना मुरव्वत लिखा कि जाने किस दुनिया की सारी निर्लज्जता और बेहयाई इकट्ठा करके वह लड़की मेरे पास आने का साहस कर सकी। आते ही बोली, 'आपके दोस्त की कोई खबर लगी क्या? आप तो जरूर जानते होंगे उनका पता। एक खत उन्हें जरूर से लिख दीजिए, मैं आपके पैरों पड़ती हूँ,' और सचमुच वह घिघियाकर मेरे पैरों पर गिर पड़ी। मैं बड़े असमंजस में पड़ गया। गली में इधर-उधर झाँकते, अपने धड़कते दिल को कड़ा करके मैंने पूछा, 'आखिर तुम कहना क्या चाहती हो?' वह कुछ कह न सकी, एक क्षण तक भँवर की नाव की तरह हिचकोले लेती रही, बोली, 'मुझे पेट रह गया है।' इतना कहकर वह इस तरह बिफरकर गली के मोड़

पर गुम हो गई कि मैं हक्का-बक्का देखता ही रह गया। पहले तो मैं इस लड़की की ढिठाई और निर्लज्जता पर बहुत नाराज हुआ, मगर सोचा तो लगा कि यह सब उसके दुःख का ही नतीजा था। ग्लानि, अपमान, बेइज्जती के दुःख से लड़ने के लिए उसने बेफिक्री का मुखौटा डाल लिया था। परदा उघड़ गया तो भीतर टूटती हुई आत्मा की घिघियाहट ऊपर आ गई। भई, इसका तुम जल्दी से कुछ उपाय करो। मुझे लच्छन अच्छे नहीं लगते। यह लड़की पागलों की तरह बात करने लगी है, ऐसों का कुछ निश्चय नहीं, जाने कब क्या कर बैठे। कहीं कुछ कर लिया तो गाँव में मुँह दिखाना भी मुश्किल हो जाएगा, यही थी तुम्हारी जहर भरे डंकोंवाली चिट्ठी, जिसे पढ़कर मैं इतना बेचैन हो गया था कि बहनोई से बिना कहे दिन भर इधर-उधर चक्कर मारता रहा। कोई हल ही नहीं निकलता था, पर मेरा कुछ न हुआ। मैं अपनी सारी बदबूदार करतूतों के बावजूद साफ पाक बना रहा। तुमने खबर दी कि छविया घर से निकल गई। रेल, पोखर, कुआँ सब छान डाला गया, उसको कहीं खबर न मिली। एक क्षण के लिए मैं चिट्ठी पर आँखें गड़ाए निश्चेष्ट बैठा रहा, जैसे किसी अदृश्य आदमखोर ने मेरे कलेजे में भाले की नोक हूल दी हो, जाने कहाँ होगी बिचारी। उसके जिस्म के एक-एक उतार-चढ़ाव मेरे स्वार्थी गंदे मन में उभरकर सामने आने लगे। तुम मेरी इस घृणित बेहयाई से भरी बातों पर नाक-भौं सिकोड़ रहे।

छबिया का क्या हुआ, किसी को मालूम नहीं। उसके इस तरह गायब हो जाने से मुझे खुशी ही हुई। इसमें मेरा कितना अपराध था, एक मासूम जिंदगी को नष्ट करने में मेरा कितना हाथ था, इसे मैं खूब अच्छी तरह जानता था, पर मैं अब खुश था, इसलिए कि छबिया अपनी तबाही के लिए मुझे धिक्कारने नहीं पा सकती थी। गाँववाले छबिया के प्रति दयालु होकर भी किसी सबूत के बिना मेरी ओर उँगली नहीं उठा सकते थे और यह सब सोच-सोचकर मैं अपने को इतना हलका-फुल्का अनुभव करने लगा, जैसे मेरे मन से, तन से किसी ने भारी-भारी वजनी चट्टानों को एक झटके से अलग कर दिया हो। मैं बड़े साहस और स्वाभिमान के साथ गाँव लौट आया। दो-एक दिन सबसे कटकर घूमता रहा। अँधेरी गलियों के बंद मोड़, खेतों के पेड़ों के अँधियारे साए, खँडहरों को सनसनाती हवाएँ, सब जैसे मेरे कानों में छबिया की फुसफुसाहट की तरह गुनगुनाने लगतीं, पर यह तो मन का वहम था, ऊपरी कमजोरी थी, इसे मैंने बड़ी निर्दयता से फाड़कर अलग कर दिया।

माई मुझे अब भी वैसे ही देखती थी। बूढ़ी झुरियों में छुपी आँखें, जैसे हिकारत से भरी थीं, उन्हें विश्वास ही न होता था कि यह तन उन्हीं का जनमाया है। मैं तरह-

तरह की शंकाओं में भर उठता। कहीं किसी ने माई से कुछ कहा तो नहीं है। कहीं छबिया खुद घर से भागने के पहले माई से मिलकर सब कह गई हो! या हो सकता है, छबिया की माई ने सब कहा हो। मैं इस टूटे कसकते काँटे को खींचकर फेंक देता··ना, ना, छबिया ऐसा कभी नहीं कर सकती। छबिया ऐसी नहीं थी, जाने क्यों मेरे पतित मन को छबिया के बड़प्पन पर विश्वास था, फिर माई ऐसे काहे देखती है! गोया इस तन से उसका कोई नाता ही नहीं?

मुन्नी कह रही थी उस दिन, 'माई, अब तो कातिक भी बीत गया, मेरी साड़ी पेवन से भर गई है, तुम तो कहती थीं दशहरे पर ही ले पाने को।'

माई ने यो मुँह बनाया, जैसे कुछ सुना ही नहीं—मुन्नी हटी नहीं।

मैं उठकर चलने लगा तो जैसे लगा माई कह रही है, 'साड़ी क्या बेचकर लाऊँ बेटी, बुढ़ऊ के बनवाए दो-चार जोड़े गहने थे ट्रंक में, जाने किसने उन्हें भी फूँक-तापकर बराबर कर दिया।'

और आज उसी मुन्नी ने लिखा है कि 'भइया, तुम लौट आओ, जैसे रहते थे, वैसे ही रहना।' मुन्नी को भी शायद मेरी काली करतूतों की पूरी खबर मिल चुकी है। मुन्नी की चिट्‌ठी पढ़कर मेरी आँखों में एक अजीब आँसू भरी कातरता छा गई। मैंने तुमसे पहले ही कहा है कि मुन्नी की याद आते ही मुझे लगा कि उसके मासूम चेहरे में किसी की परछाईं तिर गई है।

सोनी भाभी हमारे पड़ोस में जब दुलहन बनकर आईं तो मुझे उनके बारे में कुछ जानने या उन्हें पास से पहचानने की कभी इच्छा नहीं हुई। एक दिन अचानक गली से जाते हुए दीपू चाचा की बखरी के द्वार पर वे दिख गईं। मेरे पैर आगे बढ़ गए, पर आँखें वहीं भटककर रह गईं। सच कह रहा हूँ सुचित भाई, मजाक नहीं, मैंने ऐसी सुंदरता कभी न देखी थी। हो सकता है कि मैं उन्हें उसी समय अद्भुत मान बैठा और बाद में बहुत दिनों तक उन्हें देख न पाने की वजह से उस सुंदरता को बढ़ा-चढ़ाकर मन को तृप्त करता रहा, पर जब उन्हें दूसरी बार देखा तो सचमुच मैं खुशी के मारे हक्का-बक्का ताकता रह गया, क्योंकि मन ने बार-बार बिना देखे अपने संतोष के लिए जो तन उन्हीं का मूरत गढ़ ली थी, सोनी भाभी उससे कहीं अधिक सुंदर थीं। मेरी वीरान दुनिया में अचानक वसंत ने अपना डेरा डाल दिया था और मुझे सिवाय सोनी भाभी के बारे में सोचते रहने के कोई काम न था।

'यह कौन रो रहा है, मुन्नी?' मैंने बड़ी अधीरता और आशंका से एक दिन पूछा।

'वही, दीपू चाचा की पतोह···सोनी भाभी···' मुन्नी निरुद्वेग भाव से बोली।

'क्यों क्या कोई···?'

'नहीं-नहीं दीपू बो चाची ने मारा होगा। अकसर ऐसा होता है।'

मैं चुप रह गया। मुन्नी से सबकुछ पूछकर जान लेना मुश्किल था और फिर मन की अधीरता छिपाए छिपती क्या? जाने क्या सोचती मुन्नी। सो मैं चुप ही रहा।

सोनी भाभी का कसूर सिर्फ यह था कि वह एक गरीब बाप की बेटी थी। गरीब केवल इसलिए कि उन्होंने अपना सबकुछ बेचकर लड़की को नहीं दे दिया। तीन हजार रुपए यहाँ और एक हजार द्वार पर देने की बात थी। यहाँ का देना तो उन्होंने सब चुका दिया, पर द्वार पर चाहकर भी वे एक हजार रुपए न दे सके। दीपू बो चाची को लगा कि उनका लड़का धोखे के समुद्र में झोंक दिया गया है। बहू घर आई तो बाप के लिए सँजोया गुस्सा उसी पर उँडेल दिया गया। सबों के सामने सास ने बहू के मायके से आई एक-एक चीज को आँगन में फेंककर उसके मायके के बड़प्पन का गुनगान किया।

'इसी बिरते पर चले थे मेरे लड़के को ब्याहने!' ओठों को सिकोड़-सिकोड़कर सास ने ताना मारा, 'ऐसी खटिया कटी थी तो किसी गरीब-गुरवे के घर बाँध जाते, इज्जत बची रहती। इन दुकड़ही मोन्हियों को सिर पर लेकर घूमता और समधी का जस गाता···'

बहू घूँघट के नीचे आँसुओं का ढेर लगाती और सास पड़ोसिनों के सामने तीखी-से-तीखी बातें सुनाने का रियाज करतीं।

एक दिन दीपू बो चाची दरवाजे पर खड़ी, जब बहू के मायके के लोगों की कुंडली बाँच रही थीं, मुझसे सुना न गया और मैंने बीच ही में टोक दिया—

'जो हो गया सो हो गया, चाची। रुपया-पैसा के दिन का होता है? सोने सी बहू मिली है, तुम्हारा भाग अच्छा है, भगवान् का दिया तुम्हारे घरों में सबकुछ है।'

चाची को बहू के पक्ष में बोलने वाले शायद ही मिले हों। उनका क्रोध सूखी लकड़ी की आग की तरह भभक उठा, 'बहू लेकर क्या चाटेंगे? हम क्या कोई मरभुखे, कंगाल, उठाईगीरे है, जो नीच-कमीन लोगों के यहाँ शादी न करें तो लड़का जन्मभर कुँआरा रह जाएगा? घर भरा-पूरा है तो एक से-एक बाबू अपनी लड़की पहुँचाने को एड़ियाँ रगड़ेंगे।'

चाची के इस रूप को देखकर मैं अवाक् रह गया। हम कंगाल-उठाईगीरे ही सही, पर दीपू चाचा कबके धन्ना सेठ हुए? दो-चार साल खेती ने साथ दे दिया,

रुपए सेर चावल बेचकर दो ठो रुपल्ली क्या जोड़ लीं, धरती पर पाँव नहीं पड़ते।

उस दिन ऐसा क्रोध आया कि मैं भी दो-चार जली-कटी सुनाने से बाज न आता। गनीमत हुई कि चाची मुझ जैसे उठाईगीरे से कुछ सुनने के पहले एड़ी से जमीन धसकाती भीतर चली गईं।

उसके दो ही चार दिन बाद की बात है। मैं गली से जा रहा था तो देखा, बाहरी निकसार में पल्ले की आड़ में दुबकी सोनी भाभी खड़ी थीं। उन्होंने इशारे से मुझे बुलाया। मैं पास जाकर खड़ा हो गया। कृश धूमिल मुखपर उड़ती लट को हाथ से टालकर वे बोलीं, 'उस दिन आप नाहक बीच में पड़े। अम्माँ ने आपको भला-बुरा भी कह दिया।'

इतना कहकर वे एकदम चुप हो गईं, जैसे इतना कहने भर के लिए वे बेचैन थीं और जब उसे कह लिया तो अब कुछ कहना नहीं है। मैं बड़ी उत्सुकता से प्रतीक्षा करता रहा कि शायद वे कुछ और कहेंगी। मेरे गंदे मन ने इसे चिर-परिचित अँधेरी दुनिया की एक नई शुरुआत समझा, जब सोनी भाभी खुद मुझे बुलाकर बात करना चाहती हैं, तब बाधा ही क्या है? पर सोनी भाभी बिल्कुल चुप थीं। जाने कितनी हिम्मत से, यह जानकर कि चाची घर में नहीं है, उन्होंने मुझे इस तरह बुलाने का साहस किया होगा।

वह एक क्षण वैसे ही खड़ी रहीं, फिर उचटी नजर से मेरी ओर देखती हुई आँगन में चली गईं। मैं चुपचाप गली में आ गया। उस शाम मेरे मन में सोनी भाभी का ऐसा प्रभाव छा गया कि मेरा किसी काम में जी ही नहीं लगा। लोगों से बातें करते, ताश खेलते, चारपाई पर लेटे-लेटे मेरे मन के भीतर काँसे के थाल पर, जैसे हथौड़े की चोटें लगातार टूटने लगतीं, एक झन्नाहट की मर्मांतक आवाज मेरे सारे शरीर को दबोचकर बैठ जाती।

मैं पागल नहीं था। गाँव की सारी मर्यादाएँ मेरे सामने दीवाल की तरह खड़ी थीं, पर मैं इतना होश में भी न था कि दीवाल से अपने को बचाए रखता। मेरे मन में किसी के पास होने, किसी से बात करने, किसी को मुसकराते देखने, आँखों में खिल-खिल पड़ने की इतनी बड़ी साध कभी न जगी थी और उसके साथ इतनी पैनी कचोट भी होती है, यह मुझे कभी मालूम न था।

पागल बना देनेवाले इस दर्द से परेशान होकर मैंने एक चिट्ठी लिखी। सोनी भाभी के रूप की मैंने तहेदिल से प्रशंसा की। उनके साथ होनेवाले दुर्व्यवहारों की

मैंने निंदा की और अंत में लिखा कि यदि मेरी जिंदगी उनके किसी काम आ सके तो मैं अपने को भाग्यशाली मानूँगा।

लगातार चक्कर लगाने के बाद एक दिन सोनी भाभी को बाहरी निकसार में खड़ी देखा। मैंने चिट्ठी को एक ढेले के साथ बाँध लिया था। उसे धीरे से दालान के भीतर फेंककर दिल की धड़कन और पैरों की चंचलता को छिपाता, मैं जल्दी से गली की मोड़ पर गायब हो गया।

गाँव के बाहर एक नीम के तले बैठकर मैं बड़ी देर तक धौंकते दिल को रोक रखने की कोशिश करता रहा। कहीं बुरा तो नहीं किया? कहीं सोनी भाभी वह चिट्ठी चाची को दिखा दें तो? कहीं भेद खुल जाए तो? कहीं किसी ने देख तो नहीं लिया?—ये सारी बातें मेरे मन में एक साथ उठीं, पर एक क्षण से अधिक न रह सकीं। इस तरह का काम मेरे लिए कोई नया न था और फिर सोनी भाभी खुद मेरी ओर आकृष्ट थीं, वरना मुझे बुलाकर वे सब बातें कहती ही क्यों। मैं अपने जी को बार-बार समझाता।

दो दिन तक चाहकर भी उस गली से गुजरने की मेरी हिम्मत न हुई। तीसरे दिन जब उधर से निकला तो देखा, सोनी भाभी वैसे ही पल्ले की आड़ में खड़ी थीं। उन्होंने बुलाया भी। मैं बड़ी उलझन में पड़ गया, क्योंकि इस बार मुझे चिट्ठी के बदले कोई चिट्ठी नहीं मिली या तो सोनी भाभी औरों से अधिक ढीठ हैं या फिर कोई गड़बड़ है। यह सब सोचता-गुनता मैं दालान की चौखट पर रुका तो वे बोलीं, 'आप मेरे लिए इतना सोचते हैं, यही बहुत है। कोई जरूरत पड़ी तो आपसे मदद न माँगूँगी तो किससे माँगूँगी भला! पर एक बात याद रखिएगा, मैं दुःखी हूँ, बेशर्म नहीं हूँ, इसलिए आगे कभी चिट्ठी-चपाती लिखने की कृपा मत करिएगा।'

यह सब कहते हुए उनके होंठ तनिक काँपे थे, इतना तो गरदन नीचे होने पर भी मैंने देख लिया, पर चेहरे पर कोई क्रोध नहीं था, यह मुझे स्पष्ट लगा। मैं चुपचाप चला आया। बात बड़ी नरमी से कही गई थी; पर मतलब साफ था।

दो महीने बीत गए। मैं बार-बार कोशिश करके भी सोनी भाभी को अपने खयालों से अलग न कर सका। दीपू बो चाची के क्रोध में अब तक कोई फरक न पाया था और कुछ दिनों के अंतर पर हमेशा उनकी बखरी नारीकंठ की दर्द भरी आवाज से गूँजती थी और गाँव की गलियों और चौराहों पर औरतें फुसफुसाकर दीपू बो की निर्दयता को कोसती थीं, पर किसी में इतनी हिम्मत न थी कि खुलकर उनका विरोध करें। बिना मतलब दूसरों का झगड़ा अपने सिर कौन ले!

साहस करके मैंने एक बार पुनः सोनी भाभी को पत्र लिखा। इस बार मैंने साफ लिख दिया कि यदि वे चाहें तो मैं उनके साथ कहीं भी जाने को तैयार हूँ। उनकी खातिर मैं माँ–बहन–परिवार सब छोड़ सकता हूँ। बस उनके एक इशारे की देर है, पर इस चिट्ठी का न तो कोई उत्तर मिला, न पिछली बार की तरह उन्होंने मुझे बुलाकर कुछ कहा ही।

और इसके बाद देवपारा में जो घटना घटी, उसे तुम जानते ही हो। उस रात मैं बड़ी देर तक जागता रहा था। रात के सन्नाटे में लोगों की दौड़–धूप और घबराहट की आवाजें सुनकर मैं उठ बैठा।

'क्या है, क्या हुआ?'

'दीपू भाई की बहू घर में नहीं है।' किसी ने जल्दी–जल्दी में हकलाते हुए कहा।

बगीचे के अंधे कुएँ पर जब कई लालटेन और रस्सियाँ इकट्ठी हुईं तो भी कोई जल्दी उस अधगिरे कुएँ में उतरने को तैयार न था। मैंने खुद डोर में सकरमुद्धी देकर अपनी जाँघों में बाँध लिया था, मुझे अब भी भरोसा था कि शायद सोनी भाभी बच जाएँ। कुएँ के घोर डरावने अंधकार में धुँधले चमकते हुए पानी का स्पर्श होते ही मैं एक अजीब डर से काँप गया। सोनी भाभी के शरीर को कंधे पर लादकर मैंने ऊपरवालों को इशारा किया। बड़ी मुश्किल से, टूटी ईंटों से टकराते हम बाहर आए। कुएँ की जगत पर उन्हें लिटाकर मैं एकटक देखता रहा। पानी–भरी लटें आँखों और गालों पर छाई थीं। मैंने उन्हें हटाकर उनके मुँह को दोनों हाथों में लेकर हिलाया, झकझोरा। उनके शरीर को हाथों में भरकर मैंने खींचा, मरोड़ा। पानी के कुछ हुलक्के मुँह से निकले, पर आँखें न खुलीं। अंधे कुएँ के सड़े पानी के गंदे कीड़े बदन से सट गए थे। मैं फिर उस शरीर को छना, बाँहों में भर लेना चाहता था कि लगा, जैसे सोनी भाभी के पतले–पतले लाल होंठ, जो स्याह हो गए थे, थरथराकर हिले, 'मैं दुःखी हूँ, बेशर्म नहीं हूँ।' मेरे बढ़े हाथ झटके से रुक गए। मैंने लाश पर अपनी चादर डाल दी और चुपचाप चला आया। मैं जानता था कि अब कुछ बाकी नहीं है। सुबह थाने से सिपाही आएँगे। गाँव का एक–एक आदमी कसम ले–लेकर कहेगा कि सोनी भाभी को दिमाग की बीमारी थी, उन्हें हिस्टीरिया होता था, मिरगी आती थी। कोई यह न कहेगा कि दो दिन पहले उनका छोटा भाई आया था तीज लेकर। माँ के हाथों बनाई केसार और साड़ी लेकर, जिसे दीपू बो चाची ने गली में फिंकवा दिया। भाई रोता रहा, पर उसे बहन से मिलने न दिया गया। गाँववालों की

बातें सुनकर अंधा कुआँ झनझनाकर हुँकार भरेगा। लाश जलाने को दे दी जाएगी।

मुश्किल से दो-एक घड़ी रात शेष थी। थके होने के कारण मेरी पलकें झपी ही थीं कि सोनी भाभी की लाश मेरी आँखों के पास खिंच आई। पानी से भीगी लटें··· देह से चिपकी हुई साड़ी कंचन काया···छबिया थी वह। लाश बिल्कुल छबिया की मालूम होती थी। सस्ती चोली, पीतल के बुंदे, छींट की साड़ी, जिसे पाने में उसे जाने कितना देना पड़ा था और जाने कब दोनों लाशें मिलकर एक हो गईं, गायब हो गईं। मुझे लगा कि ब्याहता सोनी और बिन ब्याही छबिया के सारे उतरने पहनकर मुन्नी खड़ी है। अपनी पेबंदों वाली साड़ी छोड़कर लाशों के कपड़े, बुंदे, चोलियाँ पहनने में मुन्नी खुशी के मारे पागल हो रही है। मैं चीखकर उठ बैठा। मेरी आँखें खुल गईं।

मैं बार-बार सोचता हूँ, सुचित भाई कि हर गाँव में एक अंधा कुआँ क्यों होता है? हमारे कुएँ पानी की मिठास या शीतलता के लिए प्रसिद्ध न होकर प्रेतात्माओं के लिए मशहूर क्यों होते हैं?

मुझे क्षमा करना। मैं जल्दी ही लौटूँगा, मेरी चिंता न करना। माई और मुन्नी को ढाढ़स बँधाना।

तुम्हारा नीच दोस्त

सोमू

□

मुरदा सराय

मैंने आपसे वादा किया था कि एक-न-एक दिन अपना परिचय दूँगा, हालाँकि वह वादा मैंने इसलिए नहीं किया था कि मुझे आपसे लगाव था या कि मैं आपकी खुफियागीरीवाले कामों से बड़ा खुश था। यह भी नहीं कि मैं आपको कोई बहुत नेक इनसान समझता हूँ। मुझे आपसे तकलीफ ही मिली है। आपने मेरे ऊपर पड़े परदे को फाड़ने की हरचंद कोशिश की। छिप-छिपकर मेरा पीछा किया। इन सभी हरकतों से मुझे परेशानी ही हुई, पर जाने क्यों इन परेशानियों के भीतर धीरे-धीरे यह अहसास होने लगा कि आप अपनी इन कोशिशों में नाकाम होकर यदि मेरा पीछा करना छोड़ देंगे तो कितना सुनसान हो जाएगा यह सबकुछ, यानी मेरी यह जिंदगी आज इस किनारे खड़ी है, जहाँ परेशान करनेवाले से भी एक ऐसा गाढ़ा अपनापन अनुभव करने लगता हूँ कि मानो डूबते को तिनके का सहारा मिल गया हो।

आप भी मेरी तरफ इस अजीब शक्ल और पहनावे के कारण ही खिंचे। है न? सच, मेरी यह शक्ल ऊपर से ऐसी अजीब पहले न थी, न ही मैंने कभी इसे जानकर अजीब बनाने की कोशिश की। मैं भी एक पढ़ा-लिखा, खासा देखने-सुनने लायक इनसान था। भरी-पूरी जिंदगी थी। एक नेक और खूबसूरत औरत मेरी पत्नी थी। मैं गाँव के पास के ही एक मिडिल स्कूल में अँगरेजी का अध्यापक था। मुझे अपनी गृहस्थी से उतना ही मोह था, जितना हर किसी को होता है या होना चाहिए। मेरी शादी हुई तो गाँव के लोगों ने बहुत-बहुत खुशी व्यक्त की। लोग-बाग राह चलते, दरवाजे पर हुक्का गुड़गुड़ाते अथवा खेतों में काम करते किसी-न-किसी मौके पर यह जरूर कहते, 'भई, ज्यादा दौड़-धूप, भाव-ताव आदि सब बेकार है। अब देखो न, हरिचरण मास्टर के लिए यह सब देखने-सुननेवाला कौन था, पर पढ़ा-लिखा आदमी है, मेहनती और ईमानदार। भाग्य से घरवाली भी उतनी ही सुशीला और सुंदर मिल गई। घर का सब काम भी करती है और कितनी सफाई-सुघराई के साथ, फिर

कितनी हँसमुख खुशदिल है। दिन भर गुनगुनाती रहती है। रामायण की कोई चौपाई या कीर्तन''! ऐसे घर में लक्ष्मी का वास न होगा तो फिर कहाँ होगा!' सुननेवाला यदि अपनी घरेलू दिक्कतों से परेशान हुआ तो लंबी साँस लेकर हामी भरता और यदि भाग्यशाली हुआ तो मेरे परिवार की खुशी पर दो-चार और वाक्य सुनाकर अपनी प्रसन्नता का इजहार करता।

और तब जैसे मेरे परिवार की खुशी लोगों की सहानुभूति और तारीफ से धीरे-धीरे ऊबने लगी। काश मुझे कुछ पहले ही मालूम हो जाता कि खुशी नारुन के फल की तरह ज्यों-ज्यों छिलके में सुनहरी आभा धारण करती जा रही है, त्यों-त्यों इसके भीतर जहर का पानी पक-पककर एक मादक खुशबू में बदलता जा रहा है। एक दिन जब मैं शाम को स्कूल से घर लौटा, रोज की तरह पत्नी को दरवाजे पर पलकें बिछाए प्रतीक्षा में खड़ी नहीं देखा, तभी जाने क्यों एक लंबी साँस हृदय की किसी अज्ञात संधि में उतरकर तड़प उठी। मुझे लगा कि किसी ने पीछे से आकर अँधेरे में फुसफुसा दिया हो। मेरे रौंगटे खड़े हो गए। घर में आया तो पत्नी चारपाई पर औंधे मुँह लेटी थीं। उनकी वेणी अस्त-व्यस्त होकर जमीन पर लोट रही थी।

'क्यों, तबीयत ठीक नहीं है क्या?' मैंने उनकी पीठ थपथपाते हुए पूछा।

'आप आ गए। चलिए आधा दुःख तो ऐसे ही दूर हो गया,' वे झेंपते हुए बोलीं।

उनके चेहरे पर लज्जा, भय और पीड़ा के ऐसे-ऐसे रंग उभरकर एक में मिलते जा रहे थे कि सहसा यह भाँप पाना मुश्किल था कि आखिर बात क्या है, जो वे इतना परेशान हैं। मैंने दो-एक बार और कोशिश की, पूछा भी, पर हर बार वे पहले से अधिक संकोच की गेंडुर में सिकुड़ती रहीं, अब उन्होंने मेरी तरफ पीठ फेर ली थी और दोनों हथेलियों में मुँह छिपाकर हँसने लगी थीं।

'आप बिल्कुल अनाड़ी हैं।' मैं इस विशेषण से कुछ खीझ सा गया; पर मैं सचमुच अनाड़ी था कि मुझे सबकुछ समझने में इतनी देर हुई। समझ की रोशनी के भी भाई साहब, कैसे धक्के होते हैं कि एक क्षण के लिए सारा अस्तित्व एक अजीब तरह की खुशी और पीड़ा की मिली-जुली थरथराहट से काँपने लगता है। मुझे तो जैसे बिजली की लहर छू गई थी। मैं चारपाई से यों उछल पड़ा, जैसे स्प्रिंगदार बबुआ हूँ। इतने जोर से हँसा कि शहतीरों में छिपे गौरैए फड़फड़ाकर उड़ पड़े।

'तो इसमें घबड़ाने की क्या बात है रानी,' मैंने बादशाही लहजे में कहा, 'अभी बुलाए देता हूँ मनका चाची को। बस, घड़ी-दो घड़ी में दुःख के बादल छँट जाएँगे। मासूम चाँद की किलकारियों से घर में आरती की घंटियाँ बजने लगेंगी।'

मैंने पैरों में चप्पलें डालीं या यों कहिए, करीब-करीब घसीटते हुए सा दरवाजे की ओर भाग चला। मनका चाची को खबर की, लंबी दास्तान सुनाई, पत्नी की घबराहट का रंगीन वर्णन किया तो वे मुसकराती हुई बटुली पर कलछी पीटती सुनती रहीं। गोया कलछी पीटने को उन्हें फिर समय ही न मिलेगा।

"चाची," मैंने करीब-करीब घिघियाहट की आवाज में कहा, "देर न करना चाची, तुम्हारे पैर पड़ता हूँ।"

"अरे जा-जा, कहीं घूम-फिर आ। खबरदार उसके पास मत बैठना। अभी तो दर्द शुरू हुआ है। घंटों लगेंगे। पहलौठी का लड़का जनना कोई खेल है क्या?" इस बार चाची ने सिर्फ बटुली ही नहीं पीटी, बल्कि कलछी हिला-हिलाकर वह उसकी पेंदी को फोड़ डालने की कोशिश करने लगी। मैं हारा-थका लौट पड़ा। चाहकर भी पाँव घर की ओर न मुड़ सके। इधर-उधर लोगों के दरवाजों पर बैठता रहा। अखबार की खबरें पूछी गईं, राजनीति के प्रश्न हए, नहर या सड़क के बारे में तरह-तरह की गप्पें सुनी-सुनाईं; पर यह सब करते मन कहीं और टँगा रहता। बीच-बीच में हवा सरसराती तो लगता कि पत्नी सिसक रही हैं। मैं सोचता अब चचिया आ गई होंगी। उन्होंने सारी बड़बड़ाहट दर्द और छटपटाहट को अपने प्यार और ममता को गोद में ले लिया होगा। ऐसे समय औरत ही औरत की ठीक तौर से देखभाल कर सकती है। काफी समय इधर-उधर बिताकर मैं घर की ओर चल पड़ा। आँगन में आकर मैंने थाह लेनी चाही कि कहाँ क्या हो रहा है। डर भी था कि शायद चचिया मेरे आने से नाराज हो जाएँ, पर वहाँ तो एकदम सन्नाटा था। बीच-बीच में जैसे इस सुनसान को चीरती हुई एक कराह का स्वर उठता था और फिर हिचकियों में विलीन हो जाता था। मैं एक क्षण तक ठिठका सा खड़ा रहा, तभी जैसे अनजानी लहर व्यथा का तूफान लिए मचल उठी। पत्नी इस तरह से चिल्ला उठीं, जैसे गाड़ी का थका-थकाया भारी डिब्बा पटरियों पर रिरियाता है। मैं सारा संकोच छोड़कर घर में हेल गया। वे जमीन पर औंधी सी चिपकी थीं, मानो धरती के गह्वर में छिप जाना चाहती हों। कमरे में दीये की टेम धुँधला रही थी। मैंने बाती उकसा दी।

"आह, तुम आ गए, जरा मेरी वेणी खोल देना," वे बोलीं, जैसे वेणी की एक-एक गाँठ खोलने में उन्हें अथक पीड़ा का सामना करना पड़ा हो।

मैं घुटने के बल बैठ गया। चोटी अपने हाथ में लेते समय जैसे एक अजीब तरह की धड़कन ने मेरे अस्तित्व को झिंझोड़ दिया हो। यह चोटी जाने कितनी बार मेरे हाथों में आ चुकी है। मैंने जाने कितनी बार उसे सहलाया है, सूँघा है, खींचा है,

मरोड़ा है, उँगलियों में लपेटा है और इसके निचले गुच्छे का पत्नी के गालों से स्पर्श कराया है, पर आज यह चोटी मेरे हाथ की पकड़ से छूट जाती थी। थरथराहट से खुलती गाँठें अनखुली रह जाती थीं। किसी कदर चोटी खुली तो वे फिर हाँफती हुई बोलीं, "मेरे गले का लॉकेट भी उतार लो।"

मैं अजीब व्यथा से उनकी ओर ताकने लगा। यह सबकुछ क्यों करा रही हैं! लॉकेट उतारने से क्या होगा भला? बहुत डरी-डरी हैं शायद।

"उतार लो न—" मुझे हक्का-बक्का देख वे तेज स्वरों में बोलीं, "कुछ और न सोचो। ऐसे में शरीर पर एक भी ऐसी चीज नहीं होनी चाहिए, जिसमें गाँठ हो। चचिया से सुना था कभी, गाँठवाली चीज के बदन पर होने से देर लगती है।"

मैंने गले से लॉकेट निकाल लिया।

"तुम यहाँ क्या कर रहे हो?" चौखट पर खड़ी-खड़ी घूरती हुई चचिया बोली, "हटो यहाँ से। तुमसे मैंने कहा था न कि वहाँ मत जाना।"

चचिया जाने और क्या-क्या सुनातीं। मैं गरदन झुकाए, उनकी ओर कनखी देखता कमरे से बाहर चला पाया। गली में बहुत अँधेरा था। हवा में सरसराहट बड़ी तेज थी। मैं इधर-उधर घूमता रहा। मेरे घर का दरवाजा भय और संदेह का जैसे नियतिद्वार था, जिसके अगियारे मुख से मेरी जिंदगी का फैसला सुना जाएगा। मैं एक क्षण के लिए कमरे में तड़पती पत्नी के थरथराते बदन को हाथों से छूता अनुभव करता तो दूसरे ही क्षण हाथ को झटककर अपने माथे और गालों को सहलाने लगता, जिसपर अचानक ही जैसे किसी अनजान देश से उड़कर आई लाखों-लाख चिनगारियाँ चिपक गई हैं और मैं उन्हें नोच-नोचकर फेंकने की असफल कोशिश कर रहा हूँ। हवा में लहरों के थपेड़ों की आवाजें भरती जा रही थीं। बिना पतवार की एक डोंगी भँवर में उलझ रही थी। धक्के-पर-धक्के, चक्र भँवर, हाथ से डाँड़ छूट-छूट जाती। आह कहीं लहरों में छिपी किसी चट्टान से यह डोंगी टकरा न पड़े? नहीं, नहीं, भगवान् सबकुछ ठीक करेगा, तभी एक नवजात बच्चे की रुलाई से आँगन थिरक उठा! निश्चित लीक पर चलते, चलने को उठे पैर एक झटके के साथ आँगन की ओर मुड़ गए। मैं बिना संकोच उस कमरे के दरवाजे के पास पहुँच गया, जहाँ अभी-अभी लहरों के थपेड़े से बचकर एक डोंगी किनारे लगी है।

"आह, हरी बेटे!" चचिया सुबक-सुबककर रो उठीं।

"क्या हुआ, चचिया? क्या हुआ, बोल न?" मैं उस गंध भरे कमरे में हेल गया।

एक ललछौंहे लोथड़े को मेरे खुले हाथों में सौंपते हुए चचिया चीख उठीं, "बहू चली गई भैया, बहू चली गई बेचारी!" चचिया पसीने और खून से लथपथ आँचल से उसका मुँह ढँकते बिखर-बिखरकर फूट पड़ी।

"हे भगवान्, यह क्या हो गया? ऐसे, इस तरह···" मैं उस चीखते-चिल्लाते हुए मांस के लोथड़े को न तो फेंक ही सकता था, न कलेजे से लगाकर संतोष ही पा सकता था। बच्चे को चचिया की गोद में फेंककर पत्नी की लाश के पास बैठ गया और उसके धूल-कीचड़ भरे खुले-खुले बालों को मुँह से हटाकर पागल की तरह चूमता रहा।

"सोना!···" मेरी आँखों से झर-झर आँसू गिर रहे थे, गरम-गरम तीखे कड़ुवे, पिघले शीशे के पानी की तरह—जिसका एक-एक दाना जैसे बिच्छू के डंक की तरह चुभ रहा था।

और भाई साहब, तभी मुझे लगा कि मेरी जिंदगी ने अनजाने ही, जाने कब एक ऐसी करवट ले ली है कि मेरा सारा अस्तित्व जलते-उफनते दलदल के ऊपर एक कच्चे सूत में बँधकर लटक गया है। चचिया एक तरफ़ कोने में दुबककर मुँह गाड़े बैठी थीं। उनकी गोद में वह अभागा छौना था, जो हुटक-हुटककर चीख उठता था।

मैं बड़ी देर तक उसी स्थान पर बुत की तरह बैठा रहा। मुझे सवेरे की प्रतीक्षा थी, पर मैं क्या जानता था कि मेरी जिंदगी में आज एक ऐसी सुबह आनेवाली है, जो मुझे समूचे जीवन से काटकर अलग कर देगी। अँधेरी चादर से ज्यों-ज्यों उजास फूटने लगा, मुझे मेरा ही घर—वही चिर-परिचित आँगन, बुहारी, गिलास-लोटे, बाल्टी, इधर-उधर गिरा हुआ पानी सभी—सबकुछ, जैसे अपरिचित, मायूस, डरे-डरे से प्रतीत होने लगे। जाने कैसे गाँव में मेरी पत्नी की मृत्यु की खबर घूमती रही और धीरे-धीरे बड़ी-बूढ़ियों, डरी-डरी बहुओं और अधेड़-प्रौढ़ मर्दों की भीड़ लगने लगी।

"हरी बेटा," मुझे किसी ने झिंझोड़कर सचेत किया, "अब इस तरह दुःख में बैठे रहने से काम न चलेगा।"

मैंने यह सुना। झटके से हथेली पर झुका सिर उठा भी, पर तभी मेरे गाल पर जलन सी कौंध उठी। मुझे लगा कि इनपर मेरी हथेली की पाँचों अँगुलियों के निशान ही नहीं उभरे होंगे, बल्कि जिंदा-कटी किसी नस से उछले नीले-नीले खून के कतरों की कालिमा भी होगी।

हमारे गाँव से गंगा बहुत दूर पड़ती हैं। लाश के साथ हम कुल पाँच जन

थे—हम चार ढोनेवाले और पाँचवाँ गाँव का नाई, जो क्रियाकर्म का सामान लिये था, बस। यहाँ पहुँचते-पहुँचते शाम हो आई और रात में लाश के साथ न चलना पड़े, इसलिए हम सभी लोग कस्बे के उत्तरवाली मुरदा सराय में रुक गए। इस सराय के संबंध में तो आप जानते ही होंगे कि इसे हमारे देहात के ही एक धनी-मानी व्यापारी ने समय-समय मुरदा लानेवालों के रुकने के लिए ही बनवाया था। बगल का कुआँ भी उनका ही बनवाया हुया है।

सराय के उत्तर-पूर्वी कोने पर जो विशाल पीपल है, उसी के नीचे लाश को उतारकर हम लोग बैठ गए। लाश ढोनेवालों में तीन-चार जन इस काम में बड़े अभ्यस्त थे। उन्हें मुरदा और जिंदा में विशेष फर्क भी नहीं लगता होगा। उन लोगों ने उपले जलाकर खाना पकाया था। अहरे के पास बैठकर वे अपने सुख-दुःख की हजारो-हजार बातें करते रहे, जिनसे मेरी पत्नी की मृत्यु का कोई संबंध भी न था। मैं सराय की मेहराब में एक खंभे से पीठ टिकाए और दूसरे में पैर अड़ाए करीब-करीब अधलेटा सा पड़ा रहा। खाने के लिए उन लोगों ने मुझसे भी पूछा, पर मैं न गया। एक ने हठ की तो मेरी आँखों में आँसू छलछला पाए। वे लोग फिर कुछ न बोले। खा-पीकर सब लोगों ने बीड़ी सुलगाई तो दालान के कोने से एक प्राकृति लपककर उधर को मुड़ी। मैं तो उसके पैरों की आवाज सुनते ही धक से हो गया।

"कौन है ?"

"अरे सूरदास है साइत," बीड़ी खींचते हुए एक जन बोले, "आओ, आओ सूरदास। कहो मजे में हो न ?"

मैंने आग की हलकी-हलकी रोशनी में देखा कि सूरदास काले चमड़े में लिपटी एक ठठरी का नाम है, जिसके बदन पर गूदड़ और चिथड़ों का ताम-झाम लटक रहा है। दाढ़ी-मूँछ के बाल बड़े भयावने लगते थे, एक से एक अलग और कड़े-कड़े। सूरदास डंडे को एक तरफ पसारकर बैठ गया।

"कहो मालिक, सूरदास के लिए भी कुछ बचा-बचा है कि…"

"अरे हाँ-हाँ सूरदास, ऐसा भी हो सकता है कभी!" बीड़ी को जोर से सुड़ककर उन्होंने नाई को हाँक दी, "सोबता, हाँडी इधर कर दो सूरदास की ओर। भात बचा है सूरदास और बैंगन का भुरता। ले जाओ!"

सूरदास इस तरह हँसे कि उनके सामने-सामने बैठे लोग गमछे से अपना मुँह पोंछने लगे। मैं उधर से मुँह फेरकर अँधेरे की पोशाक में लिपटे, गुमसुम मौन पीपल के पत्तों को देखता रहा। धीरे-धीरे नजर फुनगी को छुती, डालियों से टकराती, जड़

की ओर उतरती तो नीचे लाल रेशमी चूनर में लिपटे शव को देखकर सहम जाती। उसकी लंबी डोर मानो मन के परेते पर एक साथ ही घूमकर लिपट जाती और मेरे भीतर पानी के औटने जैसी पीड़ा घुमड़ने लगती। लगता कि सिर चक्कर खा रहा है और यदि मैंने अपने को सँभाला नहीं तो तुरंत के हो जाएगी। गले में थूक घोंटते वक्त लगता कि मलफर में गोखरू उभर आए हैं।

गंगा में जलप्रवाह करके हम लौटे तो साथ के लोग फिर सराय के सामने कुएँ की जगत के पास पानी पीने के लिए बैठ गए। सूरदास पीपल की छाँव में धरम की चादर फैलाए बैठा था। राह चलते लोगों, यात्रियों ने चावल के कुछ दाने, एकाध नया पैसा फेंक दिया था। इस सारी पूँजी पर वह कमर से ऊपर के पूरे धड़ को हिला-हिलाकर पहरा दे रहा था। होंठों के कोने में गाज भर आया था और वह लगातार 'बाबू सुरवा के एक पैसा' के मंत्र के साथ राम नाम का संपुट दिए जा रहा था।

उस दिन की दोपहर और रात का अधिकांश हमने उसी सराय में बिताया। उन लोगों ने फिर खाना बनाया और खाया-पिया। सूरदास को बुलाकर बचा-खुचा खाना दिया गया। सभी लोग उस मुरदा सराय में गमछा-दरी वगैरह बिछाकर सोए पर मुझे नींद न आ सकी। मेरा सबकुछ जैसे पराया हो गया था। सन्नाटे में पीपल की पत्तियाँ लड़खड़ाती थीं, ऐसे ही—उस समय सोना मेरी बाँहों में डरकर किस तरह दुबक जाती थी। आज मेरी वे ही बाँहें, वही शरीर, सबकुछ जैसे एक तिरस्कृत मिट्टी का ढेर है, तभी मेरी पराई सी लगनेवाली बाँहें एक अजीब तरह की छुवन की स्मृति और फिर उसके प्रभाव की व्यथा से लहरने सी लगीं, जब चचिया की गोद में नवजात बच्चे को फेंक दिया था तो मन में उसके प्रति सचमुच का खिंचाव था। मुझे लगता था कि इस छौने ने मुझसे मेरी सोना छीन ली। कैसा गुजगुजा बदन था, मैं उसे चचिया की गोद में फेंककर जैसे मुक्ति पा गया होऊँ और अब जब सोना नहीं रही तो मैं उस गुजगुजे मांस के लोथड़े को अपनी छाती से चिपका लेने के लिए तरस रहा था। मेरे सामने भविष्य था, प्रश्नवाचक चिह्न-सा, पीपल के तने में जड़ा हुआ, जिसकी जड़ में कल सोना का शव था, जिसे मैं पत्थर और भरे हुए घड़ों के सहारे बाँधकर गंगा की अतल धार में डाल आया हूँ।

दूसरे दिन शाम होते-होते हम घर पहुँचे। मैं रास्ते भर इसी उधेड़बुन में खोया-खोया रहा कि बच्चे की देखभाल के लिए क्या करना होगा। दुधमुँहे को जिलाना कोई हँसी-खेल तो नहीं है। माना कि चचिया मेरे कहने से उसे अपने साथ रख लेंगी, मैं दूध-पानी का इंतजाम भी कर लूँगा, पर क्या इत्ता सा बच्चा बिना माँ के पल सकेगा ?

यह सब सोचते-सोचते एक निश्चित परिधि में घूमनेवाले लट्टू की तरह मेरी बुद्धि भँवर की अंतिम तेजी में निश्चल जड़ सी होती जा रही थी, जैसे किसी ने मेरे शरीर से सारी ताकत ही छीन ली हो।

घर आने पर आँगन में शांतिपूर्वक एक क्षण बैठकर गत आत्मा की सद्गति के लिए प्रार्थना करने का भी अवसर न मिला। चचिया देहरी पर पैर रखते ही बुक्का फाड़कर रो पड़ीं। मैं इस बार इस रुलाई से चौंका नहीं, घबराया नहीं, जैसे सबकुछ सहने और झेलने की घड़ी आज इकट्ठी ही आ गई है। मैं धीरे से 'सौरी घर' के सामने खड़ा हो गया। मेरी आँखों में जरूर एक थकान भरी विरक्ति रही होगी। एक आत्मस्थ करनेवाली तटस्थता, जिसे देखकर चचिया सहम गईं और मेरे बिना पूछे ही वे दहाड़ मारकर चिल्लाती हुई बोलीं, "हरी बेटा, यह छौना भी रूठ गया तुझसे—कल शाम से ही अनमना हुआ, पानी तक नहीं पचता था, सुबह जोर से एक हिचकी ली और ठंडा हो गया।"

मैं चुपचाप खड़ा रहा। साथ के लोग भी हक्का-बक्का से मुझे ताकते रहे।

"हरी मास्टर," एक ने बाँह पकड़कर खींचा, "ऐसे क्या देखते हो भइया, विपत्ति आती है तो ऐसे ही आती है।"

उन लोगों ने एक कपड़े में बच्चे को लपेट दिया था। मरे हुए दुधमुँहे बच्चे को हाँड़ी में रखकर कहीं गाड़ देते हैं, उसे गंगा ले जाने का रिवाज नहीं है, पर मैं हठ पकड़ गया। विपत्ति आई है तो उसे पूरी तरह झेलना ही होगा। बच्चे के लिए कुछ न कर सका तो क्या हुआ, उसे गंगा में बहाने का कर्तव्य भी न निभाऊ? मैंने सबको विदा कर दिया। चचिया को भी। बक्से में इस आने वाले बच्चे के लिये जो भी झबले थे, सबको एक जगह इकट्ठा किया, एक गठरी-सी बना ली और पत्नी का लॉकेट भी उसी गठरी में रखकर बच्चे को कंधे पर लिटाया। बाहरी फाटक पर ताला डालकर मैं उसी रास्ते लौट पड़ा। पैर थके थे, बदन में ताकत न थी। कई दिन बिना खाए-पिए बीत चुके थे, पर मुझे कोई परेशानी नहीं मालूम होती थी।

मृत्यु दुनिया का सबसे बड़ा सत्य है—मैं बार-बार अपने मन से पूछता। मैं जनमा-पनपा। बड़ा हुआ। पढ़ा-लिखा पर इस पूरे छब्बीस साल की जिंदगी में कोई भी ऐसी घटना न घटी, जो मुझे भीतर-बाहर से पूरी तरह बदल दे। कल तक हरी मास्टर के परिवार से सबको ईर्ष्या थी। हमारी खुशी लोगों के मनों को गुदगुदा जाती थी। हमारा रहन-सहन सबकी आत्मा में ठंडी छाँव की तरह बस जाता था और आज? आज हरी मास्टर दुधमुँहे बच्चे की लाश को कंधे से चिपकाए एक राह पर

चल रहे हैं, जो राह के सभी आँगन मे अलग है, जिसका न आदि है न अंत है। आज हरी मास्टर का कोई नहीं है, न आगे-न पीछे।

दूसरे दिन दोपहर को मैं फिर उसी मुरदा सराय में पहुँचा। सोचा, न रुकूँ। सीधे नदी के किनारे पहुँचकर ही ये थके, पर साँसें छोड़े, पर मन न माना। जाने क्यों मैंने बच्चे का वह शव पीपल के नीचे उसी जगह पर रख दिया, जहाँ तीन रोज पहले सोना का रखा गया था। मैंने कुएँ से पानी खींचकर पिया। एक क्षण फिर मेहराब के उसी खंभे से पीठ टिकाए बैठा रहा।

खाली पेट पानी पीने से या जाने क्यों, लगा कि मेरे सारे शरीर में कँपकँपी छा रही है। मुरदा सराय की सफेद दीवारें, उसकी इधर-उधर उभरी लाल-लाल बदरंग ईंटें—जैसे मौत अट्टहास करके हँस रही हो। सच भाई साहब, मुझे उस दिन बड़ा डर लगा। मैंने-भूत-प्रेत की कहानियाँ सुनी थीं, चोरों के कठोर और घृणित कामों का बयान सुना था, पर ऐसा डरा मैं कभी नहीं। आज न तो सामने भूत-प्रेत थे, न कहीं चोर थे, कुछ भी तो न था, जिससे मैं डरूँ, पर जाने क्या था चारों ओर, धूप में चिपचिपी चमक की तरह, दीवारों में मूक हादसे की तरह, पत्तियों में अदृश्य कंप की तरह, सराय की मेहराबों में छिपे बंकिम घुमाव की तरह जो मेरी आत्मा में लाखों-लाख अबाबील पंछियों की तरह चीत्कार कर रहा था। मेरा सारा शरीर उभर-उभरकर धसक जाता था। पसीने से कुरता और पायजामा भीगकर गीला हुआ जा रहा था। हे भगवान्, यह मौत सबकुछ लीलकर अब मुझे भी लीलने आ रही हैं क्या? क्या मेरी जिंदगी के इस नाटक का आखिरी परदा उठने-उठने को है? मैं बिल्कुल सुस्त था, दोनों खंभों के बीच पसरा हुआ सा।

धीमी-धीमी हवा चलने लगी थी। पसीने से लथपथ बदन पर मौत जैसे अपने हाथ फेर रही हो, तभी मुझे लगा कि मैं डूबते समुद्र से जैसे बाहर आ गया होऊँ। धीरे से उठा। गठरी एक तरफ कंधे में डाली और बच्चे के शव को दूसरे कंधे पर चिपकाकर नदी की ओर चल पड़ा।

सोना गई, बच्चा गया, बच गया मैं, सिर्फ मैं। मैं भी क्या बचा! मेरा प्रेत है यह, जो आपके दिलों में भय का संचार करता है। आपने भी भाई साहब, मुझे क्या-क्या नहीं समझा! मेरी बढ़ी हुई दाढ़ी, एक में एक गुँथे लट की तरह बाल, फटा-फुटा पायजामा, चीथड़ों से भरा कुरता और लाश फेंकनेवालों के साथ पाई यह मैली-कुचैली दरी, जो अब घिस-घिसकर छलनी बन गई है; ये सभी मुझे इतना बदल चुके हैं कि पहचानना भी मुश्किल हो गया है, जब आँखवाले नहीं पहचान पाते मुझे

तो भला सूरदास क्या पहचान पाएगा! मैं जब कुछ महीने पहले इस सराय में आकर भीतरवाले कोने पर दरी बिछाकर बैठा तो सूरदास खाँसता-खँखारता मेरे पास आया और एक क्षण रुककर कुछ आहट लेता रहा, फिर धीरे से बाहर चला गया, तभी मैंने देखा कि इस सराय में एक और शरणार्थी भी आ गया है। गूदड़ों के ढेर में लिपटी दो आँखें मुझे घूर-घूरकर देख रही हैं। सूरदास लाठी से रास्ता टटोलता गूदड़ों के पास पहुँच गया।

"अरे अन्हरा, ई का सिर पर ठुकठुकाय रहा है, कमीना। रात में घड़ी-भर के नींद भी आवत है तो ई दाढ़ीजार के मारे सोना मोहाल होय जात है। चारों ओरी घूम-घूमकै अपने बाप के कमाई के पहरा दे रहा हव।"

"काहे रे कोढ़िन सतभत," सूरदास होंठों को अपने पूरे पैमाने पर फैलाकर बोला, "हमैं तोहरे बाप के कमाई का आसरा है का? ऐं अरे सुलक्खी हम तो तोहै बतावे आवत रहे कि ऊ कोने में कोत्ती तोहार नवा खसम आवा है साइत?"

"अरे दाढ़ीजार, जरा सरम कर। ई सराय तोहरे बाप-दादा का रजिट्टरी है का? कोनो मनई होई, कहूँ जात-जात रुक गवा होई।"

"आज तक ये मुरदा सराय म कबहूँ औरो कोऊ मनसेधू पावा रहे कि यहै आवा है! अरे हम बताय देत हई सुलक्खी, सुन लेव, अब धीरे-धीरे ई चरचा फइल रहा है कि ये सराय म मुफुत के खाय क मिलत है, जाने केतन मरभुखा पिल पड़िहैं, हाँ।" सूरदास ने सोंटा ठुकठुकाया और बड़े दुःखी मन से धीरे-धीरे फिर एक कोने में हाथ से दीवारें टटोलकर गमछा बिछाकर वे सो रहे।

सूरदास की बात से, भाई साहब, मुझे बड़ी ग्लानि हुई, गुस्सा भी आया, पर इस मुरदा सराय ने मुझे जाने किन सूतों में बाँध लिया था कि उन्हें मैं तोड़ न सका। बच्चे के शव को गंगा की गोद में डालकर कई महीने इधर-उधर भटकता रहा। कई बार मन में आया कि घर लौट चलूँ। लोग कहते हैं कि भूल जाने की शक्ति आदमी को वरदान की तरह ईश्वर ने प्रदान की है पर मैं तो लाख भूलने की कोशिश करके भी भूल न पाया। मौत मेरे मन में अपनी पूरी शक्ति के साथ धँस गई थी; और अब तो इतने दिनों के बाद काँटे का दर्द भी एक सहज दिनचर्या बन गया कि इसे चुपचाप झेलते रहने में ही शांति मिलती है। इसपर सोचने-विचारने में तो जैसे भीतर धँसा काँटा हिल जाता है और जाने कब का सोया दर्द एक नई व्यथा के साथ करक उठता है। मैं सोचता कि घर लौटकर भी क्या होगा! क्या मौत का भय वहाँ भी मेरी आत्मा पर ऐसे ही छाया नहीं रहेगा? बहुत सोचकर मैं इस मुरदा सराय में आकर रहने लगा।

मन के किसी कोने में शायद यह भाव भी रहा हो कि कहीं मेरी सारी जिज्ञासा का उत्तर यह सराय ही दे सके!

शुरू-शुरू में मुझे देखकर सूरदास बहुत बिगड़ा। मेरे आने के बाद कुछ दिनों तक सूरदास और सुलक्खी में रोज झगड़ा होता। दोनों एक-दूसरे को गंदी-गंदी गालियों में धोते-नहलाते, पर धीरे-धीरे जब सुलक्खी को लगा कि मैं सचमुच यहाँ रहने को आ गया हूँ तो उसने सूरदास की बात को सही मानकर उसकी बुद्धि का लोहा मान लिया। वे दोनों एकजुट होकर मेरा गालियों से सत्कार करने लगे, पर यह क्रम कुछ ही दिन चला। धीरे-धीरे उन्होंने मेरे अस्तित्व को जैसे स्वीकार सा कर लिया या यों कहें कि उन्हें मेरी दिनचर्या से घोर निराशा हुई और उन्होंने मान लिया कि मैं उनके हक में हिस्सा बँटानेवाला कोई जीवित प्राणी नहीं हूँ। मैं रात को वहाँ किसी कोने में पड़ा रहनेवाला ईंट या पत्थर हूँ। सुलक्खी को यदि बाहर खड़े पीपल, कुएँ के ढेंकुल या मेहराब के खंभों के होने पर कुछ एतराज न था तो मेरे होने पर भला क्यों होता?

मुरदे वैसे ही आते रहे। सबकुछ वैसे ही होता। लोग थके-थकाए पाते। लंबी साँस लेकर मुरदे को पीपल के नीचे धीरे से उतारते। उनके साथ कोई-न-कोई एक ऐसा भी होता, जो मेहराब के खंभे में पीठ टिकाकर बिना सोए आँसुओं में रात बिता देता, मगर बाकी सब वैसे ही होते, जिनके लिए मुरदे और जिंदे में कोई फर्क न होता। फर्क सिर्फ यह होता कि पहले उनके बचे-खुचे खाने का खानेवाला एक सूरदास था, अब सुलक्खी भी होती। सुलक्खी की आवाज में कहीं अधिक करुणा थी, उसके हाथ-पैर की कई उँगलियाँ गल गई थीं, पर चेहरे पर चिकनाई थी। कई जन तो यह भूलकर कि वे मुरदा लेकर आए हैं, उससे मजाक भी करते। एक दिन जब मैं इधर-उधर घूमकर वहाँ लोटा तो रात दो-एक घड़ी ढल गई थी। कोई धनी मुरदा था, लाश के साथ कई लोग थे। खाना भी अच्छी तरह बना; सूरदास और सुलक्खी को भी काफी मिला। बाहरी ओसारे में मुरदे के साथवाले लोग लेटे-बैठे थे। मैं भी इसी कारण भीतरी दालान में चला गया था। सुलक्खी खाना उठाकर भीतर ही ले आई। जाने उन्होंने किस भाषा में बातें कीं।

मैंने काफी गौर से देखा—सूरदास अपने हाथ से कौर उठा-उठाकर सुलक्खी को खिला रहा है और वह इस तरह आँख चमकाती इधर-उधर गरदन हिला-हिलाकर खा रही है, जैसे दूधपीती बच्ची हो, जिसे हमेशा अपने खिलौनों की सुरक्षा का खयाल रहा करता है कि उन्हें खाते समय कोई गायब न कर दे। सुलक्खी जब

खा चुकी तो सूरदास ने अपने दोनों हाथों से मिट्टी के पुरवे को उठाकर उसके मुँह में लगाया और अपने हाथ से उसका मुँह पोंछा। यह सब करते उसके होंठ एक अजीब तरह की खुशी से काँप जाते। मुँह धोते वक्त, शायद उसने सुलक्खी का गाल भी धो दिया था, जिससे वह हँसते-हँसते दोहरी होती रही। गनीमत थी कि हँसते वक्त उसने मुँह में कपड़ा ठूँस लिया था।

"धीरे हँस, धीरे सुलक्खी," सूरदास फुसफुसाकर बोला, "कहीं मुरदफेक्का लोग देखि लेइहैं तो ई सदाबरत बंद हो जाई समुझौ, हाँ।" उसने भात-दाल का बहुत बड़ा-सा कवल मुँह में डाला और गटक गया।

"तुम ही तो हँसा रहे हो," सुलक्खी किसी अदेखे तार के झटके से पुनः घंटी की आवाज में खिलखिलाने को हुई कि उसने शुतरमुर्ग की तरह सिर को गूदड़ में घुसेड़ लिया और गुमसुम पड़ गई।

सूरदास हाँड़ी कुरेद-कुरेदकर जब पूरी तरह खा चुका तो उसने दूसरी हाँड़ी में बचे पानी को गट-गट करके गले से नीचे उतारा। गमछे से हाथ-मुँह पोंछ कर उसने बीड़ी सुलगाई और चुपचाप पीता रहा। बीड़ी खत्म हुई तो उसे जमीन में घस-घसकर बुझाया और टुकड़े को एक तरफ फेंककर सुलक्खी के पास ही गमझा बिछाकर लंबा हो रहा।

सुलक्खी अपना एक पैर उसकी पीठ में अड़ाए फुसफुसा रही थी, "हम कहे देत हई, भलेमानस की नाई परे हट जाव, नाहीं तो ठीक न होई। हम चिल्लाय कै सबैके जगा देबै, अउर तोहार खूब मरम्मत होई, हाँ।"

मैं भीतर कोने में गिरा यह सब देख रहा था। कई बार दिल में आया कि भागकर बाहर चल दूँ, पर ओसारे में सारी भीड़ सोई थी। क्या कहेंगे लोगबाग! कोई जान-पहचान का न निकल पाए! मैं चुपचाप उधर से गरदन मोड़कर दीवार में सट गया।

फुसफुसाहट बंद हो गई थी। एक दमघोंट मुरदा सन्नाटा चारों तरफ छाया हुआ था। बाहर दीवार के नीचे आग जल रही थी और दो-एक आदमी अधजगे हुए उकड़ूँ बैठे लाश को अगोर रहे थे। बड़े तड़के, मुँह अँधेरे ही उन लोगों ने लाश उठाई और नदी की ओर चल पड़े। उनके बोलने-बतियाने की मिली-जुली आवाजें मुझे भी सुनाई पड़ी थीं, पर मैं नींद के झोंके में था, इसलिए ठीक सोच नहीं पाया कि क्या समय रहा होगा। मुझे रात में देर तक नींद नहीं आई थी, इसलिए उस दिन सवेरे देर तक सोया रहा। उठा तो दिन चढ़ पाया था और खिड़की से छड़ों को बीच से बचाती धूप का एक भरा-पूरा झरना मेरे ठीक आगे उफन रहा था। धूल और

गर्द के टुकड़े उसके भँवर में बखूबी थिरक रहे थे। मैं एक क्षण इस चमकदार खंभे को टकटकी बाँधे देखता रहा, तभी मुझे लगा कि मैं आज अब तक यहीं बैठा हूँ, लोग देखेंगे तो क्या सोचेंगे! और सबसे अधिक डर तो भाई साहब, आपसे ही था। अपने मुझे औघड़, पागल, जासूस जाने क्या-क्या नहीं सोचा! उस दिन स्टेशन के प्लेटफॉर्म पर आपने अपने एक दोस्त के कुछ पूछने पर मेरी ओर उँगली उठाकर इशारा किया था। किया था न?

"पता नहीं क्या है उस गठरी में, जिसे वह हमेशा सीने से चिपकाए रहता है," आप अपने दोस्त से कह रहे थे, "कुछ समझ में नहीं पाता। कुछ लोग कहते हैं पुस्तकें हैं, कुछ कहते हैं डायरी है।"

"तुम तो कई दिन से पीछा कर रहे हो। कुछ पता नहीं चला?" आपके दोस्त ने पूछा।

"क्या पता चलेगा! इसके सभी काम आश्चर्यजनक हैं। कभी मसजिद में पानी पीता है, कभी कब्रिस्तान में अपनी गठरी खोलकर जाने क्या-क्या बुदबुदाता है। औरों की तरह भीख भी नहीं माँगता। दुकानों पर धीरे से खड़ा हो जाएगा। जो मिल गया लेकर चल देगा। किसी ने झिड़क दिया तो हँस देगा। अजीब आदमी है पर यार, मैं पता लगाकर रहेगा। एक दिन देखा, मुरदा सराय में सोया है। इसकी वह गठरी मिल जाए तो सारा भेद मालूम हो जाए।"

आपकी बात सुनकर मुझे हँसी आ गई। आपने मुझे हँसते देख भी लिया शायद। इसी से थोड़ा नाराज होकर अपने दोस्त को लेकर उधर को चले गए।

मैंने गठरी उठाई, दरी को लपेटकर कंधे पर डाला और दालान से निकलकर ओसारे में आ रहा। सामने धूप में सुलक्खी बैठी थी। आज उसने बालों को कंघी की थी। उसके साँवले ललाट पर एक लाल बिंदी भी थी। वह मुझे देखकर जाने क्यों शरमा गई! मैं एक ओर निकल गया।

मैं चुपचाप मुरदा सराय से लोगों की आँख बचाता खेतों की ओर निकल जाना चाहता था, तभी एक मोटे, पर सधे हुए कंठ की आवाज ने उठते पैरों को बाँध लिया—

दुलहिन गावहु मंगलचार।

मैं उधर को मुड़ गया। सामने बस-स्टैंड के पास ही ऐन रास्ते पर अपनी धरम की चादर फैलाए सूरदास बैठा था। वह एक हाथ के अँगूठे से दूसरे की हथेली में सुरती मल रहा था। उसके चेहरे पर कितनी मासूमियत थी। बादलों की घुमड़न और

उमस को जैसे बारिश ने बहा दिया हो। उसके चेहरे पर न खिंचाव था, न दीनता, न चिंता। मैं उसके चक्षुहीन चेहरे को देर तक देखता रहा।

मेरा मन जाने क्यों बहुत भारी हो पाया। मैं चुपचाप कब्रिस्तान की ओर चल पड़ा। पास ही उससे सटा तालाब है। मैं यहाँ घंटों बैठा रहता। जाने क्यों मुझे इन कब्रों से गहरी आत्मीयता का बोध होने लगा था। मुझे लगता था कि इनकी संधि से कभी शायद कोई प्रेतात्मा खड़ी हो जाएगी, जो मुझे बता सकेगी कि मनुष्य मौत से क्यों डरता है। क्या होता है इस मौत के अनछोर दामन की थिरकन में, जिसे छूकर ही पत्ते मौन हो जाते हैं? वस्तुएँ पिघलकर रंगहीन द्रव की तरह एक में गड्डमड्ड हो जाती हैं। क्यों इसके पैरों की धसक में इतना कंप है, क्यों इसकी गंध में इतनी बेहोशी?

कई महीने बीत गए। धरती कभी ऋतुमती बनी थी। बीज पड़ा था। अँखुवे उगे थे। फसलों में हवा के साँप लहराए थे और आज तो खेत के खेत दूधिया बालों का मौर बाँधे खिलखिला रहे हैं। भौंरे और मधुमक्खियाँ एक फूल से दूसरे फूल पर उड़-उड़कर पराग का वितरण कर रहे हैं।

मैं उस दिन कुछ रात गए सराय में पहुँचा। सुलक्खी सिसक-सिसककर रो रही थी। सूरदास अपने दोनों हाथों में उसका मुँह थामे कुछ कह रहा था। मैंने पैरों की गति रोक ली, ताकि उनके प्यार के तार को कहीं झटका न लग जाए।

"तुम इ का के दिहो," सुलक्खी बिफर-बिफरकर रो उठी, "हाय दइया, अब हम कहवाँ मुँह देख उबै।" हिचकियों की लहर उसके पूरे शरीर को तूफान को नाव की तरह झकझोर रही थी।

"तो एम्मे घबरावे क कउन बात है रानी," सूरदास बादशाही लहजे में बोला, "तू रंचौ फिकिर जिन करो, हम कउने दिन काम अइबै!"

मैं चुपचाप देहरी पर ही बैठ गया। मुझे लगा कि पिछले दिनों की कोई देखी हुई चित्रावली मेरी आँखों के सामने से गुजर रही है। अब सुलक्खी उस भँवर में, आ गई है, जहाँ उसे भी शरीर पर किसी गाँठ का रहना भारी लगेगा। वह भी अपनी वेणी खोलने के लिए सूरदास से आग्रह करेगी। सूरदास कितनी खुशी के साथ उसके बालों को अपने चक्षुहीन हाथों से सहलाएगा, धीरज बँधाएगा।

"अरे मइया रे मइया," सुलक्खी जाने क्या सोचकर फिर रो पड़ी, एक तो अईस हाथगोड़ नहिनी, फिर अब ई सब कइसे सम्हरि है रे बप्पा!"

"एम्म रोवै क का बात है रानी, इ तो अउर फैदा क बात ह। लरिका होई। ओहकर दुखड़ा रोय-रोय कै अउरौ भीख मिलि है। आयं..."

इस बार सुलक्खी बाघिन की तरह गुर्राकर सूरदास की ओर झपटी और उसने उसके मुँह पर बिना उँगलियों के हाथ से एक तमाचा जड़ दिया।

"दाढ़ीजार, कमीना तैं हर बात म आपन नादै भरै क बात सोचत है। हमार इ हाल करिकै अब तै लरिकवी पर नजर गड़ाय रहा है," वह हाँफती हुई बोली, "ऊ न होवै देब हम सत्यानासी, गाँठ बाँधि ले। पोका दिखाय के भीख माँगके पहिलै हम नदी-कुइयाँ में डूबि मरिबै; समझेव कि नाहीं?"

सूरदास कुछ न बोला। वह वहाँ से उठकर दालान के कोने में चला गया। उसने गमछा बिछाकर बीड़ी जलाई और चुपचाप मुड़े हुए घुटनों पर सिर रखकर पीता रहा।

मेरे कलेजे से अचानक एक भारी साँस निकल गई। मैं ओसारे में दरी बिछाकर लेट गया, पर मुझे नींद नहीं आई। मेरी आँखों के आगे सुलक्खी थी, उसका नवजात लड़का था। माँ की आँखों में खून भरी विवशता थी, बच्चे की आँखों में अंध भविष्य की कातरता और मासूमियत। दोनों पर एक झुंड घिनौनी मक्खियाँ भिनभिना रही थीं।

मुरदा सराय में जिंदगी की इस अगवानी ने मेरे दिल को बुरी तरह झकझोर दिया। सच कहता हूँ भाई साहब, मुझे सोना या बच्चे के मरने पर मौत से शायद ही इतना डर लगा हो, जितना इस आनेवाली जिंदगी से लगा।

हम मौत को रोक नहीं पाते, इसीलिए तो उससे भय लगता है? पर मुरदा सराय की यह जिंदगी भी क्या हमारे रोके रुक सकेगी?

सुलक्खी रोते-रोते सो गई थी। आकाश में बादल घुमड़ रहे थे। कितनी उमस थी, कितना दमघोट सन्नाटा था—चारों ओर। मैं धीरे से उठा और दबे पैरों सुलक्खी के सिरहाने खड़ा हो गया। मैंने गठरी वहीं रख दी। इसी में मेरे मरे बच्चे के झबले थे, सोना का लॉकेट था। सराय के बाहर आया। झुककर सराय की मेहराब को, नीचे के पत्थर को, खंभे को प्रणाम किया और हमेशा-हमेशा के लिए उनसे विदा माँग ली।

भाई साहब, मैं मौत से डरकर मुरदा सराय में आया था और अब जिंदगी से डरकर घर जा रहा हूँ। आपको मेरी वजह से जो कुछ भी परेशानी हुई हो, उसे क्षमा कीजिएगा।

आपका ही

हरिचरण

□

धारा

लंबी छुट्टियों में अकसर जब मैं गाँव आया होता हूँ, शाम के वक्त मुझे ताल के किनारे इस पीपल के नीचे बैठना अच्छा लगता है। पीपल के नीचे कहना ठीक न होगा। नीचे कोई शायद ही बैठ सके। तालाब के जिस किनारे यह पीपल है, वह कभी बहुत ऊँचा रहा होगा। कुछ हिस्सों की ऊँचाई अब भी बरकरार है, मगर इस पीपल के पास की माटी काफी धुल गई है। मुझे इसे देखकर बड़ा अचंभा होता है। जमीन भी जाने कैसे-कैसे भेद छिपाए रहती है। इसे देखकर पहली बार यह ज्ञात हुआ कि पेड़ों की शाखें और डालें जितनी लंबी-चौड़ी छतनार ऊपर होती हैं, उनकी जड़ें भी उतनी ही लंबी-चौड़ी नीचे होती हैं। अंतर सिर्फ इतना होता है, शायद कि जड़ों में न छिलका है, न रस, न पत्ते। अब पानी से जब माटी धुल गई है, तब जड़ों का यह पूरा जटा-जाल उधड़कर सामने आ गया है। इसकी वजह से यह पीपल का पेड़ अजीब डमरू की शक्ल का लगता है।

कई बार इच्छा हुई है कि सोर पकड़कर धीरे-धीरे वहाँ चढ़कर बैठूँ, जहाँ से पेड़ का तना शुरू होता है और जहाँ माटी के न धुलने पर अकसर लोग बैठते रहे होंगे; मगर डर के मारे यह इच्छा दबा लेनी पड़ी है, क्योंकि जब भी मैं जड़ों के खोखले में झाँकता हूँ, कोई न कोई केंचुल लिपटी हुई नजर आ जाती है।

इसलिए मैं इस पीपल के नीचे नहीं, थोड़ा हटकर बैठता हूँ। सामने कगार के दाहिनी तरफ एक छोटी सी परती है। कभी शायद यह बड़ी भी रही हो, क्योंकि इस परती की सारी संपत्ति बबूल के पेड़ हैं—पुराने-पुराने, टेढ़े-मेढ़े, कँटीले पेड़ और ऐसे ही कुछ पेड़ इधर-उधर-इसके आसपास के खेतों में भी दिखाई पड़ते हैं। लगता है कि आबादी हल-फाल के साथ हमेशा इस परती को तोड़ने की कोशिश करती रही है, फिर भी इसे पूरी तरह अपने जोत में मिला न सकी।

सत्ती की परती के एक ओर एक पुराने टेढ़े-मेढ़े नीम के पेड़ के नीचे छोटा

सा चौरा है। तिकोनी तेल भरने की कुप्पी के आकार की एक छोटी सी सफेद वेदी है—सत्ती माई की। उसी के बीच एक ताखा भी है, जैसे सत्ती माई मुँह फाड़कर बबूलों को देख रही हों। इस ताखे में दीपक भी झलमलाते हैं कभी-कभी। दूसरी ओर एक कतार में तीन झोंपड़ियाँ हैं। इनकी छान लगातार पानी-धूप सहते-सहते जमी हुई मिट्टी की परत की तरह लगती है। इसमें एक परिवार रहता है। बार काली-काली मूरतें। मैंने यामिनीराय की एक तसवीर देखी थी—ग्रामीण युवती की। बस उसी गाढ़े काले रंग, वैसे ही मोटे होंठवाली एक लड़की कभी-कभी झोंपड़ी के बाहर ओखली में कुछ कूटती नजर पाती है। एकाध बार घर लौटते वक्त दो-तीन प्राणी और भी देखे हैं। एक पचास के आसपास का काला आबनूस, जो किसी ठूँठ बबूल की तरह कभी-कभी झोंपड़ी के दरवाजे पर गड़ा नजर आया है। उसकी खाल को देखकर मुझे नफरत तो नहीं, हैरानी जरूर हुई है। ऐसा मोटा, काला और चमकीला चमड़ा भैंसों का ही होता है। एक अधेड़ औरत भी दीखी है कभी-कभी उसी रंग और चमड़े की; एक छोकरा भी, जैसे बबूल का छोटा खूँटा हो।

कभी-कभी वह लड़की तालाब के किनारे भी आती है, घाट पर पानी भरने। पास से देखने पर वह काफी गंदी लगी है मुझे। उसके हाथ के नाखून भी काले हैं शायद; क्योंकि मैंने गौर किया है कि पास से गुजरते वक्त वह बगल में खड़ी एक छाया सी लगती है—किसी औरत की छाया, जो खुद गायब है, मगर कहीं-न-कहीं अपने होने का अहसास जरूर दे देती है। उसके सारे बदन में सफेदी शायद दाँतों में ही है। यह भी मैंने एक ही बार देखा है। उस दिन शायद पानी ले जाने में उसे देर हो गई थी, तभी एक झनझनाती सीटी जैसी आवाज परती को कँपाने लगी थी।

"ति···उ···रा···तिउरा, तिउरा···!"

हाँ, मुझे बुरी तो नहीं लगी थी यह आवाज, पर यह जरूर सोच रहा था कि वह औरत क्या खाती होगी कि इतना तेज बोलती है और बोलती भी कैसे है, जैसे मुँह पर खाली शीशी लगाकर फूँक रही हो, मगर तिउरा को लगा कि मुझे यह आवाज बुरी लगी है, उसने शायद मुझे गरदन उचका-उचकाकर परती की ओर ताकते देख लिया था। इसी कारण जब वह गागर उठाकर और अपनी कमर से टिकाकर मेरे पास से गुजरी तो हँसी थी—एक ऐसी हँसी, जो कह रही थी कि यह आवाज मेरी माँ की थी और तिउरा मैं ही हूँ। आवाज थोड़ी पतली और तेज जरूर है, मगर ऐसी नहीं कि कोई गुस्सा हो। वह अपनी हँसी के साथ ही गरदन झटककर गागर सँभालती चलती गई थी।

तिउरा··· ? क्या नाम रखा है इन लोगों ने!

"ति··· उ···रा!" तभी शीशी की फूँक फिर उछल पड़ी थी।

"ओ आऽऽऽ—" मैं हलके मुसकरा पड़ा था। लड़की की आवाज तो माँ से भी तेज थी। तेज ही नहीं, एक अजब कंपन भी था इसमें, जैसे कोई सारे आसमान में एक लहरियादार रोशनी का बंदनवार लटकाता चला गया हो।

उस दिन मेरी दस बजे वाली गाड़ी छूट गई। दूसरी गाड़ी शाम को चार बजे जाती थी। एक क्षण मैं स्टेशन पर खड़ा इन छह घंटों के समय को पेशानी पर तौलता रहा। गाँव लौट जाऊँ और फिर चार बजे की गाड़ी के टाइम पर आऊँ या गाड़ी पकड़ने की इसी कोशिश को तूल देकर आखिरी बना लूँ, तभी मुझे देवनाथ याद आया। रेलवे अहाते के ठीक पास ही गल्ले की एक आढ़त में मुनीम है वह। कई बार गाँव पर मिला है तो लासे की तरह चिपक गया है कि भैया, आप कभी मेरी गद्दी पर नहीं आए। ऐसी बात नहीं कि मैं उसकी गद्दी पर कभी नहीं गया हूँ। एक बार गया हूँ, मगर मुझे वहाँ का वातावरण काफी सिरदर्द का कारण जान पड़ता। उसकी गद्दी के गद्दे पतले हैं या चाँदनी साफ धुली नहीं है, सो बात नहीं, पर वहाँ मुझे बहुत परेशानी होती। खासतौर से जब वह पीले रंगवाले लंबे-लंबे चिकने कागजों पर जमा नाम के खानों में काली स्याही में किरिच की कलम डुबोकर चर्र-चर्र लिखता होता। बीच-बीच में पीतल के बालूदान को उलट-उलटकर बालू गिराता और अक्षरों को सुखाता जाता। ऐसा करते वक्त वह एकाध बार मेरी ओर देखकर सकुचाया भी था और तब उसने बही बंद कर ली थी। वहीं पर सिंदूर से स्वास्तिक का चिह्न बना था, जिसे देखकर मुझे सत्ती के चौरे का तिकोना स्तूप याद आ गया था, जिसका ऊपरी सिरा सिंदूर से टीका रहता था। गद्दी पर एक तरफ तिजोरी थी, जिसके माथे पर भी सिंदूर से 'लाभ शुभम्' लिखा था।

दीवारों पर भी अनेक जगह गेरू से 'लाभ-शुभ' अंकित था और मुझे देखकर बड़ी हैरानी होती है कि 'लाभ-शुभ' का एक सिंदूरी टीका देवनाथ के भी माथे पर क्यों नहीं है। वहाँ दलालों की आवाजें भी कम बुरी नहीं लगती, पर सबसे गंदी, बात वह तब करता था, जब कोई देहाती बनिया लद्दू घोड़ों पर तीसी के बोरे लादकर ले आता। कई बार चिरौरी-बिनती करने पर मुनीम जी उठते। फाटक में बोरे के पास पहुँचते और तुरंत अपनी जेब से बालिश्त भर की परखी निकालकर बोरे में घसेड़ देते। परखी तीसी से भरकर बाहर खिंच पाती और फिर खाद और खाँटी माल के

अंतर पर मुनीम और बनिए में भाव-ताव तथा बक-झक शुरू हो जाती। ढेर सी तीसी और खाद गद्दी पर बिछ जाती।

मैं फाटक में घुसा तो देवनाथ दो-एक लद्दू घोड़ेवाले बनियों से गुँथ रहा था। वे थे, जो सस्ते दामों भार उतरवाने को तैयार न थे, यह था, जो अपनी परखी की परख को धोखा मानने को राजी न था।

"वाह भइया, बड़े भाग, भला आपके दरसन तो हुए!" मुझे देखते ही देवनाथ गद्दी से उठकर बाहर आ गया। मुझे उसका काम के बीच में इस तरह उठ आना अच्छा लगा। यह देवनाथ शायद अपने को अब बही-तिजोरी से थोड़ा अलग समझने लगा है। देवनाथ इनसान की ही जाति का है, कोई खास बुरा नहीं, पर अब वह यदि इस तरह अपने को 'लाभ-शुभ' से थोड़ा अलग समझने लगा है तो जरूर ही जी जाएगा। मुझे साथ लिये वह गद्दी पर आ गया। आते ही उसने तपाक से बनिए की बात मान ली और पल्लेदार को सरेख दिया कि नाप-तौल करके बोरों को 'झारी' के लिए भेज दे।

"और भइयाजी?" वह मुसकराया। उसकी मुसकराहट काफी अपरिचित जैसी लगी।

"दस बजेवाली गाड़ी पकड़नी थी, सो अब छूट गई, अब तो चार बजे वाली ही मिलेगी। सोचा तब तक तुम्हारे यहाँ रुके रहूँ...।" मैंने गद्दी पर से एक अखबार खींच लिया था और उसी पर आँख गड़ा, यह सबकुछ कह गया, क्योंकि मुझे लगा कि मेरी सच्ची बात से देवनाथ को खुशी न होगी। वह सोचेगा कि मैं यहाँ आने के लिए नहीं आया, वैसे ही पा जाना पड़ा।

उसने एक पल्लेदार को बुलाया। तिजोरी से निकालकर एक चवन्नी फेंकी। पान लाने को कहा और फिर बही खोलकर बैठ गया। मैंने पान खा लिया था! अखबार खत्म कर चुका था और लाचार विज्ञापन बाँच रहा था।

काफी देर बैठे-बैठे पर अकड़ गए थे। इस बीच वह अपनी पुरानी शक्ल में आ गया था। बस सिंदूर के एक टीके की कमी थी उसके माथे पर।

"कोई चारपाई-वारपाई हो तो बताना भाई," मैंने कहा, "थोड़ा लोट-पोट कर लूँ, अभी तो चार घंटे बाकी हैं।"

मेरी बात सुनकर वह फिर मुसकराया। "लगातार बैठने की आदत नहीं है न!" वह धीरे से बुदबुदाया और मुझे साथ आने का संकेत करके चल पड़ा।

आढ़त का बरामदा काफी लंबा था। कुछ अँधियारा भी। बरामदे की कड़ियों

से दो-तीन जगह झूले की तरह बड़े-बड़े झरने लटक रहे थे।

"झूला दूर-दूर डालिए···" मुझे अचानक परिवार नियोजन का एक विज्ञापन याद आ गया और हलकी सी हँसी मेरे होंठों पर उतर आई।

झरनों को दोनों तरफ से एक-एक औरत पकड़कर हिला रही थीं। एक काली-काली आबनूसी लड़की ओड़ी में तीसी भर-भरकर झरनों में डालती थी। नीचे जमीन पर बारीक महीन कंकरियों और चौरियों का ढेर लग गया था।

मैं उधर से गुजरा तो वह लड़की खाली मोड़ी को कमर पर टिकाए खड़ी हो गई। उसके माथे पर पसीने की बूँदें चुहचुहा आई थीं और बालों की एक लट कान के पास लटककर सट गई थी। उसके मैले कपड़े बदन से चिपके थे। गले के नीचे उसका चमकदार काला उभरा हुआ बदन गंदी कुरती में अँट नहीं रहा था। एक लमहे के लिए देवनाथ खड़ा हो गया। वह उसकी ओर ऐसे देख रहा था गोया तुरंत जेब से परखी निकालकर उसके बदन में घुसेड़ देगा। मैं भी रुकने को हुआ कि वह हड़बड़ाकर चल पड़ा। मेरे रुकने ने जैसे धक्का दे दिया हो उसे। बरामदे के दूसरे छोर पर एक चारपाई थी। सिरहाने दरी में लिपटा मैला सा तकिया लगता था। उँगली से उसने चारपाई की ओर इशारा किया। मैंने खुशी से गरदन हिलाई। मुझे जाने क्यों लगा कि देवनाथ कहीं गया है, हालाँकि वह मेरे सामने खड़ा था। मैं जूते उतारकर चारपाई पर ठीक से बैठ गया। सिरहाने के बिस्तर पर पीठ टिका दी। सिर के नीचे उँगलियों को उलझाकर मैंने सहारा बना लिया था। देवनाथ यह सब बड़े गौर से देख रहा था। मैं समझ न सका कि इसमें इतने गौर से देखने की क्या बात थी।

"ठीक है," मैंने कहा, "अब मैं थोड़ा आराम कर लूँ।"

"अ··हाँ अच्छा।" वह मुड़ने को हुआ, तभी मैंने पूछ लिया, "तो यह तिउरा यहाँ काम करती है?"

वह उछल सा पड़ा। उसके चेहरे पर मुसकराहट नहीं थी पर एक सहज फैलाव जरूर था, कुछ-कुछ परेशानी का, मगर ज्यादा उसके होने का एहसास देता था।

"आप भइया कैसे जानते हैं उस तिउरा को?" वह इस बार हँसा था। उसकी हँसी में व्यंग्य भरा रहस्य का एक भाव था, मगर ऊपर-ऊपर का। भीतर से वह अपनी हँसी में जैसे कुछ चुरा रहा था।

"वैसे ही सत्तीवाली परती में रहते हैं न ये सब! वहीं ताल से गाँव जाते कभी सुना था उसकी माँ को पुकारते।"

"हाँ-हाँ, वहीं रहते हैं। जंगली हैं सब। पहले तो गोदुंवा आदमी को देखकर

ही दुबक जाता था। किसी से कोई मतलब नहीं, किसी से कोई सरोकार नहीं। जब तक उसके हाथ-पैर चलते रहे, माँ-बेटी को झोंपड़ी से बाहर नहीं निकलने देता था। बड़ा लाचार होने पर इन्हें इधर-उधर काम करने के लिए जाने देने को तैयार हुआ।"

देवनाथ ने यह सब जिस तटस्थता के साथ सुनाया, उससे मेरी रुचि बढ़नी चाहिए थी। मुझे मोर भी बातें खोद-खोदकर पूछनी चाहिए थीं, किंतु मुझे उसके बयान में तटस्थता नहीं, रुझान नजर आया। यह रुझान कुछ जरूरी नहीं लगा, इसी वजह से शायद मैं ऊपर से हाँ-हाँ करते हुए भी कुछ और सोचता रहा।

देवनाथ का उत्साह एकाएक उतर गया और वह धीरे से बोला, "छोड़िए भी भइयाजी, आप अब थोड़ा आराम कर लीजिए।"

वह उसी बरामदे से होता हुआ गद्दी की ओर जाने लगा। उसे देखकर वह लड़की फिर खाली डलिया कमर पर टिकाए खड़ी हो गई। उसने दो-एक बातें भी कीं। एक बार मेरी ओर उँगली से इशारा भी किया या तो वह उसे मेरा परिचय दे रहा था या मुझसे परिचित होने की तफसील पूछ रहा था।

'ति¨उ¨रा' मैं इन तीन अक्षरों पर देर तक सोचता रहा। क्या नाम है? काला-काला चिकना सा एक बीज होता है जंगली पौधे का और उसका तेल तो ऐसा कि दूर से भी आँखों में अपनी झर्राहट से पानी ला दे। हाँ, ऐसा ही होता है तिउरा का बीज। साँवली, काली, चिकनी, शोख और जंगली लड़की के लिए उससे अधिक मौजूँ नाम भी क्या हो सकता था!

कई महीने बाद मैं गाँव आया। दुर्गापूजा की छुट्टी थी शायद। अक्तूबर की शाम मुझे हमेशा ही कटी-कटी लगती है, इसलिए नहीं कि वह कम खुशबूदार या कम उमंगवाली होती है, उसमें तो खुशबू कहीं अधिक भरी-भरी और उमंग कहीं अधिक कसमसाती सी होती है, इसीलिए शायद ऐसी शाम मुझे कटी-कटी सी लगती है, क्योंकि इसका बहुत सा भाग हमेशा ही अपने से अनछुपा रह जाता है। ताल के पास डमरू की शक्लवाले पीपल के पेड़ के नीचे खड़े होकर मैंने सिवान को देखा। चारों तरफ धान की हरियाली-ही-हरियाली नजर आई, जैसे नदी की अपार धारा उमड़ रही है। मैंने फूले हुए धानों की ढेर सी खुशबू को साँसों में भरकर पी लिया। एक अजीब तरह की सुस्ती बदन पर फैल गई। सामने सत्ती की परती थी—हरियाली की धारा में रेती की तरह, उजाड़ और बदरंग। तीनों झोंपड़ियों की कतार भी ज्यों-की-त्यों थी। कुछ भी परिवर्तन नहीं हुआ इनमें, कहीं भी। ओखली बदस्तूर बाहर रखी थी।

मैं पीपल के पास कुछ देर तक बैठा रहा। घर को चला। ज्यों-ज्यों झोंपड़ी के पास आता गया, एक अजीब तरह का कोलाहल उभरता गया। झोंपड़ी के दरवाजे पर गोंदुवा खड़ा था और वह तिउरा को बुरी तरह पीट रहा था। उसकी माँ इधर-उधर से लपककर गोदुवा के हाथ से लकड़ी को खींचने की असफल कोशिश कर रही थी और छोकरा चुपचाप एक दीवार से सटकर कभी माँ, कभी बाप की तरफ डरी-डरी आँखों से देख रहा था। तिउरा की चीखें और उसकी माँ की चीत्कारें प्यासी नागिनों की आवाज की तरह टकरा रही थीं।

"बाबू! तनिक छुड़ाओ बाबू, ई जानवर छोरी के जान ले लेही!" तिउरा की माँ मुझे देख झपटकर आई और गिड़गिड़ाकर बोली। मैं लपककर गोदुवा के पास पहुँच गया और उसके कड़े चीमड़े हाथ को खींचते हुए बोला, "यह क्या कर रहे हो, इसकी जान ले लोगे क्या?"

गोदुंवा के हाथों की पकड़ ढीली हो गई और तिउरा छिटककर अलग खड़ी हो गई। वह अब भी चीख रही थी और अपने बालों, नाक और गाल को सहला रही थी, तभी मैंने देखा कि वह एक लाल रंग की नई साड़ी पहने है और उसके काले बदन पर एक लाल ब्लाउज भी है। उसने बालों से बया का घोंसला तोड़कर फूल-पत्ती रचा लिया है। वह गोदुंवा के पंजे से नुचे अपने शरीर की अपेक्षा इन कपड़ों की हिफाजत के लिए ज्यादा बेचैन लग रही थी। गोदुंवा अब भी गुस्से से हाँफ रहा था, "हरामजादी बँदरिया, ते स उखीनी करबे। हम तोर टाँग तोरि नाइब हाँ, बूझ लौ!" वह जाने क्या-क्या बकता रहा।

मैं चुपचाप गाँव की ओर चल पड़ा। गोदुंवा का बिफरना सुनकर तिउरा की राफेद आँखें तनिक खिंच गई थीं। उनमें एक अजीब तरह की घृणा भरी हुई थी। गोदुंवा यदि उन आँखों को देखेगा तो बिना मारे फिर छोड़ेगा नहीं, पर वह चिढ़ा क्यों? शायद तिउरा का लाल साड़ी पहनना उसे अच्छा नहीं लगा, शायद वह चाहता है कि उसके बालों के घोंसले वैसे ही आबाद रहें। गोदुंवा भी अजब इनसान है। मुझ वह बबूल के पेड़ों से भी ज्यादा बुरा लगा। उसमें कम-से-कम ऐसे फूल तो लगते हैं, जिनमें एक गंध, कसैली ही सही, होती है। यह तो काली, बिना परत की चट्टान की मूरत है, अगर तिउरा ने एक मामूली सी लाल धोती पहन ली, एक लाल ब्लाऊज डाल लिया तो कौन सी आफत आ गई! मगर नहीं। गोदुंवा को लग रहा था कि यह लड़की एक मनचाहे पौधे की सारी जड़ों को ही भीतर-भीतर कुटक रही है।

बीच में मेरा बहुत दिनों तक गाँव आना नहीं हो सका, इसलिए नहीं कि मुझे

गाँव अच्छा नहीं लगता था, बल्कि इसलिए कि मैं गाँव जा नहीं सकता था। गाँव से शहर पाया था, तब न तो मुझे मालूम था और न मुझे भेजने वालों को कि जो वहाँ जाता है वह लौटता नहीं, क्योंकि जो धारा में कूदते हैं, सभी पार ही नहीं होते। कभी लौटते भी रहे होंगे लोग, मगर मैं कैसे लौटूँ, यह मैं कभी जान ही नहीं पाया। ऐसे लौटकर जाता हूँ, जैसे पहले कई बार गया था तो कोई मुझसे खुश नहीं होता और मैं भी तो लौटकर इसीलिए जाता हूँ न कि कुछ दिन और यहाँ शहर में रह सकूँ, पर मेरा यहाँ कहीं ठिकाना नहीं, इसीलिए इस बीच बहुत दिनों तक मेरा गाँव जाना न हो सका। एक दिन अचानक लगा कि अब मैं गाँव जा सकता हूँ और पहले से बिल्कुल अलग ढंग से जा सकता हूँ।

जिस दिन मेरी नौकरी लगी, मैंने पिताजी को खत लिखा। अब एक नई जिंदगी शुरू होगी। मैंने अपने अकेलेपन को जैसे एक नया अर्थ दे दिया था। इस नई जिंदगी को अपनाने की मेरी सारी कोशिशें एकाएक महत्त्वपूर्ण हो गई थीं। पिताजी का उत्तर आ गया था। उनकी खुशियों का कोई आर-पार न था। मुझे एक अलग जगह में आबाद होते देखकर वह कितने प्रसन्न थे! पर यह प्रसन्नता मुझे जाने क्यों बहुत सुखकर नहीं लगी थी, हालाँकि मैं इसके लिए किसी को दोष नहीं देता पर मैं सोचता जरूर हूँ कि यदि यह नौकरी न मिलती तो? और अब भी यदि मिलते-मिलते कहीं इनकार में बदल जाए तो? यह सब सोचकर ही मैं काँप उठता हूँ। माना कि आज मैं एक नई जिंदगी शुरू कर रहा हूँ; पर नई जिंदगी कौन सी है? यह जो मैं शुरू करने जा रहा हूँ, जहाँ एक निश्चित ठिकाना बन गया है या वह जो मैं अभी-अभी खत्म कर चुका हूँ, जहाँ मेरे लिए कहीं कोई सहारा न था, खैर छोड़िए भी। ये सब व्यर्थ की बातें हैं। सच तो यह है कि मैं नौकरी पाकर बहुत खुश था और बड़ी खुशी के साथ गाँव जा रहा था।

गाड़ी रुकी। प्लेटफार्म पर उतरकर मैंने एक लंबी साँस ली, जैसे सत्ती की परती की आसपास के सिवान से ढेर सारी खुशबू हवा में तैरती मेरे स्वागत के लिए दौड़ आई हो। मैं एक क्षण इधर-उधर देखता रहा, शायद पिताजी आए हों या कोई परिचित ही दिखाई पड़ जाए, तभी मैंने सामने कुछ दूर पर तिउरा को खड़ा देखा। वही काली चमक पर जैसे एक परत की राख के भीतर छिपी हुई। उसके कपड़े पहले की ही तरह गंदे थे, फटे हुए। वह कंधे से एक छोटा सा बच्चा चिपकाए थी, घिनौने ढंग से लपेट-लपूटकर। उसके मुख की मुद्रा देखकर मुझे लगा कि अभी-अभी किसी से वह भीख माँग रही थी और उसने दुतकार दिया है, मगर तिउरा

भीख क्यों माँगने लगी? मेरे मन में तरह-तरह की शंकाएँ टकरा उठीं। एक अजीब तब्दीली मेरे सामने खड़ी थी, हर तरफ से मुझे पुकारती हुई, पर मुझमें इतनी हिम्मत नहीं थी कि मैं तिउरा के पास जाकर कुछ पूछता। हृदय के कोने में एक भाव था, कभी कुछ गिजगिजा सा कि इस काली चमकदार देह की छुवन कैसी होगी। वह भाव अब मर चुका है या मर उसी क्षण गया था, जब मैं आढ़त से बाहर आ गया था; पर उसकी एक अदृश्य जड़ भी थी, कहीं यह मैं तब न जान सका था और हालाँकि आज जो तिउरा मेरे सामने खड़ी थी, वह दुःख से घिरी थी, फिर भी मेरे मन में उसके कंधे पर चिपके बच्चे को देखकर खुशी हुई। चलो कोई तो इस बँदरिया को पालतू बनाने में सफल हुआ। यह उसी अदृश्य जड़ का ही खिंचाव था कि मैं उसके बच्चे को नजदीक से देखने के लिए मचल पड़ा। उसके बच्चे की शक्ल देखने की उत्सुकता जब दब न सकी तो प्लेटफार्म की उस उछीड़ भीड़ में उसी तरह अपने को छिपाते हुए मैं ठीक उसके पीछे पहुँच गया। वह लंबाई में मेरे कंधे से भी छोटी थी। बच्चे का मुँह खुला था और वह अपनी सफेद पनीली आँखों से टुकुर-टुकुर देख रहा था। मैं एक क्षण उसके चेहरे को देखता रहा। माथे पर एक छोटी सी लाल बिंदी थी। जाने क्यों मुझे लगा कि किसी ने देवनाथ के चेहरे पर 'लाभ-शुभ' का टीका लगा दिया है, तभी डिब्बे के सामने खिड़की से सटकर बैठे किसी मुसाफिर के सामने हाथ फैलाकर तिउरा गिड़गिड़ाई।

मैं तुरंत वहाँ से खिसककर गेट के बाहर निकल आया। गाँव जाते समय रास्ते भर मैं तिउरा के बारे में ही सोचता रहा। परती के पास वाले रास्ते से गुजरते वक्त भी मैं उसी के बारे में सोच रहा था। झोंपड़ियों के पास एक क्षण रुका भी, पर चारों तरफ सन्नाटा था। न सामने ओखल थी न घर में कहीं कोई आवाज तो क्या ये सब चले गए तिउरा को अकेला छोड़कर?

□

आर-पार की माला

जेठ ला गया है। दूध सी सफेद मिट्टी की छाती पर नीलम के पौधों को दुलराने वाला माघ कहाँ? दोनों किनारों पर दूर तक सफेद बालों सी कटे जौ की खुत्थियाँ और बीच में सिमटी हुई असहाय विधवा की धुली माँग सी गंगा। किनारे खड़े विशाल पीपल की पत्तियाँ गिर गई हैं, नई कोंपलें निकल रही हैं—लाल, डूबते हुए सूरज की तरह सुर्ख। लगातार चार महीने तक किनारों को धक्के देनेवाला पानी तट छोड़ चुका है। सड़ी मिट्टी की सोंधी गंध हवा में भर गई है, बड़ी ही सुहानी।

'ओ एऽ एऽ मल्लाह, पाना भाई!' जोर की आवाज बिजली की तरह लपककर दोनों किनारों को जोड़ देना चाहती है।

नदी की धार में खंभे सा धँसता हुआ सूरज सुनहरा रंग घोल रहा है। किनारे बैठी नीरू कुछ सोच रही है। दिन भर की गरमी से तपे शरीर को शीतल हवा छू जाती है, पर उसे कुछ ज्ञात नहीं। शरीर को उसने देखा ही कब! आसमान का लाल रंग सुरमई होता है। नीरू की आँखों में एक हलकी कालिमा छा जाती है। दूर गंगा की छाती पर एक नाव चली आ रही है बतख सी। काँपता हुआ रंगीन पानी हँसता है। लहरें उठती हैं, छेड़खानी करती हुई।

पार की किसी गाँव की औरतें हैं, बीच में दूल्हा है, बगल में दुलहिन। हाल में शादी हुई है। आज वे गंगा के दोनों किनारों को, मूँज की पीली रस्सी से, जिसमें पीले कनेर के फूल गुँथे हैं, जोड़ देंगे। दुलहिन झीने घूँघट के बीच से आँखें घुमाकर देखती है। दूल्हा मुसकराता है। आँखें कहती हैं, "हाँ, आज वे दो कभी न मिलने वाले किनारों को जोड़ देंगे।"

नीरू बुदबुदाई। कुछ सोचा।

'थू-थू-थू!' उसने अपने होंठ काट लिये। लंबी साँसें उठीं और खो गईं। उसकी उजड़ी स्याह आँखों में बीते दिन का रंगीन आसमान झाँकने लगा।

माघ के दिन थे। दिन में दपदपाता सूरज चाँद सा लगता। सारी दुनिया जैसे सपने में चलती। खेतों में उफान था, गाज की तरह श्वेत फूलोंवाली मटर छा गई थी। बुड्ढा मटरू नट खुश था। उसे अपने गृहस्थों के वैभव का नाज था। उनके घरों में यदि दूध है तो मटरू को विश्वास था, उसे छाछ की कमी न होगी। मटरू अपने दरवाजे के सामने बैठकर मूँज की रस्सी बट रहा था। सामने से उसकी लड़की नीरू निकली। कमर पर रखे भारी घड़े का पानी छलका, पैरों की गति में जैसे कोई तान दे गया। गंदे-फटे कपड़ों की आड़ में बच्ची नीरू को बिटिया नीरू के रूप में देखकर मटरू की आँखों में उसकी दिवंगत पत्नी की छाया नाच उठी, तभी जैसे कहीं से बादल का टुकड़ा उठा और उसकी आँखों में एक स्याही दौड़ गई। मटरू नीरू का बाप ही नहीं, माँ भी है। यदि उसकी माँ होती तो उसको चिंता के बहाव में वह कुछ आना-कानी करता, टालमटोल चलती, कुछ दिन सब का उपदेश देकर चुप बैठ पाता, पर वह खुद ही उसकी माँ भी है। शादी की तमाम चिंता, बेटी की चोटी से लेकर वर ढूँढ़ने का पूरा काम उसी का है। मटरू ने सोचा। उसके हाथ रुके। उसने नीरू को देखा।

'बेटी,' बुड्ढा बोला, 'सुना, कल अपने कुनबे के साथ जुम्मन आएगा।' नीरू ने भरे घड़े को रख दिया, 'कौन कहता था, अब्बा?'

'ठीक तो क्या, फराकी कल कहता था कि दो-एक दिन में आनेवाला है।'

'कितने लोग होंगे अब्बा?'

'आदमी क्या पूछने हैं, बेटी! यों लड़का उसके एक ही है, रज्जब। साथ में तीन-चार पढ़े और होंगे। यही छह-सात भैंसें, बीसों मुरगियाँ, कुत्ते, तीतर, नेवलों का पूरा कुनबा समझो।'

नीरू की नसों में एक तेज लहर दौड़ गई। रज्जब का बाप देवता चक के इलाके में पूरे सात साल के बाद आ रहा है। रज्जब को नीरू जानती थी, जब वह दस-ग्यारह वर्ष का था। औसत से अधिक गोरा होने के कारण नटों का काला समुदाय उसे कैरा कहकर चिढ़ाता, उसका बुड्ढा बाप जुम्मन उसे शाहजादा कहता और नीरू मोगल। उसकी लंबी सुड़ौल गरदन में काले कपड़े में बँधी ताबीज झूलती, जिसे जुम्मन कहता कि गाजीपुर के शेख ने उसके जन्म के पहले दिया था।

सबेरे पौ फटने के पहले ठाकुर की छावनी के पासवाले बरगद के नीचे जुम्मन ने डेरा डाल दिया। नीरू ने आज नया गरारा पहना, नई ओढ़नी ली। अभी कल ही मटरू बाजार गया था। पूरे एक महीने मर-मरकर रस्सियाँ बटी थीं, जो

कुल आठ–नौ रुपए में बिकीं। छह तो गरारे और ओढ़नी में ही खप गए, तीन रुपए चावल, तंबाकू और नमक में लग गए।

सुबह से ही नीरू बड़ी चंचल थी। थोड़ा दिन चढ़े जुम्मन मटरू से मिलने गया। सात फीट का लंबा शरीर बुढ़ापे से झूल गया है, पर अब भी उसकी देह जैसे वैसी ही गठीली है। लगता है, अभी लँगोट बाँधकर जहाँ ताल ठोंकी, मछलियाँ तैर जाएँगी। गोल–चौड़ी तुड्डी को समेटकर उसकी दाढ़ी झूलती है मधुमक्खी के छत्ते की तरह, जो उमर के भार से सफेद हो चली है। मटरू ने मूँज की माची ला पटकी। जुम्मन बैठ गया। बगल में पयाल का मोढ़ा था, उसपर रज्जब बैठ गया। मटरू ने बातें शुरू की। देस–दुनिया, सौदा–पाटी, जात–बिरादरी की पूरी कहानी चलती रही, तभी मटरू ने लड़की से चिलम माँगी। जुम्मन ने आँखें खोलकर देखा, उसे जैसे माँगी मुराद मिल गई। मुद्दत से जुम्मन परेशान था। उसने अपने शाहजादे की शादी के लिए चप्पे–चप्पे की खाक छानी, पर सब बेकार। लड़कियाँ उसने बहुत देखीं। गोरी–चिट्टी तो बहुत मिलीं, पर ठिगनी लड़की से शादी करके वह अपना खानदान नहीं बिगाड़ना चाहता था, सो उसने पहली बात में सभी शादियाँ नामंजूर कीं।

अगले दिन का सूरज बड़ा सुनहला–सुनहला लगा। सुनहली किरणों के नीचे सोई गंगा की रुपहली धारा में नीरू ने गागर डुबोई। ऊपर से बगलों की लंबी पाँत कोण बनाते निकल गई। लहरों ने सुर दिया, चूड़ियाँ खनकीं और उसके होंठ काँपकर रह गए। भरी गागर को बार–बार डुबाती रही गंगा का ठंडा पानी जैसे बड़ा चिकना हो गया है, कुनकुना। रास्ते से उसकी मुरगी निकली। उसने गागर से पानी निकालकर छिड़का। वह कुड़बुड़ाई, भागी और यह हँस पड़ी।

'बेटी!' नीरू को खड़ी देखकर मटरू बोला, 'आज घास के लिए दूर न जाना, पासवाले खेत से मटर के फुटके उखाड़ ला!' झोंपड़ी से लगा एक बीघा खेत था, ठाकुर की मिहरबानी थी। मटरू ने उसमें जौ बोए थे। कहीं–कहीं मटर भी उग आई थी। नीरू खेत में घुसी। मटर के लाल–सफेद फूल, जो ताश की चीड़ी के आकार के जैसे बाजे हों, हर फूल उसके कान में कुछ कहने के लिए मचल रहा हो और सचमुच उसकी देह में एक सुरसुरी दौड़ गई।

उसने अभी दो–तीन मुट्ठी पौधे उखाड़े कि देखा, सामने रज्जब खड़ा है। वही गोरा–चिट्टा शरीर, वही कसी देह। अब वहाँ बचपन की मुलायमियत न थी, लोआ–पोआ शरीर न था, एक दूसरा ही रंग था। कसावट थी, चलवे मछली की पीठ की तरह चिकनापन था, शोखी थी। गाढ़े का लंबा झूलता हुआ कुरता और मऊ

की चारखाने की तहमत। ऊपरी गरदन पर गंगा के कछार की मिट्टी थी, जिसमें बालू के कण अबरख की तरह चमक रहे थे।

'इतनी मटर एकसाथ भैंस खाएगी तो मोटी हो जाएगी नीरू, चला भी न जाएगा।' नीरू मुसकराई, 'हर्ज क्या है, मोगल। पूरा खेमा तुम पर लाद दिया जाएगा।' रज्जब हँसा और मेंड़ पर बैठ गया।

'क्यों नीरू, यहाँ अकेले तुम्हें बुरा नहीं लगता?'

'बुरा क्यों लगे, हम कोई बेघर-बार के थोड़े हैं!'

रज्जब चुप रहा। फिर बोला, 'पर जानती हो, अब्बा कहते हैं, घर बनाना कंजड़ के लिए मौत से भी बुरा है।'

'होगा, पर मैं तो जंगल-जंगल घूमने से रही।'

'अच्छा, यह तो कहो, कब तक चलने का इरादा है?'

'मैं बोलूँ,' नीरू मुसकराई, 'बाबा से पूछो!'

नीरू चुप हो गई। रज्जब न जाने क्या-क्या कहता रहा।

'अच्छा भई, घर हो जाएगा।' रज्जब मुसकराया और नीरू के पास जाकर बोला, 'नीरू!'

'रेऽएऽएऽओऽ रज्जब, रज्जब के बच्चे!'

जुम्मन चिल्लाता हुआ चला आ रहा था। नीरू रज्जब से दूर हटकर पौधे उखाड़ने लगी।

'अबे रज्जब, सुनता भी है!' सामने नीरू और रज्जब को एक साथ देखकर बुड्ढा ठिठका।

'हूँ, अबे यह लालों का घर नहीं है। अभी से लौंडिया के पीछे पागल है! जा-जा, बरगद के नीचे गाड़े में दूध रखा है, पी ले! सिकहरे पर रोटियाँ भी हैं। केवल धूल मलने से पुट्ठे नहीं चढ़ते।'

रज्जब चला तो नीरू की ओर देखकर जुम्मन बोला, 'क्यों री, मटरू घास नहीं गढ़ता। कह दे उससे कुछ कसरत करे, नहीं तो लाठी टेकेगा!'

नीरू आँख गड़ाए पौधे उखाड़ती रही। जुम्मन बोला, 'क्यों री, मटरू घर पे है?'

'हाँ दादा!' नीरू ने धीरे से कहा और मटर उखाड़ने का नाट्य करती रही।

जुम्मन चल पड़ा। उसके दोनों हाथ उसकी पीठ के नीचे बँधे थे। छाती आगे निकली थी। वह बुदबुदाता चला जा रहा था, 'लड़के हैं, लड़के, ठीक हो जाएगा, सब ठीक हो जाएगा!'

दोपहर को नीरू घर लौटी। भैंस के आगे मटर फेंककर उसे सहलाती रही। उसकी गरदन में हाथ डालकर झूल गई।

'क्यों, मेरी सगाई हो गई, सुना तूने!' वह उसके सामने आँखें नचाकर बोली, 'क्यों खुश हो न!' भैंस की काँटेदार बालों वाली पीठ कनमनाई। रोएँ सुई की तरह खड़े हो गए। भैंस उसके हाथ को चाटने लगी। खुरदरी जीभ जैसे उसके हाथों में स्नेह से सट गई। वह बड़ी देर तक बैठी रही। सहसा अपने मुरगे को आते देख उठी, उसके पीछे पकड़ने को दौड़ी। क् क् क् क् की आवाज से झोंपड़ी गूँजी और गूँजती रही बड़ी देर तक, सुख से, उल्लास से।

नीरू और रज्जब की सगाई हो गई। जुम्मन ने दो सौ रुपए, नई ओढ़नी और लाल गरारा दिया। आज उसे पाए पंद्रहवाँ दिन बीत गया। फागुन के पहले पखवारे में फसल कटने लगती है, सो उसने गाँवों में कुश्ती दिखाने के लिए चल देने का विचार किया। जाने की तैयारी हो गई। चारों भैंसों पर पूरा घर लद गया। पुपाल भरे बोरे के गद्दे, मुगियों के खोंचे, तीतरों के पिंजड़े, नेवलों के बक्से; कुत्ते तैयार, बकरियाँ चलने को उतावली। मटरू के बार-बार कहने पर ही जुम्मन ने नीरू को एक साल और बाप के घर रहने को कहा। नीरू झोंपड़ी के बाहर खड़ी उस विदाई की तैयारी में थी, तभी एक आदमी ने आकर खबर दी कि जुम्मन और उसके लड़के को थानेदार ने ठाकुर की छावनी पर तलब किया है। नीरू ने यह भी सुना कि ठाकुर की छावनी से रुपए, बरतन और भी कई सामान चोरी चले गए। चोरी के जुर्म में जुम्मन और रज्जब को थानेदार ले गए थाने। भैंसें मवेशीखाने गईं, मुरगियाँ थानेदार के खानसामे के पास, बकरियाँ लापता हो गईं, कुत्ते मारे-मारे फिरे, पूरा कुनबा उजड़ गया।

उस साल बारिश नहीं हुई। धान की खड़ी फसल सूख गई। चैती को भी कोई उम्मीद न थी। उत्तप्त हवा धू-धू करके दौड़ती। सूखे खेत गर्द पर भर जाते। मटरू के परिवार के फाके का पाँचवाँ दिन था। वह दिन भर बैठकर रस्सियाँ बटता, पर कोई खरीदने को तैयार नहीं। झोंपड़ी का एक-एक कोना रस्सियों से भर गया; पर चूल्हे में आग जलने की नौबत न आई।

सूखा फागुन था। पलाश फूले थे, पर शोभाहीन। पानी के अभाव में मग में फूल ही नहीं पाए। बड़ा उदास सा सुनसान छा रहा था। मटरू अपनी झोंपड़ी में आकर बैठा। वह हाँफ रहा था। उसकी आँखों के सामने एक घना अँधेरा था। वह बुड्ढा था, शरीर में न फुरती है न चलने की शक्ति। गाँव-गाँव घूमकर भीख माँगने

की भी ताकत नहीं। लड़की जवान है, उसे भीख के लिए भेजना मुश्किल था। वह अभी जमींदार की छावनी से लौटा है खाली हाथ।

'कहाँ गए थे अब्बा?' नीरू ने पूछा

'कहीं नहीं बेटी, गंगा की ओर जाने का इरादा था, जा न सका। कमर में बड़ा दर्द है।' उसने कहा पर लगा, जैसे कुछ ऐसे विचार उसके दिमाग में तूफान उठा रहे हैं कि उसका पूरा शरीर काबू में नहीं है। आँखें रोशनीहीन बुझी लौ सी जल रही हैं। पूरा शरीर काँप रहा है।

शाम हो रही है। दो-एक घंटे दिन शेष है। नीरू एक चारपाई पर लेटा आसमान की ओर देख रही थी। दोपहर का दरवाजे पर बैठा मटरू वैसे ही पड़ा था।

'बेटी!' उसने पुकारा।

'क्या है अब्बा, कुछ कहा?' झटके से उठकर नीरू उसके पास बैठ गई।

हकलाते हुए मटरू बोला, 'जरा छावनी में चली जा, ठाकुर से दो रुपए माँग ला! कहना, मेरी कमर में दर्द है।'

लड़की ने बाप की आँखों की ओर देखा, जो शरम के मारे धरती में गड़ी हुई थीं। उसने कुछ कहा नहीं। चुपचाप छावनी की ओर चली गई। बड़ी देर के बाद नीरू लौटी, बुड्ढे के सामने पाँच का नोट फेंककर बोली, 'ठाकुर के पास फुटकल न थे।' और बिना उसकी ओर देखे झोंपड़ी में चली गई।

मटरू ने रुपए उठाए। लाठी टेकता बाजार की ओर चला। नीरू झोंपड़ी में पड़ी-पड़ी देर तक रोती रही। याद आया तो उसने घड़ा उठाया और नदी की ओर चली। आगे वही भैंस बँधी थी, उसने देखा नहीं। मुरगी चली जा रही थी, उसके पीछे आठ-दस चूजे, मटमैले, धिनौने। नीरू आगे बढ़ गई। सूखे और जाड़े की मार से सिकुड़ी नदी चली जा रही थी, बड़ी ही सर्द। नीरू किनारे पर बैठ गई। पछुवा का सन्नाटा तीर सा लगता। पीपल के पत्ते खड़खड़ा उठते, जैसे सन्नाटा कान फाड़ रहा हो।

साल भर बीत गया। जुम्मन का खेमा एक बार फिर छावनी वाले बरगद के नीचे पड़ा। अँधेरा होते-होते रज्जब नीरू के पास पहुँचा। वह उसे देखकर रोने लगी। बहुत समझाने पर चुप हुई।

'मटरू दादा कहाँ हैं?' रज्जब ने पूछा, 'ठाकुर के यहाँ।'

'ठाकुर के यहाँ?' रज्जब की आँखें जैसे जल उठीं, 'वहाँ उनका क्या काम?'

'उनको गाँजे से मतलब है, दिन भर चिलम भरते हैं, पीते हैं, पिलाते हैं। शाम को वुत की तरह लेटकर खुद की याद करते हैं।'

'तुम यहाँ अकेली रहती हो?'

'नहीं, मैं भी वहीं रहती हूँ, झोंपड़ी में तो कभी-कभी आती हूँ। जानते हो ठाकुर की दो औरतें हैं, मगर उनसे मन नहीं भरता। बाप नौकर है तो बेटी नौकरानी!' और वह सुबक-सुबककर रोने लगी।

फिर सहसा थूककर बोली, 'उबकाई आती है।'

'हुँ!' रज्जब ने कहा और चुपचाप झोंपडी से बाहर हो गया।

नीरू ने पुकारा, 'मोगल!' पर जैसे उसने सुना ही नहीं। रात के सन्नाटे में खड़ी वह अँधेरे में ताकती रही और उसकी कातर पुकार पेड़ों से प्रतिध्वनित होकर वापस लौट आई।

सबेरे जुम्मन ठाकुर की छावनी पर पहुँचा। मटरू वहीं बैठा था। उसे देखते ही जुम्मन बोला, 'सलाम मटरू भैया, जरा जल्दी है, अपनी झोंपड़ी को चलो!'

'झोंपड़ी में क्या रखा है?' मटरू बोला, 'कहते क्यों नहीं, यहाँ क्या कोई पराया है?'

'यहाँ?'

'हाँ-हाँ, यहाँ! यहाँ क्या किसी से परदा है? ठाकुर साहब क्या दुश्मन हैं?'

जुम्मन की आँखें चढ़ गईं, 'होंगे भई दोस्त। हमें इससे क्या! लड़की बिदा करो? चलें अपनी राह।'

'लड़की!' मटरू हँसा, 'लड़की चोरों के साथ न जाएगी।'

'खबरदार मटरू! जुबान खींच लेंगे।' जुम्मन उखड़ा, 'चोर कहनेवाले। यहाँ तो अपनी आबरू पर मरते हैं। रहते हैं इज्जत के साथ बरगद के नीचे या जेल के पीछे।'

'शोर मत करो!' मटरू बोला, 'हमें सुनने का वक्त नहीं है। नीरू बगल की दीवार के पीछे खड़ी थी। वह बार-बार रज्जब को देखना चाहती है। वह चुपचाप खड़ा था। नीरू सोचती, मटरू ठाकुर के हाथ बिका है, बिके। बुड्ढे झूठे झगड़ा करते हैं। वह लाख मना करने पर भी नहीं मानेगी। रज्जब का चेहरा बड़ा उदास था। नीरू देखती, एक सुनसान मुर्दे की दीवार सा डरावना क्षितिज, सामने रज्जब। मृगमरीचिका की एक लहर, जिसमें अस्थिरता नहीं है, बहाव नहीं है और न जाने किस शंका से उसका मन काँप उठता।

'मटरू!' जुम्मन एक बार फिर बोला, 'पछताओगे भाई, दूसरों के इशारे पर अपनी खानदानी अस्मत मत बेचो!'

'क्या टर्र-टर्र करते हो?' मटरू बोला, 'कह दिया, वह चोरों के साथ न जाएगी।'

'न जाएगी, रखो!' रज्जब क्रोध से काँप उठा, 'जाएगी तो तुम्हें रोटी कहाँ से मिलेगी? बेशर्म, वैसी बेहया लड़की लेकर हम करेंगे क्या! लाओ हमारे दो सौ रुपए!'

मटरू दौड़ा। उसके हाथ में मोटा डंडा था।

'ऐसा न करो, अब्बा!' नीरू बगल से दौड़कर उसके पैरों पर गिर पड़ी, 'इनका दो सौ रुपया लौटा दो!' वह चुपचाप धरती की ओर देख रही थी।

ठाकुर मुसकराए। मटरू ने उनकी ओर देखा। वे भीतर जाकर नोटों का एक बंडल ले आए, जुम्मन की ओर फेंककर बोले, 'ये हैं तेरे रुपए, गिन ले और सुन, इसी दम इलाका छोड़ दे, वरना इस बार छूटना भी मुश्किल होगा।'

जुम्मन ने रुपए गिने और बोला, 'अभी सरकार!'

कटे जौ की सफेद बालों सी भूरी खुत्थियाँ और उनके बीच असहाय विधवा सी गंगा की धार।

'ओऽएऽमल्लाह, आना भई! कब तक तंबाकू पीते रहोगे। हमें अपने पार तो पहुँचा दो।'

नीरू का ध्यान टूटा। उसने देखा आसपास में फफोलों की तरह तारे उठने लगे हैं। दूल्हा नाव पर बैठा। दुलहिन की ओर देखकर मुसकराया। आँखें बोलीं, 'हमने दो किनारों को बाँध दिया।' दुलहिन मुसकराई, 'यह बंधन दृढ़ हो।' नीरू मन में सोचती, आर-पार की माला। उसकी झोंपड़ी में मूँज की रस्सी है, जिससे वह हजारों नदियों का पाट बाँध सकती है। जंगल में पीले कनेर के फूल मुसकरा रहे हैं। उनकी भी क्या कमी, वह एक किनारे पर बैठी है। दूसरा किनारा चाहिए, पर लाख ढूँढ़ने पर भी उसे कोई किनारा नहीं दिखाई पड़ता। केवल प्रवाह, जल, गहरा पानी। उसके मन में किसी की बगल में बैठकर पार जाने की इच्छा है, पर कोई किनारा नहीं, केवल पार की माला! आर-पार की माला!

□

इन्हें भी इंतजार है

सख्त इस्पात की लंबी समानांतर लाइनें, जिनपर साँप की तरह बल खाती गाड़ियाँ; धरती को कँपा देनेवाले दैत्य की तरह भारी इंजन, जो आदमी को अंगुलियों के इशारे से पालतू हाथी की तरह आगे-पीछे लुढ़कते; आसमान को छूती हुई धुएँ की राशि, जो विशाल शक्ति को वश में करनेवाले मनुपुत्रों को विजय का संदेश देती; पक्के-खुले प्लेटफार्म, जिनपर तरह-तरह की पोशाक पहने नर-नारी रंग-बिरंगी मधुमक्खियों की तरह भन-भन करते, इधर-उधर मँडराते यह सबकुछ देखता मैं एक बेंच पर बैठा अपनी गाड़ी के आने का इंतजार कर रहा था।

सामने प्लेटफार्म पर एक गाड़ी अभी लगी थी। दौड़-धूप, धींगा-मुश्ती, उछलकूद, नाना प्रकार के सामानों से दौरी-ठेला सजाए फेरीवाले घूम-घूमकर चिल्ला रहे थे। पाँच मिनट बीते होंगे कि सारी भीड़ बाढ़ के बाद थिराए पानी की तरह शांत हो गई।

सेकेंड क्लास के एक डिब्बे के सामने छोटी सी भीड़ जमा हो गई थी। लोग-बाग बुरी तरह चीख-चिल्ला रहे थे, कुछ हो-हो करके बेतहाशा हँसे जा रहे थे। मैं भी लपककर पास पहुँचा।

'बेहोश हो गई है, बेहोश!' एक लंबा-तगड़ा आदमी अपने पसीने से तर मुँह पर ताड़ की पंखी से हवा करते हुए बेहद खुशी के साथ चिल्लाया, 'वाह, गजब की हसीन है! गुदड़ी में कहीं लाल छुपता है!'

भीड़ को चीरता हुआ एक टी.टी.आई. बाहर आया, 'हम उसको रोजीना बोलता था कि इस तरह शरीफ लोग का डिब्बा में मत घुसो, मगर वह माना नहीं, पाया न बक्शीश!'

'कौन है, क्या हुआ?' एक बुड्ढा कुली पूछ रहा था।

सिर पर भारी-सा गट्ठर लादे, भीड़ को चीरकर बाहर आया हुआ दूसरा कुली

बोला, 'पगली है, ओ पगली। सीकिन किलास में घुस रही थी, एक बाबू नौकर से धक्का देकर निकलवा दिया, पैदान में फँसकर गिर गई।'

एक पतली-दुबली सी औरत भीड़ के बीचोबीच गिरी पड़ी थी। उसे होश आ चुका था, वह अपनी फटी-मैली साड़ी से सिर और छाती को ढँकने की असफल कोशिश कर रही थी। पैरों में काफी चोट आई थी। घुटने के छिल जाने से खून निकल आया था, जिसके कतरे उसकी मैली साड़ी में कत्थे के दाग की तरह उभर आए थे। वह हाथों का सहारा लेकर धीरे-धीरे बैठ रही थी। भीड़ में खड़े लोगों पर उसने एक उचटी नजर डाली। उसकी आँखों में आँसू न थे, मटमैली सफेद आँखों के कोने तकलीफ और शरम के मारे अजीब तरह से खिंच आए थे, उसने गरदन झुकाकर सिर को घुटनों पर रख लिया। साड़ी में चिपकी खून की बूँदें ऐसी लगती थीं, जैसे उन्हीं आँखों से चू गई हैं।

सिगनल हो चुका था, भीड़ छँट गई थी, वह औरत चुपचाप घुटने पर ठुड्डी सँभाले गाड़ी के काले-काले पहियों को देख रही थी। मैं उसे उसी समय पहचान गया था, जब उसने गरदन उठाकर पहली बार भीड़ को देखा था, पर मैं दुबककर एक आदमी के पीछे हो गया था, क्योंकि मैं डरता था, कहीं ऐसे मौके पर कबरी मुझसे कुछ कहने-सुनने न लगे। मुझे उससे बातें करते देख लोग हँसेंगे। मधुमक्खियों की भनभनाहट बढ़ जाएगी, फूल की गंध में सने उनके डंक जहर उगलने लगेंगे। मैं चुपचाप आँखें चुराता वहाँ से हट आया। प्लेटफार्म की उसी बेंच पर आकर बैठ गया।

गाड़ी खुल गई थी। मामूली से धक्के ने सैकड़ों पहियों को गति दे दी, गोल-काले पहिए, चक्राकार, वर्तुल, रागानांतर, कभी न मिल पानेवाली पटारियाँ, अछोर···दौड़, आगे-पीछे समय भी तो ऐसे ही घूमता है!

'कबरी!···कबरी!'···

तीखी, झनकारती हुई आवाज डोमों की मड़ई से नदी-किनारे तक हवा के बहाव में तैरती चली आती। नदी के किनारे बालू पर बैठे लहरों का परस्पर टकराना देखते होते, गीले बालू में गड्ढे करते होते या गाज में उलझते हुए सेवार के पौधों को मुट्ठियों से खींचकर किनारे पर जमा करते रहते। इस आवाज से चौंककर हम खड़े हो जाते और साँप की तरह बंकिम, गिरते-उठते, ऊँचे-नीचे कगारों पर हमारी दृष्टि दौड़ जाती। कहीं-न-कहीं किसी तरफ कबरी होगी, उलझे हुए बाल हवा की लहर पर उसके धूल-माटी से गंदे गालों से टकरा रहे होंगे, पैबंदों से भरी हुई

साड़ी उसके बदन में इस तरह चिपकी होगी, जैसे दोनों का जनम-जनम का साथ है; कलाइयों में जाने कब की पड़ी हैं दो मोटी-मोटी लाख की लहठियाँ, जिन्हें वह बालू से रगड़कर हमेशा साफ करती रहती है, कमर पर बाँस की खपच्चियों की बनी दौरी टिकाए वह हँसती हुई सामने खड़ी हो जाती—माई बुला रही है, वह इस आवाज को सुनकर बिना किसी सवाल के उत्तर देती, जैसे हम बड़ी उत्सुकता से यह जानना चाहते हों कि कबरी को कौन बुला रहा है, फिर जाने क्यों, हमारे चेहरे की निर्भावता देखकर वह मुसकरा पड़ती और दौरी को वैसे ही कमर पर टिकाए, खिलखिलाती हुई ऊँचे कगार पर लुढ़कती-पुढ़कती, हरिनी की तरह छलाँग भरती, आँखों से ओझल हो जाती।

कबरी अकसर हमारे गाँव आती। किसी के घर शादी-ब्याह पड़े, जनम का उत्सव हो या मरन का श्राद्ध, कबरी अपनी बूढ़ी माँ के साथ जरूर दिखाई पड़ती। शादी-ब्याह के दिनों में तो वे एक-एक पखवारा गाँवों में रह जाती। आज माटी-मंगल के लिए नई दौरी चाहिए तो कल ब्याह के लिए वउखा। आज हल्दी का भोज है तो कल भतवान, परसों शादी का भोज। गली की मोड़ पर या किसी गंदे घूरे के पास, लोगों की पहुँच से परे, ताकि अनजान में भी कहीं किसी पर उनकी छाया न पड़ जाए, कोई छू न जाए, कबरी अपनी माँ के साथ चिपकी हुई बैठी रहती। जीमनेवालों की पाँतें बैठतीं, खाकर उठतीं, बारी या नाई जूठे पत्तल उठाकर कबरी और उसकी माँ के सामने फेंक देते। कबरी बगल से सोंटा खींचकर चौकन्नी खड़ी हो जाती। पत्तल पर टूट पड़ने के लिए उतारू कुत्तों को वह सोंटा हिला-हिलाकर धमकाती और उसकी माँ जूठे पत्तलों से पूड़ियों के टुकड़ों, बची-खुची तरकारियों, मिठाइयों के चूरे और दही-चीनी के सीरे को काछ-काछकर अलग-अलग हाँड़ियों में जमा करती जाती। बीच-बीच में कबरी की माँ आदत के मुताबिक एक अजीब लहजे में चिल्लाती रहती।

'जय हो, जजमान! तनिक डोमवां के एक टुकड़ा, सरकार!…'

'चुप रह रे!'—कोई नाई-बारी दहाड़ उठता, 'अभी बामन खा रहे हैं!'

'अच्छा, राजा!'—बूढ़ी चुप हो जाती। हाथ का एक खुदक्का कबरी के बाजू पर लगाकर बुढ़िया बुदबुदाती-घोड़पराड़ जैसी हो गई बढ़ के कि खड़ी हो तो बड़ेंर छू ले और तुझसे बोला नहीं जाता? बोलते-बोलते गला बैठ गया, अब तू ही माँग।'

उसकी बात सुनकर कबरी हँस देती, 'मुझे लाज लगती है, तू ही माँग!'

बुढ़िया गुस्से से बिफर पड़ी, 'अरी! तू कुत्ते की जनी! तुझे लाज लगती है?

वाह-रे-वाह! तेरा खसम बैठा है क्या यहाँ? बुढ़िया तब तक दाँत किटकिटाकर गालियाँ देती रहती, जब तक दूसरी पाँत के जूठे पत्तल उनके सामने न फेंक दिए जाते और कबरी इस बीच सिर्फ हँसती रहती।

लोगों के जूठे पत्तलों का खाना बटोर-बटोरकर जाने कैसे जीती रहीं माँ-बेटी! पर वे जीती रहीं और उस दिन, जब मैंने कबरी को तीन-चार बरस के बाद बड़े भाई की शादी में देखा तो मुझे एकदम यकीन न आया कि लोगों का बचा-खुचा जूठा खाकर कबरी इतनी अच्छी लगती है! उसके बदन पर मैली पैबंदों भरी साड़ी की जगह लहरिया पाट की छींट थी। उसके बाल अब भी गंदे थे, जो आपस में उलझकर बया के घोंसले की तरह लगते। साँवले, स्वस्थ मुख पर उसकी औसत से अधिक उजली आँखें खंजन की तरह थिरकती मालूम होतीं। इसी बीच कबरी की शादी हो गई थी, इसीलिए उसकी बूढ़ी माँ ने उत्सव-पर्व में आना छोड़ दिया था। मंगरा बीस-बाइस की उमर का नवयुवक था, काला, तंदुरुस्त और हँसमुख। कबरी प्रायः उसके साथ ही आती। दोनों गाँव-गाँव घूमकर रसबेनियाँ, बाँस की फिरकियाँ, डाली-मोन्ही आदि बनाकर बेचा करते। गाँव के बहेतू छोकरे, बड़े-बूढ़ों की आँखें बचाकर, कबरी को अकेली पाकर छेड़खानी करने से कभी बाज न आते।

'गाँव-गाँव घूमकर दही-पूड़ी तो ये खाती है, फिर मोटी कौन होगी भला?' एक कहता।

तब तक दूसरा पाकेट से बीड़ी निकालकर कबरी के सामने फेंककर इसरार करता, 'ले न ले, कबरी! मंहकुई बीड़ी है, कलेजा तर हो जाएगा!'

'जाके अपनी माँ-बहिन का करेजा तर करो, बाबू!'—कबरी जरा से गुस्से से कहती, फिर अपनी राह चल देती, उसके चेहरे पर बस वही पुरानी हँसी डोल जाती, एक तिरछी-बाड़ी लहर की तरह, जैसी नदी के सफेद जल में उजली मछली के चिलकने से उठ जाती है।

भाई के लगन के दिन थे। गरमी पड़ने लगी थी। कबरी का आना केवल रंगीन रसबेनियों के लिए ही नहीं, उसकी रसीली बातों के लिए भी घर की औरतों और बहुओं के लिए बड़ा आनंददायक हो जाता था। चौखट के नीचे गली में रास्ते से थोड़ा हटकर कबरी बनियाँ बना रही थी। बगल में बैठा मंगरा हरे बाँस के एक मोटे टुकड़े को काट-काटकर खपच्चियाँ बना रहा था। सफेद कागज की तरह पतली एक तार खपच्चियों के ढेर में से एक-एक उठाकर कबरी बड़ी सफाई से बेनियाँ बनाती जाती, उन्हें फिर अलग-अलग घरों में जाकर दे पाती और बदले में रोटियाँ

या भात ले आती। दोपहर में तालाब के किनारे, किसी पेड़ की छाया में बैठकर दोनों खाते-पीते।

नन्हे हाथ में रोटियाँ लिये दरवाजे पर खड़ा था। कबरी बेनियाँ बना रही थी और छोटे को बाँस की फिरकी चाहिए। देर होते देख उसका धीरज छूट रहा था और वह रुँआसा होकर बड़ी भाभी के पास जाकर ठुनकने लगा।

'रहो न, छोटे बाबू, अभी फिरकी बना रही हूँ। राम-राम इत्ते बड़े हो गए और लड़कियों जैसे रोए जा रहे हो!'

'क्यों न रोएँ भला?'—भाभी ने टनकारा—मँझले देवर का ब्याह रचाया जा रहा है और छोटे को कोई पूछती ही नहीं!'

'क्यों, छोटे बाबू, यह बात है? हमसे ब्याह करोगे?' कबरी शरारत से मुसकराती हुई बोली।

'हाँ, तुझ जैसी निखूटी गाय क्या छोटे सरकार को कहीं मिलेगी!' मंगरा भुनभुनाकर बोला और बंके से बाँस को काटकर छिलगाने लगा।

सभी हँस पड़े, कबरी भी हँसी, पर यह हँसी-खुशी और ताजगी का माहौल शायद केवल छोटे सरकार के लिए था, क्योंकि मैंने ऐसे भी मौके देखे हैं, जब गाँव के किसी छोकरे या किसी तरल तबीयत के प्रौढ़ के मजाक कर देने पर मंगरा के काले ललाट में नसें बिच्छू के डंक की तरह उभरकर तन जाती थीं और उसके बंके के एक बार से ही मोटा-हरा बाँस भुट्टे की तरह कटकर अलग हो जाता था। मंगरा कंटीली नागफनी की बाड़ की तरह था, जिसके जिस्म की छाया में कबरी हरे दौने की तरह पनपती रही। दिन भर की दौड़-धूप के बाद भी उन्हें भरपेट खाना शायद ही मिलता और जितना मिलता, उतना भी रोज कहाँ मिलता, फिर भी दोनों अपनी उस जिंदगी से खुश नजर आते। शाम हो जाने पर दोनों थके-थकाए स्याह खेतों की पगडंडी से जाते हुए दो काली छायाओं की तरह नजर आते।

अरसे तक किसी ने उनमें से किसी एक को कभी अकेले न देखा। कबरी पौर मंगरा का जोड़ा परवे का जोड़ा था।

मुझे दादी की मौत के बाद होनेवाला श्राद्ध आज भी याद है, जब डोमों और करन्नों की अपार भीड़ जमा हुई थी। इस तरह का जमघट हमेशा नहीं होता, जैसे पके बाजरे या ज्वार के खेत पर नाना दिशाओं से आए हुए पक्षी मँडराते रहते हैं, चीखते हैं, लड़ते-झगड़ते और नाचते हैं, वैसे ही उस श्राद्ध पर भीख-भोजी जनों की अपार भीड़ एकत्र हो गई थी। सबकी अलग-अलग जमात थी, डोमों की, मुसहरों

की, करन्नों की। डोमों की जमात सबसे अलग लगती, क्योंकि खंजड़ी और बाँस के टिप्पे बजाकर वे हमेशा नाचते-गाते रहते। मैंने उस भीड़ में कबरी और मंगरा को इसी तरह जुड़े देखा। मंगरा मंडली के बीच में खड़ा होकर खंजड़ी बजाकर गाता और कबरी उसके चौगिर्द मोर की तरह पंख फुलाए नाचा करती।

कहंवा पवले रे डोमवां कहंवा पवले रे ए-ए
दंतरंगुई डोमिनियां डोमवां कहंवा पवले रे-ए-ए
गंगा पंवर के हो बाबुजी गंगा पंवर के पंवली
दंतरंगुई डोमिनियां बाबुजी गंगा पंवर के हो
सचमुच मंगरा को कवरी गंगा पैर के ही मिली थी।

असाढ़ लग रहा था। बादल घुमड़कर पाते, पर बिना बरसे लौट जाते। बदरफट धूप की उमस सही न जाती। ऐसी कड़ी गरमी शायद ही कभी पड़ी हो। हम नदी के किनारे रोज जाते। घंटों घाट पर बैठे रहते, पर कबरी कभी दिखाई न पड़ी। गंगा-दशहरे के दिन काफी भीड़ थी। छोटा-मोटा मेला, जैसा लग गया था। आदमियों की भीड़ से थोड़ा हटकर रास्ते के एक ओर एक मैली चादर फैलाए कबरी बैठी थी। गंगा नहाकर मंदिर जानेवाले यात्री एकाध पैसा या एक मुट्टी चावल उस चादर पर फेंक देते। कबरी उन्हें उठाकर बीच चादर में कर लेती, चावल के बिखरे दानों को नाखूनों से बीन-बीनकर चादर पर रखती जाती। वह बहुत दुबली हो गई थी, आँखें गढ़ों में धँस गई थीं, फटी-पुरानी, मैली, तेल में चुपड़ी साड़ी उसके शरीर की दुर्बलता को छुपाए थी। चादर की बगल में गूदड़ों में लिपटा, दो-तीन महीने का एक काला सा बच्चा बुरी तरह रो रहा था। काजल से चुपड़कर उसका नन्हा सा मुँह काले नारियल जैसा लगता। कबरी एक उदास, उचटी नजर उस लोथड़े पर डालकर उसकी रुलाई की बिना परवाह किए चावलों को बीनने-रखने का काम करती रहती।

'क्यों रे, तू आज अकेली है, मंगरा नहीं दीखता?' मैंने रास्ते से गुजरते हुए पूछा। उसने गरदन उठाई और मेरी ओर एक क्षण देखती रही। उसकी आँखों में सूखी रेत की तरह एक वीरानी थी, जिसपर आँसुओं की लहर अपनी अमिट छाप छोड़ गई थी।

'मर गया, बाबू!' उसने धीरे से कहा।

'मर गया? कैसे कब?' मैंने सहानुभूति के स्वर में पूछा।

'कफनखसोटी करने गया था!' वह गुस्से में बोली, 'कहता था, डाली मोन्ही के काम में कोई फायदा नहीं है। खाने भर को रोटी भी नहीं मिलती। भला आप ही

बताइए, बाबू, यह काम क्या कोई आज का है, जाने कब से डोम यही सब करते आ रहे हैं, पर वह न माना। हैजा फैला था न बरहने में, दीघा में, कई गाँवों में। लोग लास किनारे पर फेंककर चले जाते। वह रोज मुर्दघट्टी जाता था। कफन उतारकर लास बहवा देता!''' टेसन पर कोई बनिया है मुरगा, वही खरीदता था, धुला-धुलूकर फिर बेचता होगा पूरे दाम पर। घर आता था रोज दारू पीकर। धुत्त पड़ा रहता। राकस की तरह देखता था, लाल-लाल टेस आँखें!'—कबरी का सारा बदन पत्ते की तरह काँप रहा था। वह एक-एक शब्द, जैसे सीने की सारी ताकत लगाकर बाहर कर देना चाहती थी—'मैंने बहुत समझाया; सरकार। अपनी सौगंध दिलाई' पर न माना। एक दिन साँझ को लौटा तो कै-दस्त हुई और आधी रात बीतते बीतते वीरान, परती पर लहरों का उबाल उफन पाया।' कबरी हिचककर फूट पड़ी।

मैं चुपचाप रास्ते पर आगे बढ़ गया। यात्रियों की भीड़ के बहाव में जाने कब तक बहता रहा, मुझे याद नहीं। मन में भाई के लगन के वे दिन उभर आए थे। जब कबरी मंगरा के साथ मेरे द्वार पर बैठी रसबेनियाँ बना रही थी या दादी के श्राद्ध का वह दिन, जब वह डोमों की भीड़ के बीच खंजड़ी बजाते मंगरा के चौगिर्द मोर की तरह नाच रही थी। उसके चेहरे पर कैसी उमंग थी, कैसा निश्चिंतता का भाव था, जो मंगरा के सुड़ौल और मजबूत जिस्म की ताकत के अहसास से दौने की कचनार पत्तियों से निकली गंध की तरह छाया हुआ था।

किसी ने कभी तिरस्कार से कहा था कि डोमों को जूठा खाने की आदत है। मजूरी में भी वे पकाया हुआ अन्न ही लेते हैं। कच्चा अनाज कभी नहीं लेते, क्योंकि चूल्हा-चक्की छना उनके लिए अपमान की बात है। मैंने एक दिन हँसी-हँसी में मंगरा से यही बात पूछी थी तो वह अजीब ढंग से मुसकराते हुए बोला था, 'पीसने-कूटने को कुछ हो भी सरकार कि खाली चक्की ही चलाते रहें? दो रोटी मिल जाती हैं इन बाँस की डाली-मोन्हियों से, यही बहुत है। खाली पेट एक गाँव से दूसरे गाँव घूमते हैं। ताल-पोखर का पानी सूखकर कीच बन जाता है, पर हमारे लिये तो वही है। कुएँ पर कोई जाने नहीं देता, माँग के पीवें तो लोग यह भी कहेंगे कि डोम तो खींचकर पानी पीते नहीं!' वह विचित्र तिरस्कार और ग्लानि में डूबी हँसी हँसकर कहता रहा, 'टेशन पर गुदामों में झारी करने के लिए भी हमें कोई नहीं पूछता। मुसहर-चमार गरीब हैं सही, पर उन्हें करने को नीचा-ऊँचा काम तो मिल जाता है, हम कहाँ जाएँ सरकार, हमारी देह में तो ऐसी छूत भरी है कि कोई खाद-गोबर फेंकने का काम भी नहीं करने देगा।'

मैं उसकी बात सुनकर एकदम चुप रह गया था और आज कबरी ने जब कहा कि मंगरा मर गया तो मुझे लगा कि मरा नहीं, उसने खुद को मार डाला।

मंगरा की मौत के बाद कबरी को मैंने कई बार देखा। वह बँदरिया की तरह अपनी गोद में दुधमुँहे बच्चे को चिपकाए स्टेशन के पास-पास चक्कर लगाती रहती। हमारे गाँव का स्टेशन छोटा था, ट्रेनें भी कम रुकती थीं, मगर वह बिना नागा हर रुकनेवाली गाड़ी के डिब्बों के सामने बच्चे को दिखा-दिखाकर भीख माँगा करती। स्टेशन के अहाते से सटी हुई गंदे पानी की एक बावली थी, कस्बे का सारा गलीज बहकर इसी में गिरा करता। बरसात के दिनों में तो लगातार पानी बरसते रहने से गंदगी कुछ कम हो जाती, पर क्वार की धूप पड़ते ही पानी सड़ने लगता और मच्छरों तथा दूसरे कीड़े-मकोड़ों की भनभनाहट के साथ पानी की बदबू हवा में फैल जाती। बावली के एक किनारे जहाँ स्टेशन के अहाते को घेरनेवाला कँटीला तार लगा था, डोमों के दो-एक परिवारों ने सिरकी डाल रखी थी। इस जमीन का कोई वारिस न था, फिर इस गंदी जगह से इन्हें हटाने कौन आता? लिहाजा, बिना रोक-टोक के उनकी दुनिया चलती रही। इसी सिरकी में कबरी अपने बच्चे के साथ रहती। गरमियों में जब बाटली सूख जाती तो इन्हें पानी न मिलता। स्टेशन के कुएँ के पास कबरी काले रंग की पुरानी काई लगी गगरी लेकर जाने कितनी देर बैठी रहती। मिन्नत-आरजू के बाद कोई खलासी या कोई पल्लेदार अश्लील मजाक के साथ एक बाल्टी पानी दे देता।

मैंने उसे इस तरह भीख माँगते देखकर एक बार टोका भी—'क्यों? अब यह सब भी करने लगी? तू तो कहती थी कि डोम डाली-मोन्ही का काम जाने कब से कर रहे हैं, फिर तूने क्यों छोड़ दिया वह सब?'

'क्या करूँ, सरकार?' वह छलछलाई आँखों से आसमान की ओर देखती हुई बोली, 'देखते नहीं, बाबू! सूखे और बाढ़ से गिरहस्थों की हालत तबाह है, जब अनाज ही नहीं तो कौन उसे धरने-पोसारने के लिए डाली-दौरी खरीदेगा? कई बार चक्कर लगा आई। कुछ बिकता ही नहीं।' उसने गोद में चिपके बच्चे की ओर देखकर कहा, 'इसी की खातिर सब करना पड़ता है, अपने मांस के टुकड़े का रोना नहीं देखा जाता, बाबू। रोती हूँ, गिड़गिड़ाती हूँ, किसी को दया-मया उपजी तो धेला-पैसा फेंक देता है, बस किसी तरह इसे जिलाए जा रही हूँ। घाट की मड़ई बरसात में बह गई। वहाँ रहकर क्या करती? यहाँ तो धेला-पैसा मिल भी जाता है।' वह आँचल से आँखें पोंछती धीरे-धीरे चली गई।

मैं इस बार भी कुछ उत्तर न दे सका। गाँवों की हालत मुझसे छुपी न थी।

अकाल के इन दिनों कौन किसे दो रोटी देगा! शादी-ब्याह अगले सालों के लिए टाल दिए गए थे। घरवाले भगवान् से मनाते रहते कि कोई बूढ़ी-बुढ़ा इस साल न मरे। श्राद्ध के लिए अनाज कहाँ से आएगा? ऐसी हालत में कबरी जैसे दया पर जीनेवाले लोगों को कौन पूछता भला?

कस्बे में कुछ काम था। माघ के दिन थे, पिछले तीन-चार दिनों से बड़ी तेज पछुवा चल रही थी। बारिश हुई थी और ओले भी गिरे थे। काफी धूप चढ़े घर से चला था, पर अब भी हड्डियों को कँपा देनेवाले शीत का जोर कम न हुआ था। दस बजे वाली पैसेंजर अभी छूटी थी। स्टेशन बिल्कुल सुनसान लगता था। मैं चुपचाप पॉकेट में हाथ डाले चला जा रहा था।

तभी मालगुदाम की बगल से दौड़ती-हाँफती कबरी आई और मेरे सामने खड़ी होकर अजीब ढंग से देखने लगी। उसके बाल बिखरे थे, साड़ी कई जगह फटी थी, हाथ में और पैर में खरोंच के लाल निशान उभर आए थे।

ह-ह-ह-ह-ह वह तीखी, चीरती हुई आवाज में जोर से हँसी और हाथों की अंगुलियों को बुरी तरह मरोड़कर चिल्लाई—'हट जाओ! हट जाओ! तूफान आ रहा है। तूफान।' उसकी आवाज में कुछ ऐसी सनसनाहट थी कि लगता, बिना बादल के ही कहीं बिजती टूट पड़ेगी, कोई पेड़ उखड़ जाएगा, कोई सिर टकराकर चूर-चूर हो जाएगा।

एक अजीब दहशत से मैं बुरी तरह काँप उठा।

'कबरी! कबरी!' बावली के टीनवाला बूढ़ा डोम उसके पीछे-पीछे आ रहा था। 'मड़ई में लौट चल, बिटिया!…हे राम! सारा बदन लहूलुहान कर डाला!…'

कबरी उसे देखते ही चीखकर भागी और 'तूफान-तूफान' चिल्लाते हुए प्लेटफार्म पर दौड़ने लगी।

'क्या हुआ इसे?'

'पागल हो गई है, बाबू। दो दिन से यही हालत है। इसका लड़का था न, वो कल मर गया निमोनिया से।' उसने हाथ का इशारा किया—मैंने देखा, बावली के किनारे की सिरकियाँ उजड़ गई हैं, तीलियाँ बिखर-बिखरकर बावली के पानी में मरी हुई मछलियों की तरह तैर रही हैं तो पिछली बारिश ने अपना सारा जोर इन गरीबों की मड़ई पर ही आजमाया।

बूढ़ा लुढ़कता हुआ कबरी के पीछे-पीछे दौड़ पड़ा। मैं चुपचाप खड़ा यह सबकुछ देखता रहा।

और तब से लेकर जाने कितने दिन और महीने बीत गए। आज कबरी को इस बड़े जंक्शन पर इस हालत में देख रहा हूँ। कुली कह रहा था कि नौकर ने धक्का देकर निकाल दिया, पैदान में फँसकर गिर गई, पर मुझे इस बात का भरोसा नहीं। किसी ने उसे धक्का नहीं दिया, वह सिर्फ पैदान में फँसकर गिर गई।

मैं कनखी से देख लेता हूँ। कबरी वैसे ही घुटने पर मुँह टिकाए एकटक लाइन की समानांतर पटरियों को देख रही है, जिनपर से अभी एक गाड़ी अनेक गोल-वर्तुल स्याह-चक्राकार पहियों के सहारे रेंगती, साँप की तरह बल खाती चली गयी है।

वह धीरे से हाथ का सहारा लेकर उठी, एक उचटी नजर अपने घायल पैरों पर डालकर लँगड़ाती हुई चली और प्लेटफार्म के दूसरे छोर पर, पुल पर ले जानेवाली सीढ़ियों से पास बैठे अंधे, अपाहिज, गूँगे, अपंग भिखारियों की भीड़ में मिल गई, जो किसी दूसरी गाड़ी के आने का इंतजार कर रहे थे···

□

विंदा महराज

सबेरा हुआ। सफेद धूप की एक पतली चीर आँगन की पश्चिमी दीवार पर फैल गई। कई दिनों से बीमार विंदा महराज ने इस चटख धूप को देखा। अपने ही आँगन में, रोज-रोज चमकनेवाली यह धूप, न जाने कैसी नवीन मालूम होती थी। साफ धुली धोती की तरह लटकती हुई इस धूप को देखकर विंदा महराज को लगा कि अब वह ठीक हो गया है। मच्छरों से भरे, भीगी-भीगी दीवारों वाले घर में चारपाई पर लेटे-लेटे विंदा महराज का मन बिल्कुल डूबने लगा था, बतख की तरह उजली धूप को देखकर उसे बड़ी राहत मिली। उसने हाथ से हाथ छूया, सिर को छूकर सोचा कि आज बेगानी लगनेवाली यह देह उसी की है। यदि वह चाहे तो इसे अपनी इच्छा से घुमा-फिरा, उठा-बैठा सकता है।

चारपाई से उठते ही विंदा महराज दीवार में चिपके हुए आईने के टुकड़े के पास खड़ा हुआ।

'परी मैया।' चिहुँककर पीछे हटा। कितना अजीब रूप है! हाथ भर के लंबे-लंबे बाल पसीने और तेल से लटिया गए हैं, सिर पर बीचोबीच उसकी माँग का कृत्रिम सिंदूर ऐसा उदास मालूम होता है, जैसे जेठ के दिनों में मरे हुए इंद्रगोप के कीड़ों की पाँत हो। मूँछ-दाढ़ी के बाल भीगी बिल्ली की छाती के उभरे रोयें की तरह खड़े हो गए हैं। उसकी नाक में पीतल की लवंग थी, आँखों के पास कजराई उतर आई थी, उभरी हुए हड्डियों के कारण गाल चूसे हुए आम की तरह लगते थे। अपने इस विचित्र रूप को देखकर विंदा महराज के ओठों पर बेमानी हँसी छा गई और उसकी आँखें विरूपता के आभास से बदरंग लगने लगीं।

किसी तरह दाढ़ी-मूँछ के बालों को साफ कर, जब वह फिर औरत की शक्ल में पाया तो आईने में उसका चेहरा लंबोतरा मालूम हुआ, कान बकरी के गले की निरर्थक ललरी की तरह झूलते नजर आए, जिनमें चाँदी की नाखूनी बालियाँ पन्नी

के चंद्रमा की तरह मालूम होतीं। उसने ताखे से काजल की डिबिया उठाई, कोटरों में धँसी आँखों को आँजकर, उँगली से बची कालिख से सिर पर डिठौना बना लिया। पपड़ी होंठ, पके गोंद की तरह सूखे लगते थे, सो मँझली उँगली से रोरी छूकर उन्हें रगड़ने लगा। एक बादामी रंग की पुरानी साड़ी पहनकर जब वह फिर आईने के सामने आया तो जाने क्यों चौंककर हँस पड़ा।

विंदा महराज टाट का एक टुकड़ा बिछाकर जब अपने मकान के सामने चबूतरे पर बैठा तो एक पहर दिन चढ़ आया था। दो घंटे पहले गाँव की सभी प्रमुख गलियाँ बुनाई के लिए जानेवाले बैल-बछरुओं की घंटियों की टुन-टुन, चरवाहों की हट-हट, किसानों की दौड़-धूप और बसेरा के बाद चारा चुगने को आतुर पंछियों के कलरव से गुंजान लगती थीं, पर इस वक्त तो अजीब सन्नाटा चारों तरफ छाया था। भूले-भटके एकाध कौवे कहीं काँव-काँव करते निकल जाते। बनिया व्यापारी सौदा-सुलुफ खरीदने के लिए लद्दू बैलों या टट्टों पर बोरेबंद अनाज लिये बाजार जाने लगते तो कुछ खुट्ट-खाट हो जाती, नहीं तो फिर वही दमघोंट सन्नाटा। विंदा महराज को यह सब बड़ा बुरा मालूम हुआ। कहाँ वह मन बहलाने के इरादे से बाहर आया था और कहाँ यह सूना-सूना चौराहा! न एक आदमजात दिखाई पड़ता, न कोई चिड़िया का पूत। वह मुँह लटकाए बैठा था।

'ऐ है, ई तो विंदोरानी हैं,' पक्खे की आड़ में चिनगारी की तरह दो शाख दिखाई पड़ीं। विंदा महराज ऊपर सें जला-भुना और भीतर से खुश-खुश उधर ताकने लगा कि पाजावे के नेवले की तरह अगल-बगल ताक-झाँक करता घुरविनवा सामने आकर महराज के रूप को एकटक निहारने लगा! विंदा महराज उसको एकटक अपनी ओर घूरते देख बिगड़ा, इस तरह क्या देखता है बे, हम क्या कोई रंडी-मुंडी हैं, एं! कुचकुचवा जैसी आँख फाड़कर मत देखा कर।' विंदा महराज ने डिठौने को छूकर देखा तो वह जगह पर मौजूद था। घुरविनवा थोड़ा और आगे बढ़ आया और अपने काले-काले दोनों हाथों को घुटने पर टिकाकर थोड़ा झुककर घूरने लगा, जैसे फोटोग्राफर काले कपड़े में हाथ डालकर लैंस ठीक कर रहा हो।

विंदा महराज ने आँचल ठीक किया। झेंपते हुए मुसकराया। लौंडे की इस अजीब हरकत से वह कुछ घबराने भी लगा। घुरविनवा वैसे ही देख रहा था।

'अबे, तुझे हवा तो नहीं लग गई; बाई बतास तो नहीं चढ़ा? अरे, अभागा इस तरह क्या ताकता है रे! बाप रे, बाईगोले की तरह घूमते हुए इसके ढेढर को देखो न!'

घुरविनवा थककर खड़ा हो गया। रूप-दर्शन की प्यास बुझ चुकी थी शायद। वह धीरे-धीरे खिसकता हुआ विंदा महराज के पास पहुँचा।

'विंदो रानी,' वह भुनभुनाया, 'हम तुमसे परेम करते हैं।' विंदा महराज खिलखिलाकर हँस पड़ा, 'अरे वाह रे छोकरे, वाह! तू मुझको परेम करता है; परेम, ही-ही-ही-ही-हों-हीं।' घुरविनवा तब तक विंदा महराज के टाट के एक कोने पर आसन जमा चुका था और हँसी के हिलकोरों के साथ कान की ललरी में काँपती हुई बालियों को एकटक देख रहा था। न जाने विंदा महराज को क्या खयाल आया कि वह तमककर उठा और घुरविनवा का हाथ पकड़कर झोंकते हुए चिल्लाया, 'भाग बे हरामजादा। इसका दीदा न देखो। दुनिया भर का रोंघट पोतकर देह में सटा पाता है; चमार सियार की जात¨हुँ, कैसा जमाना आ गया है, बड़े-छोटे का कोई विचार नहीं।' घुरविनवा खिसककर नीचे खड़ा हुआ, फिर एक क्षण घूरता रहा। सहसा खिलखिलाकर बोला, 'हम क्या दीपू मिसिर से खराब हैं, विंदो रानी!' और फुर्र से गली की ओर भागा, क्योंकि विंदा महराज बड़ा सा ढेला हाथ में उठाए क्रोध के मारे काँपने लगा था।

थोड़ी देर बाद घुरविनवा गली के मोड़ के पास पक्खे से पीठ अड़ाए बैठा दिखाई दिया। विंदा महराज ने एक बार कनखी से देखा—काला शरीर, गंदा कुरता और छोटा सा कद पर शरारतों का विशाल अंबार मन के भीतर। जाने क्यों विंदा महराज की आँखें अचानक गीली हो गईं। घुरविनवा मुँह फुलाए बैठा था। उसे विश्वास था कि रोज की तरह आज फिर विंदा महराज उसे पास बुलाएगा, पुचकारेगा और फिर गली के लड़कों के साथ खेलने की सलाह देकर भीतर चला जाएगा, किंतु जाने आज विंदा महराज को क्या हो गया है, वह तो बोलता ही नहीं। घुरविनवा बड़ी देर तक पास लगाए बैठा रहा, किंतु महराज जब न उठा तो वह भुनभुनाया, 'हिजड़ा साला!' और घृणा से महराज को घूरते हुए एक ओर चल दिया।

विंदा महराज एक क्षण इधर-उधर देखता रहा, उसके पीले लंबोतरे चेहरे पर पक्खे की दीवार की काली छाया नाच रही थी। कितनी उदास, नीरस थी वह छाया, जो चढ़ते हुए सूरज के साथ अपनी सारी अवांतर लंबाई समेटकर छोटी और गाढ़ी होती जा रही थी—केंद्रित। दुनिया के सारे नाते रिश्ते केवल पुरुष और स्त्री से हैं, विपरीत लिंगों का आकर्षण, एक के दायरे की तमाम वस्तुएँ दूसरे से उसी प्रकार संबद्ध। विंदा महराज का दुनिया में कोई रिश्ता नहीं, हो भी कैसे, न तो वह मर्द है न औरत। व्रत-उपवास, कथा-पुराण के उत्सवों में नाच-गान से उपजी कमाई

को राख बनाकर उसे क्या मिलता—पीड़ा, जलन। प्रसाद लेने तक के लिए भी तो वही आते, जिन्हें मीठी चीजों से कभी भेंट न होती। मन की ऊपरी सतह पर इनकी बातचीत निकटता की एक लहर जगा देती, केंद्र की परिधि बढ़ती, बढ़ती जाती और एक लहर की उठान गिरकर रेखा, असूच्य रेखा में बदलकर लीन हो जाती।

'मैं तुमसे परेम करता हूँ, विंदो रानी,' घुरविनवा ने आज मर्म पर बान मारा था। विंदा महराज एक क्षण के लिए बिल्कुल व्यथित की तरह ताकता रह गया। सहसा उसे विश्वास भी न हुआ कि चमार के उस गंदे से लड़के ने यह बात जानकर कही है।

तब विंदा महराज को 'विंदिया' कहलाना ज्यादा अच्छा लगता था। पतला सा शरीर, छरहरी देह, लाल रंग की चूनर और बूटेदार छींट की अधबहियाँ। बिंदिया के सिर की चमकीली बिंदी सूरज की ज्योति पर चकमक की तरह जल उठती। कलाई में लाल-लाल चूड़ियाँ, सिर के लंबे-लंबे बाल दोमुँही दो चोटियों में गुँथे होते, जो उसकी छाती पर गेंदे के बने हुए कृत्रिम उभार पर झूलती रहतीं। बिंदिया चलती तो गाँव की गलियों में हँसी, ढिठाई और मीठी चुटकियाँ गिरोह बाँधकर चलने लगतीं। शरीर को औसत से ज्यादा स्त्रैण ढंग से लटकाते हुए जब बिंदिया ठुनकती तो कब्र में पैर लटकाए बूढ़ों तक की मूँछों के बाल फरफराने लगते। विंदा महराज के साथ उसके चचेरे भाई का दस-बारह साल का लड़का करीमा ढोलक लेकर चलता। लड़का बड़ा शोख और खुशमिजाज था। विंदा महराज उसे प्राणों से ज्यादा मानता। कोई तनिक छेड़ देता या कुछ कह देता तो वह करीमा के लिए झगड़ने तक को तैयार रहता। उस दिन ठाकुर के घर नवजात बच्चे की बरही थी। गाँव भर की लड़कियाँ, बूढ़ी औरतें विंदा महराज का नाच देखने इकट्ठी हुईं। खासा मजमा था। एक-से-एक चुलबुलाती औरतें और उनके बीच विंदा महराज। करीमा के सिर पर पाँचगजी लाल साड़ी की पगड़ी बँधी थी और कमर में ढोलक, जिसे वह चलते नाच की गत पर बजा लेता था। विंदा महराज पैरों में घुंघुरू बाँधकर खड़ा हुआ तो लड़कियों की आँखों में गूलर फूलने लगे, बूढ़ी औरतें अपनी हँसी छिपाने के लिए होंठों पर आँचल रखने लगीं, मुँहजोर नौकरानियों ने विंदो रानी को आँचल के गेंद छिपा लेने की सलाह दे ही दी। विंदा महराज इन मजाकों का उत्तर अत्यंत खुले और अश्लील मजाकों से देता जाता। सब सह जातीं, कौन किससे कहे। विंदा महराज का गला पुरुष कंठ की तरह मोटा था, पर सधा। वह गा रहा था—

मोरी घानी चुनरिया इतर गमके
धनि वारी उमरिया नइहर तरसे।

करीमा ने ढोलक सँभाली। कबूतर की तरह घुटककर पीछे से बोला, 'कइसे तरसे राजा!' लड़कियों में खिलखिलाहट छा गई। जोर का ठहाका लगा, बूढ़ियाँ लोट-पोट होने लगीं। विंदा महराज के घुँघरूओं की छमक और पगड़ी वाले करीमा के ठेके ने समाँ बाँध दिया था। ठाकुर के आँगन में इस विचित्र संयोग ने नए रस की सृष्टि कर दी। विंदा महराज ने अंतिम पंक्तियाँ गाईं—

कलियाँ मैं चुन-चुन सेज लगायो
मोरा सूतने वाला विदेस तरसे…

ढोलक चलते पर बज रही थी। एक विचित्र तरंग, सिसकारियाँ, छनछनाहट बीच-बीच में हथेली के जोर से घुम-घुम की आवाज निकालते हुए करीमा की घुटक—'कइसे बाबू, कइसे राजा'…गोरे, पीले रंग लाल होने लगते। हँसी से हड़कंप के कारण आँचल तक थिरकने लगते, विंदा महराज सौंदर्य की इस जाग्रत अवस्था को सपने की तरह देखता रहता। हँसता, नकल करता, डूबता-उतराता मालूम होता, किंतु कितना अछूता, कितना निलिप्त!

उस दिन ठकुरानी ने छहगजी मोरपंखी किनारी वाली पीली साड़ी, भर सूप नाखूनी संजीरे के चावल और चाँदी का एक रुपया नेग में देकर विंदा महराज का 'खोइंछा' (आँचल) भर दिया था।

शाम को घर लौटते समय गली में दीपू मिसिर मिल गए थे। घुटने तक काछेदार धोती, मोटिया की अधबहियाँ और सिर पर आधे इंच के सुईनुमा कड़कड़ाते बाल। दीपू मिसिर को लंघी लगाने की आदत थी। छोटा हो या बड़ा, लड़का हो या जवान, यदि कोई आदमी दीपू मिसिर को मिलता तो उसे प्रणाम व आशीर्वाद न देकर वे पास पहुँचने और उसका हाथ पकड़कर पूछते, 'का गोइयाँ मजे में हो न!' और चटाक बगली खींचकर उसके पैर में लंघी मार देते। आदमी होशियार रहा तो सँभाल गया, नहीं तो लड़खड़ाकर चारों खाने चित्त गिरनेवालों को जरूरत समझकर वही सँभालते और ठहाके मारकर कहते रहते, 'शाब्बास रे शाबाश! मेरे मिट्टी के शेर जिओ, क्या हाथ दिखाया है तूने गोइयाँ!' गोइयाँ उनकी ओर हक्का-बक्का होकर ताकते रह जाते। गली में भीड़ लग जाती और तब मुसकराते हुए चुपचाप किसी से बिना कुछ कहे गोइयाँ को अपनी राह चल देना ही मौजूँ जान पड़ता।

विंदा महराज अपनी चूनर सँभाले, पीठ पर ढोलक लटकाए, कमर को हवा में लचकाता, बल-पै-बल खाता चला आ रहा था कि मिसिर ने देख लिया। चबूतरे से कूदकर सामने आ गए। दोनों हाथ फैलाकर भालू की तरह कूद-कूदकर वह उसका

रास्ता रोकने लगे। वह बाएँ ठनुककर चलता तो मिसिर बाएँ उछलते, दाहिनी ओर मुड़ता तो मिसिर कूदकर दाहिनी ओर पाते।

'देखो मिसिर,' वह नजाकत से बोला, 'हमको छेड़ो ना।'

दीपू मिसिर 'हो-हो' कर हँसे, 'अरी वाह रे, मेरी छप्पन छूरी, ऐसे ही चली जाओगी,' और उन्होंने चटाक से उसकी कलाई पकड़ ली।

'हाय री मैया' विंदा महराज डर से चीखता हुआ गिड़गिड़ाया, 'मेरी कलाई मुरक जाएगी, मिसिर छोड़ दो न।'

'तो क्या हुआ विंदो रानी,' मिसिर भी स्वर का अनुकरण करते हुए बोले, 'हम दवाई करेंगे न!' तब तक दीपू मिसिर ने हाथ पकड़कर बगली खींची और चटाक विंदा महराज के पैर में लंघी मार दी। महराज तो बिल्कुल अनजाना था, लड़खड़ाकर ढोलक समेत मुँह के बल गिरने को हुआ। करीमा जोर से रोने लगा, पर दीपू मिसिर ने बीच में ही सँभाल लिया और वे आदत के मुताबिक हो-हो करते हुए उसे 'शेरो बब्बर' के खिताब से विभूषित किए जा रहे थे।

विंदा महराज थोड़ा रुष्ट हुआ तो मिसिर बोले, 'अरी वाह री विंदो रानी, मैंने तो समझा कि तुम जरूर मजबूत होगी।' और फिर मिसिर वाजिद अली शाह का पुराना किस्सा सुने। लगे। बोले, 'एक बार वाजिदअली शाह के मंत्री ने सलाह दी—हुजूर, एक हिजड़ों की पलटन तैयार की जाए और फिरंगी से भिड़ा दिया जाए। मजा आ जाएगा। कितने मजबूत होते होंगे ये लोग, न औरत, न मर्द, लड़का पैदा करना होता नहीं, देह कसी-की-कसी रह जाती है। नवाब मान गए। पाँच हजार जनखों की पलटन तैयार हुई। लाम पर भेज दिया गया। उधर से जब फटाफट गोलियाँ छूटीं तो बस बहादुरों की पलटन बंदूक फेंक-फेंककर 'हमनीरो का गतलब रे मैया' कहते हुए जो भगी तो फिर मुड़कर देखा भी नहीं।' श्रोतागण मिसिर के किस्से पर सूखे रेंड़ की तरह खड़खड़ाने लगे थे। विंदा महराज को जाने को देर हो रही थी, 'अच्छा, अच्छा, हुआ, बड़े विदमान हो!' वह बोला, 'हमें घर जाने की जल्दी है, लामो, एक ठो बीड़ी पिलायो।'

'ऐं!' बीड़ी का नाम सुनकर मिसिर चौंके—'पहिले चुम्मा गलकटौवल।' फिर पाकिट से बीड़ी निकालकर बोले, 'एक बीड़ी में क्या है रानी, तुम्हारे लिए तो कलेजा हाजिर है, बाकी हाँ, कभी-कभी हमें भी याद कर लिया करो।' विंदा महराज ने बीड़ी ले ली और जलाकर पीने लगा। धुएँ को अपने होंठों से ढकेलते हुए वह तिरछी आँखों से एक टक मिसिर को देखता रहा। धुएँ की गुंजलक उसके

पतले लाल होंठों के साथ बहुत सुंदर लगती। सहसा मिसिर को हाथ जोड़कर बोला, 'अच्छा मिसिरजी, पालागी।'

'जिओ बाबू, जिओ ?' मिसिर बोले। विंदा महराज छमकते हुए जाने लगा और वे उसकी पोर देखते मुसकराते रहे।

नीचे सूरज की दोपहरी किरणें नीम की पत्तियों में उलझने लगी थीं। विंदा महराज उसी प्रकार अपने सपनों की भूलभुलैया में खोया निश्चेष्ट बैठा था। हरी पत्तियों से छन-छनकर पाती हुई धूप-छाँहीं रोशनी उसके पीले चेहरे पर काँप रही थी। आँखों की कालिमा पर काली छाया, सूखे होंठों पर पीला प्रकाश—अस्थिर चित्त की डोलती रोशनी की यह लुका-छिपी। यही जीवन है विंदा महराज का। प्यार उसकी आत्मा की प्यास थी, किंतु परिणामहीन प्रेम की क्रूरता वह समझ नहीं पाता। जरा से आकर्षण से चित्त चंचल हो जाता। मनोरंजन को प्रेम समझा तो नशा छा गया, हाथ फैलाकर बटोरना चाहा तो हथेलियाँ टकरा गईं। प्रेम शब्द उसके लिए केवल शब्द था, निर्जीव शब्द, रूढ़ अर्थ।

'हिजड़ा' उस दिन बाप के कहे शब्दों को करीमा दोहराने लगा, 'मैं तेरे साथ शोहदा नहीं बनूँगा।' विंदा महराज आहत अभिमान का बोझ उठाए खड़ा था। उसकी अपलक आँखें जड़ित शीशे की तरह गतिहीन, धूमिल। उसे विश्वास कैसे होता कि ये शब्द करीमा के हैं। बड़ा स्नेह संचित था मन में, जो आँखों में उतर आया।

'मैं तुझे शोहदा बनाता हूँ बे, हरामी।' उसने चटाक से एक थप्पड़ करीमा के गाल पर जड़ दिया और खुद ही रोने लगा।

उसी दिन लड़-झगड़कर उसके भाई ने घर से निकाल दिया। था ही कौन उसका अपना, जो पैरों में रेशमी बेड़ियाँ डालकर रोक रखता। माँ-बाप एक प्राणहीन शरीर उपजाकर चले गए। मर्द होता तो बीबी-बच्चे होते, पुरुषत्व का शासन होता, स्त्री भी होता तो किसी पुरुष का सहारा मिलता, बच्चों की किलकारियों से आत्मा के कण-कण तृप्त हो जाते। विंदा महराज ने ढोलक उठाई और प्यासी आँखों से अपने ही शरीर को देखता गाँव से बाहर हो गया। वह सीधे ठाकुरों के इस गाँव में चला आया था। उसे उम्मीद थी कि नाच-गाकर, भीख माँगकर जिंदगी के शेष दिन गुजार देगा।

विंदा महराज को इस नए गाँव में आए तीन-चार महीने ही बीते थे कि गाँव के एक छोर से दूसरे छोर तक उसकी मुहब्बत की कहानी फैल गई। चौराहे पर, गलियों के मोड़ पर, पनघट और कुओं की जगत पर, सर्वत्र दीपू मिसिर और विंदा हिजड़े की मुहब्बत की चर्चा होने लगी। विंदा महराज सुनता तो खुशी के मारे

उसके चेहरे पर ताँबिया लाली छा जाती। कभी शरम से गरदन झुकाकर सोचने लग जाता—क्या सचमुच ऐसा संभव है! क्या उससे भी कोई मुहब्बत कर सकता है, फिर वह खुद ही इस प्रवंचना के बोझ को बेरहमी से फेंककर हँसने लगता। हाँ, वह मुहब्बत करता था, सीधा, निश्छल प्यार, किंतु दीपू मिसिर से नहीं, उनके दो-ढाई वर्ष के छोटे से बच्चे से, जो दिन भर दीपू मिसिर की अंगुली पकड़कर रबड़ के सफेद गुड्डे की तरह डुगुर-डुगुर घूमता रहता।

एक दिन शाम के वक्त दीपू मिसिर जब इधर से निकले तो विंदा महराज के खँडहर के पास खड़े हो गए। विंदा महराज लड़के को खुश करने के लिए तरह-तरह की मुद्राएँ बनाता रहा, कभी भेड़े की तरह 'व्यां-व्यां' करता, कभी सियार की तरह 'हुआँ-हुआँ'। लड़का तालियाँ पीट-पीटकर हँसता रहा। सहसा दीपू मिसिर की ओर मुड़कर बोला, 'बाबूजी, बूमा' टमाटर की तरह लाल पतले होंठ 'पू' करने की शकल में सिमिटकर गोल हुए फिर हँसी में बिखर गए, 'बूआ'। विंदा महराज ने लड़के को छाती से चिपका लिया, मिसिर को यह सब अच्छा नहीं मालूम हुआ, पर कुछ बोले नहीं। अभी हाल में उनकी बहन मायके आई थी। मुन्ना को हँसाने-बहलाने के लिए वह भी ऐसे ही मुँह बनाती, हाथ हिलाती। न जाने क्या साम्य मिला मुन्ना को कि वह विंदा महराज को बूआ कह बैठा। इस विचित्र संबोधन से विंदा महराज का रेतीला मन अंकुरित होने लगा। वह बाहर जाता तो लड़के के लिए बतासे, रेवड़ियाँ, मिठाई, कुछ-न-कुछ जरूर लाता। मिसिर भुनभुनाते, लड़के को घूर-घूरकर कुछ न लेने का इशारा करते, किंतु लड़का नहीं मानता और विंदा महराज का ममत्व इतना वेगवान होता कि मिसिर के इशारों का लंगर उखड़ जाता।

नीम की डालियाँ मंजरियों से सुवासित हो जाती, पीली-पीली निबकोरियों से चबूतरा भर जाता, विंदा महराज के मन में एक अजीब किस्म की सुरसुरी होने लगती। वह सुबह से शाम तक आँखें बिछाए दीपू मिसिर के आने का इंतजार करता रहता, उसकी इस बेखुदी पर लौंडियाँ व्यंग्य करतीं, कुछ नौजवान छोकरे भी चिढ़ाने के लिए सीटियाँ बजाते गुजर जाते, किंतु विंदा महराज पर इसका कोई असर न होता। कई दिनों से मुन्ना न आया, महराज के मन की पीड़ा छिपाए नहीं छिपती। शाम को मालूम हुआ कि मुन्ना बीमार है। महराज के चेहरे पर शाम उतर आई। वह चुपचाप गाँव से बाहर निकलकर कालीजी के मंदिर तक गया और उसने चौखट पर सिर पटक दिया। जिंदगी में पहली बार उसे कोई इच्छा लेकर देवता के पास आना पड़ा था।

जवाकुसुम के दो फूल, कुछ बतासों का प्रसाद लेकर वह लौट आया। कई बार इच्छा हुई कि वह प्रसाद मुन्ना को दे पाए, किंतु न जाने क्यों लाज के मारे वह न जा सका। शाम गहरी हो गई तो अँधेरे ने मन में साहस पैदा किया और वह दबे पाँव लोगों की आँखें बचाता मिसिर के घर की ओर चल पड़ा, दरवाजे पर दस्तक दी।

'कौन?' वह कुछ बोल नहीं सका।

दरवाजा खुला। बगल में मिसिर थे और सामने मिसराइन खड़ी थीं। वे सिंहनी की तरह भूखी आँखों से उसकी ओर देख रही थीं, सहसा वे पीछे हटीं और खटाक से दरवाजा बंद कर लिया। 'यह क्या कर रही हो मुन्ना की माँ!' मिसिर ने शायद कुछ और कहा, पर सुनाई न पड़ा। महराज कुछ कहने को हुआ, किंतु शब्द जड़ होकर पाहत साँसों में बिखर गए। वह कोलतार पुते काले दरवाजे की ओर भय और निराशा से देखता रहा, फिर चुपचाप लौट पड़ा। हाथ में जवाकुसुम के लाल फूल मणिधर सर्प की तरह लहरा रहे थे, वह उन्हें मुट्ठी में दबाए तेजी से चलता गया। घर आकर चारपाई पर गिर पड़ा और बहुत देर अँधेरे में चूरता रहा, मिसराइन की दाहक आँखों का मर्म उसकी समझ में कुछ भी न पा सका।

सुबह मुन्ना की मृत्यु हो गई।

विंदा महराज आँखें फाड़कर पागल की तरह मिसिर के घर की ओर जाते हुए लोगों को देखता, कोई कुछ कहना नहीं, सब शोक-मग्न, चुप।

'हिजड़े के साथ का असर है भाई, सोने जैसा लड़का सो गया।' हवा में सहानुभूति और आक्रोश के शब्द टकराने लगे।

'डायन,' औरतों की आवाज नागिन की सिसकारी की तरह काँपती हुई सुनाई पड़ती, 'लड़के को छाती से लगा लिया था।'

विंदा महराज कलेजे के दर्द को मुट्ठियों में पकड़ने की कोशिश कर रहा था। घर के अँधेरे कोने में 'वूमा' की प्रतिध्वनियाँ उठतीं, उसके हृदय के भीतर बर्फ का ढोका कसकने लगता, वह विषतप्त बाण से बिंधे आहत पक्षी की तरह तड़पता रहा। उसे लगता कि वह सचमुच डायन है, आत्मभक्षी। उसके संसर्ग में पाकर कोई सुखी नहीं रह सकता, कोई नहीं।

विंदा महराज उसी चबूतरे पर बैठा था। उसने तीखी साँस ली। सारा शरीर जाड़े से काँपने लगा। भयंकर बुखार का यह दूसरा दौर था। वह चुपचाप टाट समेटकर आँगन से होता हुआ कमरे में पहुँचा और चारपाई पर लेट गया। रजाई खींच ली। शरीर में दर्द भरी कँपकँपी, भट्ठी के धुएँ की तरह दमघोंट कमरा,

डुबती–उतराती आहत आत्मा। ताप बढ़ता जा रहा था। सिर फटने लगा। भयंकर पीड़ा से वह कराह उठा।

'फिर बुखार आ गया, विंदा चाचा।' कहकर चिढ़ाने की गरज से आए हुए घुरविनवा ने जब कराहने की आवाज सुनी तो भीतर आ गया।

ठंडी–ठंडी पतली अंगुलियाँ सिर पर घूम रही थीं। ज्वर से आक्रांत गंध शरीर, विंदा महराज को लगा कि जेठ की तपी रेत में सावन की फुहारें बरस रही हैं, हजारों अँखुए; मरकती पत्तियों वाले अँखुए फूट रहे हैं, सदा की बंजर घरती को भेद–भेदकर।

आँखें खोलकर विंदा महराज ने देखा, घुरविनवा है। मासूम, शीतल। महराज की दहकती, तपती छाती उसे खींचकर चिपका लेने के लिए तरस उठी, किंतु जाने क्या सोचकर वह जलती आँखों से घुरविनवा की ओर देखते हुए बोला, 'अबे तू फिर आ गया हरामी! मैंने कहा था न कि पास मत आइयो!'

और पागल की तरह चिल्लाया, 'भाग–बे–भाग, ताकता क्या है, चला जा यहाँ से।'

घुरविनवा भय के मारे दो कदम पीछे हट गया और सकपकाया सा भयाक्रांत दबी आँखों से विंदा महराज को देखता बाहर हो गया।

महराज मुसकराया, व्यथा भरी हँसी, जो ज्वर की पीड़ा से झुलसकर दुपहरिया की फूल की तरह बिखरने लगी थी।

□

दादी माँ

कमजोरी ही है अपनी, पर सच तो यह है कि जरा सी कठिनाई पड़ते, बीसों गरमी, बरसात और बसंत देखने के बाद भी, मेरा मन सदा नहीं तो प्रायः अनमना सा हो जाता है। मेरे शुभचिंतक मित्र मुँह पर मुझे प्रसन्न करने के लिए आनेवाली छुट्टियों की सूचना देते हैं और पीठ पीछे मुझे कमजोर और जरा सी प्रतिकूलता से घबराने वाला कहकर मेरा मजाक उड़ाते हैं। मैं सोचता हूँ, 'अच्छा, अब कभी उन बातों को न सोचूँगा, ठीक है, जाने दो, सोचने से होता ही क्या है।' पर बरबस मेरी आँखों के सामने शरद की शीत किरणों के समान स्वच्छ शीतल किसी की धुँधली छाया नाच उठती है।

मुझे लगता है, जैसे क्वार के दिन आ गए हैं। मेरे गाँव के चारों ओर पानी ही पानी हिलोरें ले रहा है। दूर के सिवान से बहकर आए हुए मोथा और साई की अधगली घासें, धेऊर और बन-प्याज की जड़ें तथा नाना प्रकार की बरसाती घासों के बीज, सूरज की गरमी में खौलते हुए पानी में सड़कर एक विचित्र गंध छोड़ रहे हैं। रास्तों के कीचड़ सूख गए हैं और गाँव के लड़के किनारों पर झाग भरे जलाशयों में धमाके से कूद रहे हैं। अपने-अपने मौसम की अपनी-अपनी बातें होती हैं। आषाढ़ में आम और जामुन न मिले, चिंता नहीं, अगहन में चिउड़ा और गुड़ न मिले, दुःख नहीं, चैत के दिनों में लाई के साथ गुड़ की पट्टी न मिले, अफसोस नहीं, पर क्वार के दिनों में इस गंधपूर्ण झाग भरे जल में कूदना न हो तो बड़ा बुरा मालूम होता है। मैं भीतर हुड़क रहा था। दो-एक दिन ही तो कूद सका था, नहा-धोकर बीमार हो गया। हलकी बीमारी न जाने क्यों मुझे अच्छी लगती है। थोड़ा-थोड़ा ज्वर हो, सिर में साधारण दर्द और खाने के लिए दिन भर नीबू और साबू, लेकिन उस बार ऐसी चीज नहीं थी। ज्वर जो चढ़ा तो चढ़ता ही गया। रजाई पर रजाई और उतरा रात बारह बजे के बाद। दिन में मैं चादर लपेटे सोया था। दादी माँ आईं, शायद नहाकर आई थीं, उसी झागवाले जल में। पतले-दुबले स्नेह-सने शरीर पर, सफेद किनारीहीन धोती, सन से सफेद बालों के

सिरों पर सद्य: टपके हुए जल की शीतलता। आते ही उन्होंने सिर, हाथ, पेट, छुए। बहुत ही धीरे से बुदबुदाकर कुछ बोलीं, शायद किसी देवी-देवता को जान के बदले जान देने की मिन्नत रही हो, फिर आँचल की गाँठ खोल किसी अदृश्य शक्तिधारी के चबूतरे की मिट्टी मुँह में डाली, माथे पर लगाई। दिन-रात चारपाई के पास बैठी रहतीं, कभी पंखा झलती, कभी जलते हुए हाथ-पैर कपड़े से सहलाती, सिर पर दालचीनी का लेप करतीं और बीसों बार सिर छू-छूकर ज्वर का अनुमान करतीं। नई हाँड़ी में पानी आया कि नहीं, उसे पीपल की छाल से छौंका कि नहीं, खिचड़ी में मूँग की दाल एकदम मिल तो गई है, कोई बीमार के घर में सीधे बाहर से आकर तो नहीं चला गया आदि लाखों प्रश्न पूछ-पूछकर घरवालों को परेशान कर देतीं। दादी माँ को गँवई-गाँव की पचासों किस्म की दवाओं के नाम याद थे। गाँव में कोई बीमार होता उसके पास पहुँचती और वहाँ भी वही काम। हाथ छूना, माथा छूना, पेट छूना, फिर नजर, टोना, भूत से लेकर मलेरिया, सरसाम, निमोनिया तक का अनुमान वे विश्वास के साथ सुनातीं। महामारी और विसूचिका के दिनों में रोज सबेरे उठकर, स्नान के बाद, लवंग और गुड़ मिश्रित जलधार, गुग्गुल और धूप, टोना-टटका और सफाई कोई उनसे सीख ले। दवा में देर होती, मिश्री या शहद खतम हो जाता, चादर या गिलाफ नहीं बदले जाते तो वे जैसे पागल हो जाती। बुखार तो मुझे अब भी आता है। नौकर पानी दे जाता है, मेस-महाराज अपने मन से पकाकर खिचड़ी या साबू। डॉक्टर साहब आकर नाड़ी देख जाते हैं और कुनैन मिक्स्चर की शीशी की तिताई के डर से बुखार भाग भी जाता है, पर न जाने क्यों ऐसे बुखार को बुलाने का जी नहीं होता।

किशन भैया की शादी ठीक हुई, दादी माँ के उत्साह और आनंद का क्या कहना। दिन भर गायब रहतीं। सारा घर जैसे उन्होंने सिर पर उठा लिया हो। पड़ोसिनें आतीं, हुक्का चढ़ता। बहुत बुलाने पर दादी माँ आतीं, "बहिन बुरा न मानना। कार-परोजन का घर ठहरा। एक काम अपने हाथ से न करूँ तो होनेवाला नहीं।" जानने को यों सभी जानते थे कि दादी माँ कुछ करती नहीं, पर किसी काम में उनकी अनुपस्थिति वस्तुत: विलंब का कारण बन जाती। उन्हीं दिनों की बात है। एक दिन दोपहर को मैं घर लौटा। बाहरी निकसार में दादी माँ किसी पर बिगड़ रही थीं। देखा पास के कोने में दुबकी रामी की चाची खड़ी है। "सो न होगा धन्नो! रुपए मय सूद के आज दे दे, तेरी आँख में तो शरम है नहीं। माँगने के समय कैसी आई थी। पैरों पर नाक रगड़ती फिरी, किसी ने एक पाई भी न दी। अब लगी है आजकल करने—फसल में दूँगी, फसल में दूँगी, अब क्या तेरी खातिर दूसरी फसल कटेगी?"

"दूँगी, मालकिन!" रामी की चाची रोती हुई, दोनों हाथों से आँचल पकड़े दादी माँ के पैरों की ओर झुकी, "बिटिया की शादी है। आप न दया करेंगी तो उस बेचारी का निस्तार कैसे होगा!"

"हट, हट, पैर न छू। अभी ना के आ रही हूँ!" दादी माँ पीछे हट गईं।

"जाने दो दादी," मैंने इस अप्रिय प्रसंग को हटाने की गरज से कहा, "बेचारी गरीब है, दे देगी कभी।"

"चल, चल, चला है समझाने।" मैं चुपके से आँगन की ओर चला गया। कई दिन बीत गए, मैं इस प्रसंग को एकदम भूल सा गया। एक दिन रास्ते में रामी की चाची मिली। वह दादी को पूतों फलों दूधों नहाओ का आशीर्वाद दे रही थी। मैंने पूछा, "क्या बात है धन्नो चाची?" तो उसने विह्वल होकर कहा, "उरिन हो गई बेटा, बेटी की शादी भी तो रिन ही है न। भगवान् भला करे हमारी मालकिन का। कल ही आई थीं। पीछे का सभी रुपया छोड़ दिया, ऊपर से दस रुपए का नोट देकर बोलीं, 'देखना धन्नो, जैसी तेरी बेटी वैसी मेरी, दस-पाँच के लिए हँसाई न हो।' देवता हैं बेटा देवता।"

"उस रोज तो बहुत डाँट रही थीं?" मैंने पूछा।

"वह तो बड़े लोगों का काम है बाबू, रुपया देकर डाँटें भी न तो लाभ क्या!"

मैं मन-ही-मन इस तर्क पर हँसता हुआ आगे बढ़ गया।

किशन के विवाह के दिनों की बात है। विवाह के चार-पाँच रोज पहले से ही औरतें रात-रात भर गीत गाती हैं। विवाह की रात को अभिनय भी होता है। यह प्राय: एक ही कथा का हुआ करता है, उसमें विवाह से लेकर पुत्रोत्पत्ति तक के सभी दृश्य दिखाए जाते हैं, सभी पार्ट औरतें ही करती हैं। मैं बीमार होने के कारण बारात न जा सका। मेरा ममेरा भाई राघव दालान में सो रहा था। (वह भी बारात जाने के बाद पहुँचा था) औरतों ने उस पर आपत्ति की।

दादी माँ बिगड़ी, "लड़के से क्या परदा। लड़का और बरह्मा का मन एक सा होता है।"

"शादी हुई होती तो एक साल में लड़का हुआ होता। अभी बने हैं बच्चे।" देबू की माँ बोलीं। वे बड़ी शरारती और चुहलबाज थीं। रिश्ते में हम लोगों की भाभी लगती थीं। मुझे भी पास ही एक चारपाई पर चादर उढ़ाकर दादी माँ ने चुपके से सुला दिया था। बड़ी हँसी आ रही थी। सोचा, कहीं जोर से हँस दूँ, भेद खुल जाए तो निकाल बाहर किया जाऊँगा, पर भाभी की बात पर हँसी रुक न सकी और भंडाफोड़ हो गया।

"यह न लो," देबू की माँ ने चादर खींच लीं, "कहो दादी, यह कौन बच्चा

सोया है। बेचारा रोता है शायद, दूध तो पिला दूँ।" हाथापाई शुरू हुई। दादी माँ बिगड़ी, "लड़के से क्यों लगती है ?"

"तो बनें यही औरत, इन्हीं को बच्चा पैदा हो। खूब सी-सी करें। मैं तो नहीं बनती।" मैं वहाँ से हँसता हुआ भागा। सुबह रास्ते में देबू की माँ मिलीं—"कल वाला बच्चा भाभी," मैं वहाँ से जोर से भागा और दादी माँ के पास जा खड़ा हुआ। वस्तुतः किसी प्रकार के अपराध हो जाने पर जब हम दादी माँ की छाया में खड़े हो जाते, अभयदान मिल जाता।

स्नेह और ममता की मूर्ति दादी माँ की एक-एक बात आज कैसी-कैसी मालूम होती है। परिस्थितियों का वात्याचक्र जीवन को सूखे पत्ते सा कैसा नचाता है, इसे दादी माँ खूब जानती थीं। दादा की मृत्यु के बाद से ही वे बहुत उदास रहतीं। संसार उन्हें धोखे का टट्टी मालूम होता। दादा ने उन्हें स्वयं जो धोखा दिया। वे सदा उन्हें आगे भेजकर अपने पीछे जाने की झूठी बात कहा करते थे। दादा की मृत्यु के बाद कुकुरमुत्ते की तरह बढ़नेवाले, मुँह में राम, बगल में छुरीवाले दोस्तों की शुभचिंता ने स्थिति और भी डाँवाँडोल कर दी। दादा के श्राद्ध में दादी माँ के मना करने पर भी, पिताजी ने जो अतुल संपत्ति व्यय की वह घर की तो थी नहीं।

दादी माँ अकसर उदास रहा करतीं। माघ के दिन थे। कड़ाके का जाड़ा पड़ रहा था। पछुवा का सन्नाटा और पाले की शीत हड्डियों में घुसी पड़ती। शाम को मैंने देखा, दादी माँ गीली धोती पहने, कोनेवाले घर में एक संदूक पर दीया जलाए हाथ जोड़कर बैठी हैं। उनकी स्नेह-कातर आँखों में मैंने आँसू कभी नहीं देखे थे। मैं बहुत देर तक मन मारे उनके पास बैठा रहा; उन्होंने आँखें खोलीं। "दादी माँ!" मैंने धीरे से कहा।

"क्या है रे, तू यहाँ क्यों बैठा है ?"

"दादी माँ, एक बात पूछूँ, बताओगी न ?" मैंने उनकी स्नेहपूर्ण आँखों की ओर देखा।

"क्या है, पूछ।"

"तुम रोती थीं ?" दादी माँ मुसकराईं, "पागल, तूने अभी खाना भी नहीं खाया न, चल-चल!"

"धोती तो बदल लो दादी माँ।" मैने कहा।

"मुझे सर्दी-गरमी नहीं लगती बेटा।" वे मुझे खींचती रसोई में ले गईं।

सुबह मैंने देखा चारपाई पर बैठे पिताजी और किशन भैया मन मारे कुछ सोच रहे हैं। "दूसरा चारा ही क्या है," बाबू बोले, "रुपया कोई देता नहीं। कितने के तो

अभी पिछले भी बाकी हैं!" वे रोने-रोने से हो गए।

"रोता क्यों है रे!" दादी माँ ने उनका माथा सहलाते हुए कहा, "मैं तो अभी हूँ ही।" उन्होंने संदूक खोलकर एक चमकती सी चीज निकाली, "तेरे दादा ने यह कंगन मुझे इसी दिन के लिए पहनाया था।" उनका गला भर आया, "मैंने इसे पहना नहीं, इसे सहेजकर रखती आई हूँ। यह उनके वंश की निशानी है।" उन्होंने आँसू पोंछकर कहा, "पुराने लोग आगा-पीछा सब सोच लेते थे, बेटा।"

सचमुच मुझे दादी माँ शापभ्रष्ट देवी सी लगीं।

धुँधली छाया विलीन हो गई। मैंने देखा दिन काफी चढ़ आया है। पास के लंबे खजूर के पेड़ से उड़कर एक कौआ अपनी घिनौनी काली पाँखें फैलाकर मेरी खिड़की पर बैठ गया। हाथ में अब भी किशन भैया का पत्र काँप रहा है। काली चीटियों सी कतारें धूमिल हो रही हैं। आँखों पर विश्वास नहीं होता। मन बार-बार अपने से ही पूछ बैठता है, "क्या सचमुच दादी माँ नहीं रहीं?" आप पूरी तरह जान लें कि उसकी दोस्त कैसी थी।

मैं सोचता रहा कि आज के जमाने में अस्थिपंजर ढकने के लिए मक्खन और विटामिन से भी काम नहीं चलता। चलता भी हो तो दो कप चाय के लिए जेब तलाशते लोग इसे कहाँ ले जाएँगे।

मेरी परिचित एक लड़की थी विद्याभवन की। वह अचानक बहुत मोटी होने लगी। वजन से भी उतना डर नहीं लगता होगा, जितना मोटापे से। उसने घी, तेल, अंडे, आलू, चावल, सब छोड़ दिए। किसी ने बताया कि अब वह कायाकल्प के बाद ही आएगी। मैं बड़ी आतुरता से उसका इंतजार करता रहा। वह आई तो मैं हैरान। वह थोड़ी और भी मांसल हो गई थी। क्या संतुलित (डायटिंग) आहार का नुस्खा भी फेल होने लगा?

घाघ का नाम सुना है आपने? वैसे व्यक्ति को आप न भी जानते हों तो शब्द को तो जानते ही होंगे? घाघ शब्द का अर्थ होता है घुन्ना, बदमाश। वह तमाम चीजों पर अपने वाक्य जड़ देता था, यानी सूखे पर, वर्षा पर, खेती पर, बीमारियों पर उसके जड़े वाक्य आपने भी सुने होंगे, जब उसने अपनी पुत्रवधू को नहीं छोड़ा तो औरों की तो बात ही क्या? उसकी पतोह बहुत दुबली थी, उस लड़के के मित्र ही की तरह। उसने पतलेपन पर व्यंग्य करते हुए एक वाक्य जड़ दिया, पर बहू भी तो घाघ की थी, उसने कहा—

घाघ दहिजरा का कहे, पातर ऊख बहुत रस रहे।

उस दिन के बाद शायद घाघ ने मोटी-पतली तिरिया पर कोई टिप्पणी करना छोड़ दिया होगा। घाघ की बहू की हिम्मत पर मैं खुश होता हूँ, पर इस तरह की प्रतिक्रया औरतों में कम ही मिलती है। वे तेज-तर्रार मर्द को अपने से ऊँचा नहीं मानतीं, घर में दासी की तरह रहना भी वे छोड़ रही हैं या छोड़ चुकी हैं। यह सब पिछले दस सालों की उपलब्धि है, पर मेरे जैसे पागल के माथे की एक नस तड़क उठती है। मान लीजिए कि दोनों में खटपट हो गई हो, दोनों को समझौते के लिए अपने-अपने अस्तित्व को कम करना मंजूर न हो। दो-एक दिन बिन बोले गुजर जाते हों और एक शाम जब कई लंबे-लंबे डिब्बे लिए उनके पति महाशय, यानी 'हब्बी डियर' घंटी बजाएँ और दरवाजा खुलते ही वे दौड़ पड़ें—देखो न, अमुक डार्लिंग मैं तुम्हारे लिए क्या लाया हूँ। सलवार, कुरते, चुन्नी या बहुत नए फैशन की, काशी से लेकर तंजौर तक या ग्वालियर से लेकर भुवनेश्वर तक, यानी जहाँ से लेकर जहाँ तक, बननेवाली रंग-बिरंगी साड़ियाँ, मैचिंग ब्लाउज पीस के साथ पेश की जाएँ। एक डिब्बा पान बहार का खोलकर चम्मच में भरकर पति पत्नी के मुँह में डाल दे, जैसा टी.वी. पर होता रहता है। वही हू-ब-हू तो कितनी डार्लिंगें हैं, जो अपने गुस्से को बिना थूके सारे सामान पर लात मार देंगी। वे सब औरतें देखते ही पिघल जाती हैं। मन बिछलन पर फिसल जाता है। सनकी आदमी बार-बार पछता रहा है, बिछलन न हुई थी सच कहना, पर शिक्षा और जिंदगी में रिश्ता क्या है। माना चौराहे पर दोनों मिलते हैं, पर आगे रास्ता अलग-अलग हो जाता है। प्रतीक्षा करिए, नई शिक्षानीति की, शायद वह रास्ते और रिश्ते को जोड़ दे।

"यह सब भरम है भइया।" वह सनकी परमेश्वर कहता है, "हम घड़ी की सुई को दाहिनी ओर की बजाय बाईं ओर गोड़ना चाहते हैं। कैसे होगा यह सब?"

"कहो अफलातून!" वही लड़का बिला वजह साइकिल की घंटी बजाता आया और जानकर मुझसे इस तरह टकराकर गिर पड़ा, जैसे शरारत मेरी हो।

"क्यों सूरज, लगाएँ स्साले को दो-तीन हाथ।" उसके दोस्त पूछते हैं।

"लगता तो एकदम गँवार है, मगर अंग्रेजी बोलता है—स्साला, मक्कार!" साइकिल वाला लड़का यह गाली देकर संतुष्ट हो जाता है। मुझे भी लगता है कि बात बढ़ाने से क्या लाभ! सिर्फ गाली ही तो दी उसने। संसार में हिंदुस्तानी जाति की तरह कोई जाति नहीं है, जो गालियों से बेइंतहा समृद्ध हो।

"कौन है यह?" सूरज से दोस्त पूछता है।

"पता नहीं। जुलाई से फरवरी तक जाने कहाँ छिपा रहता है, जब पतझड़ शुरू

होता है, यह भी बरसाती मेढक की तरह यहाँ दिखने लगता है और बेवजह टर्र-टर्र करना शुरू कर देता है। इस पाकड़ के पेड़ को घंटों देखता रहता है। जाने स्साला, क्या खोजता है इस पेड़ में।"

एक लड़के ने अपनी उँगली से अपना सिर ठोंकते हुए कहा, "लूज है क्या?"

"लगता तो ऐसा ही है यार, शायद फ्यूज उड़ गया है। चलो पहुँचा दें इसे पागलों वाले विभाग में।" एक लड़का दूसरे का मुँह ताकता है, "पागलों वाला विभाग, क्या है बे?"

"चलो तुम्हें भी पहुँचा दें।" सब ठठाकर हँसते हैं।

"क्यों आप इस तरह झल्लाते हैं? मैं खुद अपने से पूछता हूँ—क्या पागल के लूज बोल्ट को अगर हाथों से ही समझाना हो तो आप भी तो वैसा ही करेंगे?" अपनी तर्जनी को नाक के सामने नचाते हुए कहेंगे—"मारो गोली स्साले को।"

"का हो भइया परमेसर," एक भेजपुरी लड़के ने पागल से पूछा, "पान खाइब?"

"खा लोग, हमार भूख त ये ही पकड़िया के देखत-देखत मेटाय जाले।"

मैंने सुना था कि दुर्वासा ऋषि को द्रौपदी के पास भेजा कौरवों ने, कहा हाथ जोड़कर कि "आप जैसा सत्य-असत्य का बिलगानेवाला दूसरा कोई भी नहीं है। ऋषिवर आप पांडवों की परीक्षा लीजिए। अकेले नहीं, पाँच सौ चेलों को साथ लेकर जाइए।"

हमारे पुराण दुर्वासा, यानी कृष्णात्रेय के तेज से इतने मुरझा गए हैं कि उन्हें बचने का रास्ता नहीं सूझता। नाहक लोग नारदजी को कोसते हैं, जब तक शाकुंतल पढ़नेवाले लोग रहेंगे, तब तक कृत्या से बचना मुश्किल है। माना, माना मैंने कि कृत्या तो अंबरीब पर छोड़ी थी उन्होंने, पर क्या हुआ उनके ब्रह्मतेज का?

ब्रह्मतेज, यानी विद्या की उपलब्धि और उसका प्रयोग जब तामसिक होता है तो सरस्वती ही कृत्या बन जाती है, पागल मन-ही-मन बोला, 'और वह कृत्या शिक्षक को खा जाती है।'

शाकुंतल को देखकर मन सहसा पिघल-पिघलकर बहने लगता है। दुर्वासा हार गए द्रौपदी से। उसने कड़ाही में सटे साग के एक, सिर्फ एक बचे हुए पत्ते को ऋषि के हाथ पर रख दिया और गुरु व चेले सबको लगने लगा कि खाना गले तक आ गया है। दौड़ो, दौड़ो, नहीं तो उलटी होने लगेगी, सब भाग खड़े हुए।

हिरण-शावक पर कठोर बाण मारनेवाले को रोकने के लिए तो ऋषिवर नहीं आए, सिर्फ अपने पति की याद में बैठी उस बेचारी लड़की को गुस्से से कह दिया,

'जिसे याद कर रही है, वही तुझे भूल जाएगा।'

"का हो सूरज," पागल ने साइकिलवाले लड़के से कहा, "डेराय गइलऽऽ का?"

"राम-राम काका, मैं क्यों डरूँ किसी स्साले से और वह भी तेरे जैसे पागल से।"

"आप कौन जंतु हैं मिस्टर।" दो-तीन भोजपुरिए लड़कों ने दौड़कर पकड़ लिया सूरज को, "स्साले, तेरी हिम्मत! तू उन्हें गाली देगा। चल स्साले माफी माँग!" तब तक एक हट्टे-कट्टे लड़के ने एक झापड़ जड़ दिया सूरज के जबड़े पर। वह लड़खड़ाने लगा, जब वे सब सूरज को घसीटते हुए आ रहे थे तो उसके दोस्त, जो मुझे कल पागलखाने ले जा रहे थे, खड़े थे चौरसिया की दुकान पर। सूरज की स्थिति उन्होंने भाँप ली। उन्होंने आज नहीं पूछा कि लगा दें दो हाथ। वे इस कदर उड़ गए, नदारद, जैसे वे आदमी नहीं तिलचट्टे थे, जिन पर टी.वी. वाला पिचकारी से धुआँ छोड़ता है और वे तिलचट्टे नदारद हो जाते हैं। ठीक वैसे ही वहाँ अब सूरज से सहानुभूति दिखानेवाले गायब थे।

"बोल स्साले!" छोकरों ने पूछा, "क्यों गाली दी तूने परमेश्वर गुरु को, वह तेरी मित्र कौन है? स्साला, हरामी, भौगड़ा, लौंड़ियों के पीछे साइकिल दौड़ाता है और एक चिंतक को पागल कहता है?"

"क्षमा कर दें आप लोग।" सूरज ने कातरता से मेरी ओर देखा।

"सुनऽऽ हो, तू लोग छोड़ द इनके। जब ई अपनी दोस्त के धोखा दे देल, त परमेस्सर कौन खेत क मूली हउवे।"

"के ह काका एकर दोस्त, कइसन है ऊ लड़की?"

"अरे यार, आप लोग भी बेचारे के पीछे पड़ गए। मुझे लगा कि जैसे हम किसी दिन पाकड़ का पेड़ न देखें तो व्याकुल हो जाते थे, वैसे ही यह सूरज भी होगा, जिसे अपनी दोस्त को देखे बिना चैन नहीं मिलती होगी, पर ई स्साला तो एकदम कायर है।"

सूरज कैद से छूटते ही साइकिल पर बैठा और भागता चला गया।

पागल ने कहा, "बाँह गहना आसान है, उसे जिंदगी भर थामे रहना बहुत कठिन होता है मित्रो। आप चाहते हो कि नए जमाने की ताल में ताल मिलाकर चलनेवाली मित्र चाहिए, वह तुम्हें हर नुक्कड़ पर मिल जाएगी, पर उसके साथ दोस्ती निभाना सीखना पड़ेगा। वह मौरूसी जागीर नहीं है भइया, वह तो तलवार की धार पर धावनो है।"

"एक पत्ता हमको भी दो पनवाड़ीजी महाराज।" परमेश्वरजी ने उसकी चौकी पर एक रुपए का नोट रखते हुए कहा।

पनवाड़ी ने पलाश के पत्ते पर चूना, कत्था, सुपारी, जर्दा रखकर उसे परमेश्वर की ओर बढ़ाया। परमेश्वर बाबू ने पत्ता चाटा और फेंक दिया।

"ई आपन नोट उठावल जाय परमेश्वर बाबू।"

"क्यों, क्या खराबी है इस नोट में?"

"रख लीजिए, अभी आपको मछोदरी जाना है, कब तक नापिएगा डगर।"

"क्यों बे स्साले।" परमेश्वर का क्रोध सीमा लाँघ गया, "क्यों बे, तू परमेश्वर को भिखारी समझता है? तू स्साले, समझता क्या है अपने को? तू एक रुपया में अठन्नी लौटाएगा, तभी मैं चा पीऊँगा। तू स्साले, मेरे पहनने के लिए कपड़े खरीदेगा, वरना मैं पंखी से जिस्म छुपाए चलनेवाला नागा साधु लगूँगा!" परमेश्वर ने पनवाड़ी के लंबे बालों को पकड़ लिया, "बोल हरामजादे, कितनी बार परमेश्वर ने बिना अठन्नी रखे तुझसे पान माँगा है? बोलता क्यों नहीं?"

"माफ कर दो परमेस्सर बाबू, अनजाने में बहुत गलती कर दी भइया हमने।" तभी दो-चार लड़के और आ गए।

"क्या बात है जी?"

"हमसे गलती हो गई साहब।" पनवाड़ी हाथ जोड़कर बोला, "हमने परमेश्वर भइया का नोट लौटाते वक्त अनुचित बक दिया।"

"क्या बका तूने?"

"मैंने कहा भइया कि ई नोट उठावल जाए, अभी आपको मछोदरी जाना है, कब तक नापिएगा डगर!"

"इसमें क्या अपमानजनक है श्रीमान?" लड़कों ने आँखों को तिर्यक् बना लिया।

"अभी आप लोगों की समझ में यह सब नहीं आएगा भाई लोगो। आप लोगों को प्रतिमाह कहीं-न-कहीं से जुटाकर पाँच सौ रुपए परिवार से आते हैं। मैं अगर चाय पी रहा हूँ तो दूसरे का क्या? मेरी जेब में कितने पैसे हैं, इससे चौरसिया से मतलब? मैं बिना पैसे के पैदल नापूँगा डगर, इसमें इसके बाप का क्या जाता है? मैने रुपया रख दिया, तुम्हें अठन्नी लौटानी है, लौटा दो, बात खत्म।"

"लौटा दो यार, इनकी अठन्नी।" लड़के बोले।

परमेश्वर पाकड़ के नीचे बने चबूतरे पर बैठ गए। लड़के चले गए। दुकान के

सामने कोई नहीं था। वातावरण बिल्कुल निछद्‌दम था।

"माफ कर दे रामजित," परमेश्वर बोले, "एक महीने से बीमार हूँ। एक जमाना वह था कि परमेश्वर के मुँह से धान की खीलें बरसती थीं। लोग मुझसे मिलने के लिए लालायित रहते थे। दर्जनों कमरे परमेश्वर के नाम पर 'बुक्ड' रहते थे। इसका मतलब यह नहीं कि ये कमरे मैंने गुंडई से पाए। मेरा मतलब कमरे में रहनेवालों से है। वे प्रतीक्षा करते रहते, रात दस बजे तक कि शायद परमेश्वर आए। वही परमेश्वर आज गुस्से में क्यों उफन पड़ा। सुनो रामजित, तुझको एक रहस्य बता रहा हूँ। तू सतहवा जानता है?"

"तारा न?"

"हाँ रे, वे सात तारे। उनमें जो नोचे पूँछ की तरह लटकता है, उसके बिचले तारे का नाम है वसिष्ठ और उसी से सटी एक छोटी तारिका है, अरुंधती। मैं कई दिन से छत पर सोकर उसे देखने की कोशिश कर रहा हूँ, पर अरुंधती नहीं दिखती। लोग कहते हैं, जिसे अरुंधती नहीं दिखती, उसकी उम्र सिर्फ छह महीने और बचती है।"

"ई सब भरम है परमेस्सर भइया।" रामजितवा ने पलाश के पत्ते पर पुनः वही मसाले मिलाए और पत्ता परमेश्वर की ओर बढ़ाया।

परमेश्वर ने अपनी जेब से आखिरी अठन्नी रामजित की तरफ बढ़ा दी।

"असल में चौरसिया, कुछ दूसरी ही बात है। तू ठीक ही कह रहा था कि यह भरम है। मगर मैं इस भरम से कैसे उबरूँगा कि मुझे लगता है कि पाकड़ का पेड़ मरनेवाला है।"

"अइसा है परमेस्सर भइया कि आप किसी दिन हमारे साथ चौखंभा चलिए, तहाँ एक बहुत मशहूर डॉक्टर हैं, होमियोपैथी—है न? हाँ, होमियापैथी के डॉक्टर हैं हीरा दूबे। वे आपसे कुछ पूछेंगे और सिर्फ एक खुराक दवा देंगे, शर्तिया इलाज। भइया, उन्होंने तो आपसे भी ज्यादा साब हालत वालों को ठीक कर दिया है। वे कभी-कभी बिजली का झटका भी देते हैं।"

"सुन बे चौरसिया," परमेश्वर बोले, "मैंने तो तुझे यह रहस्य इसलिए बताया था कि तू शायद इन नए लड़कों की तरह मँझधार में नहीं है। मैं सोचता था कि तेरी पान की दुकान तेरी डोंगी पार लगा देगी। तू अपने परिवार के लिए रोजी-रोटी जुटा लेता होगा, पर लगता है, स्साले चौरसिया कि तू भी इन्हीं की तरह जुनून में बकता है। तू सोच रहा है न कि परमेश्वर की नसें सुस्त हो गई हैं। दिमाग काम नहीं कर रहा है। बिजली के झटके की जरूरत है। जा स्साले, अब यहाँ आऊँगा, तब भी तेरी

दुकान की ओर झाँकूँगा भी नहीं। छिह-छह!"

सचमुच उसके बाद परमेश्वर गुरु यहाँ नहीं आए। वे सर्दियों में कंबल ओढ़े पड़े होंगे और मार्च की प्रतीक्षा कर रहे होंगे।

"क्या है परमेस्सर काका?" भोजपुरिए छोकरों ने पूछा, "क्या है इसमें कि आप घंटों बैठे टकटकी लगाए इस पाकड़ के पेड़ को देखा करते हैं?"

"आप लोगों में से कोई वनस्पतिशास्त्री होता तो कहता कि बरगद की जाति का यह घनी छायावाला पेड़ है, जिसकी छाल से सूत निकलते हैं। जिसके फल, यानी मुलायम गोंदों को नाना जातियों के पंछी खाते हैं और दूर देहातों में गरीब चमार, डोम आदि लोगों की लड़कियाँ इन फलों को बटोरकर ले जाती हैं और भूखा परिवार इसी पर जीता है।"

लड़के मुसकराए, "काका, हममें तो कोई वनस्पतिशास्त्री है नहीं। होता भी तो यही कहता, जो अभी आपने कहा है। लगता है, कोई और कारण है। बोलिए न काका!"

"बोलेंगे मित्रो, सुस्थिर चित्त से बताएँगे। थोड़ा धीरज रखना होगा आपको, क्योंकि जब तक पाकड़ की शाखाएँ घनी, सुरमई, ताँबिया, यानी तिरंगे मुलायम किसलयों से लद नहीं जातीं, पूरी तरह, परमेश्वर कुछ बोल सकने में असमर्थ रहता है।"

"खैर, बाद में ही सही, नमस्ते काका!"

छोकरे चले गए। परमेश्वर बाबू पाकड़ के नीचे बैठ गए। बसंत पंचमी का दिन था। रात में खूब तेज वर्षा हुई थी, अपनी तीव्र गति से झंझा ने कई पेड़ों को उखाड़ दिया। खासतौर से गोपुरम् से विद्याभवन जानेवाली सड़क पर दो हादसे हुए थे। दोनों ही पेड़ गुलमुहर के थे और समूल उखड़ गए थे। ये परमेश्वर के लिए उतने महत्त्वपूर्ण नहीं थे, जितना पाकड़ का पेड़, पर एक मुहब्बत, थोड़ा हँसी-मजाक, थोड़ी बोली-ठिठोली, परमेश्वर की गुलमुहर और पीले-पीले लघु-लघु दीपकों के गुच्छे से लदे अमलतासों के साथ भी चलती रहती थी, क्योंकि ये सब पकड़ी की सहेलियाँ थीं। ये भी मार्च से लेकर जुलाई-अगस्त तक मन को लुभाती रहती थीं। छेड़खानी करती रहती थीं। बात बसंत पंचमी की हो रही थी, सारी सड़कें रात की बारिश में नहाई हुई लगती थीं पर उन पर खाँची भर सूखे पत्ते पचासों जगह इस तरह का आलम बना रहे थे, जिसे एक कवि ने 'मैं शिशिर शीर्णा चली, जाग रे मधुमासवाली' कहा है। कहीं पुराने पत्ते गिरते ही हैं, उन्हें कोई चाहे तो भी बचा नहीं सकता।

'रेखा' परमेश्वर बाबू के मन में जब भी यह नाम कौंधता था, उन्हें लगता था कि कोई चीज फेफड़े में फँस गई है, जिसे बहुत गहरी और लंबी साँस से निकाल सकने की ताकत नहीं रही उनके पास।

रेखा और परमेश्वर, परमेश्वर और रेखा।

"साले, क्या कहने जा रहे हो तुम? यह कोई फिल्मी कहानी नहीं है। यह त्रिकोण नहीं है। इसमें कोई खलनायक भी नहीं है। कोई छुरा-पिस्तौल भी नहीं है। कोई ढुसुम-ढुसुम भी नहीं है। कौन सुनेगा, तेरी आपबीती? बेकार है, निर्लज्ज, इस पन्ने को ढका ही रहने दे।"

रेखा सिरामिक्स की स्टुडेंट थी और परमेश्वर विजुअल आर्ट के। उनके बीच कोई बहुत गहरा बंधन या आकर्षण या कहिए मुहब्बत कभी भी नहीं थी, बस सिर्फ एक चीज 'कॉमन' थी कि दोनों सबसे ऊँची छत पर बैठे-बैठे धूप में नहाते रहते। मार्च की तो सुखद होती है, पर अप्रैल की? जाने दो। न तो रेखा ने बताया, न तो परमेश्वर ने पूछा, यानी वे तमाम करतूतें, जो प्रेम की प्रतीक्षा में, प्रतीक्षा को परिचय में, परिचय को परिणय में बाँधने की गरज से होती हैं, उन्हें रेशमी जाल में फँसा नहीं सकीं। वे दोनों जब भी सामने के दृश्यों को देखते, आँखें जुड़वाँ पाकड़ पेड़ों से टकरा जातीं।

"क्यों रेखा," परमेश्वर ने पूछा, "क्या देख रही हो उस पेड़ में?"

"सुनो, मैंने पढ़ा है कहीं कि पंचवटी में एक पेड़ पाकड़ का भी था। यह तो तुलसी ने नहीं बताया कि वह किस तरफ था, पर लगता है, वह उत्तर की ओर ही रहा होगा।"

"क्यों! दक्षिण क्यों नहीं?"

"तो दक्षिण की ओर आँखें फैलाकर बैठ जाओ, देखो नजर आता है कुछ?"

परमेश्वर ने बहुत ठहाकेदार हँसी में डूबते हुए कहा, "दक्षिण में पाकड़ कहाँ दिखेगा, खैर क्या है ऐसा इस पाकड़ के पेड़ में, जो तुम्हें पंचवटी की याद दिलाता है और वह भी उत्तर की ओर खींच ले जाता है, वैसे तुम्हारे इन्फॉर्मेशन के लिए बता दूँ कि वह पाकड़ नहीं, उसकी जाति का बरगद वृक्ष था। पीपल, बरगद, हरड़, अशोक और बेल से बनी थी पंचवटी।"

"छोड़ो, रहा होगा बरगद, तुम तो यार इन्फॉर्मेशन देकर मामला चटका देते हो। थोड़ी देर के लिए पाकड़ ही मान लिया होता तो कौन सा शोध ग्रंथ अधूरा रह जाता। 'एनी हाऊ', मैंने ऐसा मुलायम रंग नहीं देखा है अब तक। जितने रंग देखे हैं, मैंने प्रकृति में, वे सब ठोस हैं। ऐसा नहीं कि मैं सिर्फ सात रंगों से दुनिया को बाँधने

की गलती कर रही हूँ, जो आचार्यों ने की थी। मैं तो वैज्ञानिकों के बारह रंगों को भी जानती हूँ और कौन सा रंग कहाँ फिट होगा, रोज ही सोचते रहते हैं हम दोनों पर कहो परम, हलकी धूप से प्राण लेकर जमीन से खाद ग्रहण करके, जब पाकड़ बौराता है, रंगों का मुरेठी बाँधे झूमता है तो मुझे लगता है कि कोई राजधानी ढोला मारवणी से शादी रचाने जा रहा है।"

"आखिर बाँट ही दिया न तुमने? राजस्थानी लड़की को राजस्थानी रंग ही पसंद आएँगे और हो भी क्या सकते हैं, पर रेखा, जरा मुझे बतौर इन्फॉर्मेशन, यह तो बताना कि यह ढोला क्या बला है?"

"ढोला-मारू वैसा ही है, जैसा नल-दमयंती, शीरी-फरहाद, लैला-मजनूँ, हीर-राँझा या लोरिक-चनैनी आदि होते हैं, यानी प्यार में डूबे दो हृदय जब एकाकार होने के लिए मचलते हैं परम, तो उनका रंग क्या होता है?"

"यार, तुमने तो ऐसा प्रश्न कर दिया कि स्थूल को छोड़कर मामला भीतरी रंगों पर आ टिका है। मैं इनका माहिर नहीं हूँ।"

"भीतरी रंग पहचानना रेखा की भी महारत नहीं है मित्र, यह तो लिटरेचरवाले करते रहे हैं। मुझे लगता है कि रंगों की दुनिया में जाने के लिए इन लिटरेचरवालों का नजरिया भी जानना चाहिए।"

"छोड़ो, इन ईडीयट्स को, इन्होंने यदि कुछ चीजों को रंगों में डुबोकर हमें उनकी ओर खींचकर धोखा न दिया होता तो हम फूहड़ कविता और कहानी की जंजीरों से बच गए होते, जो औरत के अंगों में रंग खोजने तक को ही बहुत बड़ी उपलब्धि समझते हैं। ये हैं भीतरी रंगों के सौदागर, जो हमें नीलाम करने की जाने कितनी शताब्दियों से साजिश कर रहे हैं और हम भी अनजान शिशु की तरह इनकी उँगली पकड़े चलते रहे हैं। धन्य हैं पापा आप लोग, धन्य हैं डैडी आप लोग, नमस्य हैं।"

"तुम क्या तमाम लिटरेचरवालों को धन्य कर दोगे। कुछ भी तो होगा। उनमें ऐसा न होता तो गोयते शकुंतला पर क्यों रीझता? मार्क्स शेक्सपियर पर क्यों फिदा होता और मेरी जैसी भावुक लड़की पुश्किन के गीतों पर क्यों मचलती?"

"सच कहूँ?"

"हाँ, एकदम सच कहो।"

"बात यह है रेखा कि कविता या कहानी उसी व्यक्ति की खींचती है हमें, जो वही लिखता हो, जो उसने समाज से पाया, यानी भीतर-बाहर एक। स्साले जीएँगे

शराब में धुत्त होकर कि आसानी से रात कट जाए या इस अहं की तुष्टि ही सही कि हम सार्च से कम नहीं हैं। हम भी उसकी तरह शैंपेन पीकर सोचते हैं। ये सारी प्रगतिशीलता कविता या कहानी में कै कर देते हैं। स्साले धोखेबाज, सड़क पर टीन का कटोरा और चायखानों में इतने छोटे-छोटे पुरवे देखकर भी न कविता होती है, न कहानी, अगर क्रांति कराने का सेहरा आपके ही सिर बँधनेवाला होगा तो भी लोग आशा करेंगे कि आप छोटे, पुरवे और सड़क पर घूमते टीन के कटोरे से क्या संबंध हैं, इसे समझा दे। तुम रेखा, पुश्किन को इसलिए 'लाइक' करती हो कि तुम्हारे भीतर भी कहीं-न-कहीं एक रोमेंटिक जंतु है, अगर तुम नहीं जानती कि इस मासूम कवि ने पिस्तौल के द्वंद्वयुद्ध में अपनी प्रेमिका की प्राप्ति के लिए अपनी जिंदगी को दाँव पर लगा दिया और प्रतियोगी द्वारा मारा गया तो शायद उसकी कविताएँ सुर्ख तो लगतीं, पर खून में डूबे गुलाब की पाँखुरी जैसी नहीं लगतीं तुम्हें।"

"यार, परम, तुम्हारी सबसे बुरी आदत है कि तुम असली बात को बिना मुकम्मल डिस्कशन के छोड़ देते हो और दूसरी शाखा पर कूद जाते हो।"

"तो तुम मुझे शाखामृग कहना चाहती हो, खैर देवि, यह कौन सी असली बात थी, जिसे मैंने छोड़ दिया।"

"वही रंगोंवाली बात। तुम क्या सोचते हो कि केवल लुभाना ही रंग की खासियत है। साफ कहूँ तो वह जो अपने भीतर के भाव से जुड़ता है, उसकी दुम पकड़कर तुम खिंचते चले जाते हो। एक तरफ रोमेंटिसिज्म को बुरा कहते हो और दूसरी ओर उसी में डुबकियाँ लगाते हो। क्या यह पाकड़ रेखा और परम जैसे दो दिलों के संगीत में एक अजीब तरह की रोशनी जला देता है, इसीलिए महान् है। लोग कहते हैं कि नताशा और पावेल जैसे क्रांतिकारी भी यानी जबरदस्त फाइटर्स शायद रास्ता भटक जाते, अगर उनके साथ उनके रूमानी जज्बात न होते। उनके भीतर इस पाकड़ की तरह का एक वृक्ष न होता। वे बिल्कुल खोखले लगते।"

"माई डियर," परम मुसकराया, "मैंने कब कहा कि रोमेंटिसिज्म और क्रांतिकारी में कोई कॉमन रिश्ता नहीं होता! मैंने इसी जगह, इसी पाकड़ के नीचे, लाठियाँ खाई थीं, उन्नीस सौ सड़सठ में। इसी जगह एक भाई ने दूसरे भाई का सिर फोड़ दिया था। इसी जगह खद्दर का कुरता लाल हो गया था। मेरे हाथ में बी.ए. की परीक्षा का सर्टिफिकेट था, जिसे मैंने काउंटर पर लगे क्यू में खड़ा होकर प्राप्त किया था। लंबी क्यू लगी थी। बाप रे, कितने-कितने आदमी। सभी को राशनकार्ड चाहिए, जबकि सब जानते थे कि इस सर्टिफिकेट से कुछ नहीं मिलेगा। एक कप चाय भी

नहीं। भोंड़ी तमन्ना थी कि इसे हाथ में लिए फोटो खिंचवाऊँगा, पर इसके पहले ही मेरे अग्रज ने मेरे ऊपर लाठियों की बरसात कर दी और मैं निढाल होकर गिर पड़ा।"

"यह किस्सा है या बहकी बातें?" रेखा बोली, "तुमने लाठियों की बरसात झेली है, यह तो मैं पहली बार सुन रही हूँ। किस अग्रज ने, किस अनुज पर, किस 'परपज' के लिए ऐसी बरसात कराई?"

"मैं पी.ए.सी. वालों को अपना बड़ा भाई कहता हूँ। उनके भी हौसले रहे होंगे, हाई स्कूल या इंटर में। यदि ये थर्ड क्लास या फेल नहीं हुए होते अथवा बी.ए. में असफल न होते तो क्या इनके हाथ में ऐसा ही सर्टिफिकेट नहीं होता? निश्चित होता। वे फेल होने का बदला हमसे लेते हैं और हम उनकी असफलता के लिए ईंटें उन पर बरसाते हैं। पी.ए.सी. और छात्र असल में जुड़वाँ भाई हैं। एक वरदी में है, एक खादी में। इस कन्फ्रंटेशन के लिए कौन जिम्मेदार है?"

"आगे कहो।"

"आगे कहना बेकार है। इसे तुम भी जानती हो और मैं भी जानता हूँ। ले-देकर हम शुतुरमुर्ग हैं, जो पाकड़ की 'शीतल हरीतिमा की ज्वाला' में चोंच-गरदन डालकर अपने को सुरक्षित समझते हैं, बाइ द वे, तुमने इस पाकड़ को कभी एकदम सुर्ख खून में डूबा देखा है?"

"कई बार देखा है यार, पर तुम बहत ज्यादा बहकते जा रहे हो। कंट्रोल करो। सुर्ख कहो, गुलाबी कहो, मैंने दोनों रंगों में छककर नहाते हुए देखा है इस पेड़ को, पर सुर्ख से तुम्हारा और तुमसे सुर्ख का रिश्ता क्या है, यह तो बताते जाओ।"

"यह हादसा 19 नवंबर, 1967 में हुआ था। मैं खून में सुर्ख खून में नहाया था। मैंने होश आने पर इस पाकड़ के पेड़ को देखा। वह बहुत उदास था। पत्ते कड़ी-कड़ी आरी की तरह लगते थे। शंख की चूड़ियाँ बनानेवालों की आरी की तरह, जो आते हुए भी काटती है, जाते हुए भी काटती है। इसके पत्ते मकड़जालों से लदे हुए थे। इसकी जड़ के पास एक सन्नाटा था। क्या अब किसी को भी छाँव नहीं चाहिए। मैंने पूछा था, तभी लाता था रेखा कि उस पेड़ को बहुत दिनों तक जीता नहीं रहने दिया जाएगा। लोग कहते हैं, तब से परमेश्वर बाबू नहीं दिखे।"

परमेस्सर गुरु ने जैसा सोचा, वैसा ही हुआ। आज वह पेड़ मर गया। मुखाग्नि देने से भी लोग डरते हैं।

□

खैरा पीपल कभी न डोले

चाहे धूल-भरा अंधड़ हो, चाहे ताजा-ताजा, साफ आसमान, गाँव की तरफ नजर उठती तो वह जरूर उस बूढ़े पीपल से टकराती, जो दक्खिन को जानेवाले छोरे पर खड़ा जाने कब से आसमान को निहार रहा है। हाँ, जब आसमान घिरा होता, ऊदे-ऊदे बादल झुककर गाँव की बँसवारियों को दुलराने लगते तो वह पहले से कहीं ज्यादा हरा-हरा लगता। एक साथ कई साल जैसे उसकी उम्र से अलग हो जाते और उसकी बूढ़ी नसों में जवानी का ज्वार मचलने लगता।

पुरुषोत्तम काका को मरे अभी कै दिन हुए पर शायद ही कभी किसी को उनकी याद आती हो, जब वह जिंदा थे तो लगता था कि उनके बिना गाँव जिंदा नहीं रह सकता। गलियों के मोड़, चौमुँहानियों के चौबारे, कुएँ की जगहें उनकी बेलाग हँसी के हिचकोलों से घंटों गूँजती रहतीं, पर जब पुरुषोत्तम काका उठ गए तो लोग-बाग उन्हें यों भूल गए, गोया वे लोगों को हँसते देख कभी हँसे ही न हों। यही हाल तुलसी बुढ़िया का हुआ, जाऊ खट्टिक का और जगरोपन साहू का भी। ये सभी ढोल की थाप पर जुड़ते हुए तमाशे की तरह आए और धरम की चादर पर याद-गारों के दो-चार दाने फैलाकर चले गए। मैं तो गाँव के इन छोकरों पर हैरान हूँ कि जो सुबह तक इन भलेमानसों के चारों ओर हाथ में हाथ फँसाए चक्कर लगाया करते थे और जिनके दिलों की खुशियाँ कबूतरों की तरह पर फड़फड़ाती हुई पुरुषोत्तम काका या तुलसी बुढ़िया के कहकहों के अड्डों पर हमेशा मँडराया करती थीं, वे ही इन्हें इस तरह बिल्कुल कैसे भूल गए? जब भी मैं इनके भूलने की बात सोचता हूँ तो मन बहुत उदास हो जाता है।

फागुन बीतते-बीतते हवा में गरमी की लहर बढ़ जाती और वह पेड़ों के पुराने पत्तों को अपने तेज नाखूनों से बुरी तरह कुटकने लगती। हलका सा झोंका लचककर घुमड़ता और पेड़ों के पत्ते टूटे हुए परों की तरह चारों ओर बिखर जाते।

बगूलों की लपेट में सरसराते पत्ते आकाश की गहराई में चीखते और धूल की धुँधली चादर नंगी डालों को अपने आगोश में छिपा लेती।

और तब धीरे-धीरे हवा थोड़ी सँभल जाती। उसमें शोखियों की जगह मादकता आ जाती, थोड़ा कसैला सा ठहराव आ जाता, छुवन में झुनझुनाहट नहीं, उत्तेजना का जोर होता और इस बेसब्र बनानेवाली हवा के स्पर्श से पेड़ों की नसें खिंच जाती, रगों का लाल-लाल, ताजा खून नई कोंपलों में फूट पड़ता—गुलाबी सुर्खाब के कोमल परों की तरह मुलायम पत्ते, तोते की लाल मुँह ऐंठी चोंच की तरह खुलने को उत्सक नए-नए कल्ले। यों तो गाँव के सभी पेड़ों में फगुनहट की बहार अपनी अनोखी रंगत लेकर उतर आती पर बूढ़े पीपल का तो नजारा ही कुछ और होता। ऐसे दिनों में कभी गाँव के दक्खिनी छवरे पर नजर उठ गई तो पूरा पीपल ठंडी सी आग की लपट में सुलगता दिखाई पड़ता। लाल-लाल, छोटे-छोटे पत्ते धीरे-धीरे लहरते तो पेड़ के नीचे एक अजीब तरह की ललछौंही कालिमा नेवले के बालों की तरह मचलने लगती।

इस वक्त लड़के एक-दूसरे का हाथ थामे, इस छाया में एक बड़ा सा घेरा बनाकर गोलाई में नाचने लगते, एक अजीब उछल-कूद का लयात्मक नृत्य—

चाक डंले, चकबंबा डोले
खैरा पीपल कभी ना डोले
खैरा पीपल कभी ना डोले¨

पर इस जंगली खुशी के नाच को देखकर जाने क्यों मैं पहले जैसा ही खुश नहीं होता। एक बड़ी डरावनी शंका मेरे मन में घर कर गई है। मैं सोचता हूँ तो जी मुँह को आ जाता है। कहीं छोकरे पुरुषोत्तम काका या तुलसी बुढ़िया की तरह इस खैरा पीपल को भी तो नहीं भूल जाएँगे? कहीं इनकी नाजुक हथेलियों के घेरे से कभी न डोलनेवाला खैरा पीपल भी तो नहीं डोल जाएगा?

दिन गुजरते गए और अवश्यंभावी की आशंका मेरे मन में बलवती होती गई। सच ही छोकरे एक दिन खैरा पीपल को बिल्कुल भूल गए। आज दक्खिनी छवरे की मोड़ पर वह पीपल नहीं है।¨पहले सुबह होती थी और बैलों की घंटियों के साथ गाँव के बड़े लोगों का भय, उनकी नाराजगी का डर, सभी कुछ गाँव से बहुत दूर सिवानों में जा बसता था, तब छोकरे एक साथ इस गली, उस गली से फुदककर निकलते और पीपल की विशाल छाया के नीचे अपने खेलों और चुहलबाजियों की एक नई सृष्टि रच देते। 'होलापाती', 'सतघरवा', 'कबड्डी' और जाने क्या-क्या।

लड़कों की भीड़ बढ़ती जाती और उनकी खुशी के चीत्कार गाँव के निठल्ले बूढ़ों, काहिलों और मेहनतचोर आवारों को भी अपने इर्द-गिर्द बटोरने लगते, तब इस पीपल के नीचे सिर्फ मासूम छोकरों का सीधा-सादा खेल ही नहीं होता, मुँहफट, बूढ़े या निठल्ले प्रौढ़ों की गंदी गालियाँ भी मँडराने लगती। अपनी-अपनी माँओं के साथ अजीब रिश्ते कायम करनेवाले बूढ़े खूसटों की फूहड़-फूहड़ नंगी बातों की लच्छेदारी से लड़के गुस्से से लाल हो जाते, पर गाँव की मर्यादा निभाने के लिए उनकी जबान ईंट का जवाब पत्थरों से देने में हिचक जाती।

'दिनवां की माई' सुरती से काले पड़े बदरंग मसूड़े और रेंडी के बीज जैसे काले दाँतों को ददेरती हुई जीभ 'खिस्स्-खिस्स्' की आवाज निकालती और बूत बाबा बड़े प्रेम से बगल में बैठे नौजवान से खीसें काढ़-काढ़कर कहते, "देखा है कि नहीं तूने, नाँद जैसा पेट निक ले गली दचकाती फिर घूमने लगी है! राम-राम, छेर-बकरी को भी मात कर दिया है इस दिनवां की माई ने! पूरा एक कोड़ी बियायके रहेगी देखना।"

"पर काका, अजब की काठी है जग्गन बो भौजी की भी।" नौजवान की नसें लिलार पर खिंचकर तन जातीं, "पाँच-पाँच बच्चे हुए पर देह तनिक भी टस-से-मस नहीं हुई, वैसी ही चढ़ी-की-चढ़ी!" बूढ़े काका कुछ और कहते होते, पर उनका नौजवान साथी किसी दूसरी दुनिया में अपने को डुबोकर बिल्कुल खामोश हो जाता। उसका सारा बदल बेकार सी बना देनेवाली गरमी में झुलसने लगता। बाप-भाई से झगड़कर, बिना काम किए दोनों जून बेरें की रोटियों से पाले हुए बदन को पीपल की छाया में पसारकर वह जाने कहाँ-कहाँ घूमने लगता।

मुझे ऐसी बातों से भी बड़ी हैरानी होती है। जाने कैसे लोग इतनी आसानी से बच्चे पैदा करनेवाली माँओं के बारे में सोच लेते हैं। मैं तो कई साल से बराबर किसी-न-किसी औरत के मरने की खबर सुनकर परेशान हो जाता हूँ। अभी दो साल पहले की बात है। सुबह-सुबह हाथ-मुँह धोकर बखरी में आया तो रोज की तरह दाना-पानी लिए माँ को अपनी राह अंगोरते नहीं देखा। पूरे आध घंटे बाद दौड़ी-दौड़ी आई थीं। मुझे गुस्से में तिनककर बैठा देख वह एक साँस में सब सुना गईं—

"लल्लू बो को देखने चली गई थी। लगता है, बेचारी बचेगी नहीं। पूरा दिन पूरी रात चिल्लाते बीत गई, जाने लड़के ने अंतरी पकड़ ली है या क्या! दो-दो चमाइनें पेट माँड़ रही हैं, मगर कोई फायदा नहीं। लड़का तो मर ही गया होगा, अब वह भी नहीं बचेगी।" अम्मा यह सब सुनाकर बिल्कुल खामोश हो गई थीं। उन्होंने

एक अजीब बेबसी और नियति के प्रति मजबूर समर्पण के साथ काँपते हुए हाथों में पानी का गिलास थमाते हुए आसमान की ओर देखा था।

लल्लू हमारी ही उमर का था, साथ-साथ बैठना-उठना। मैंने दाने की डाली से ही रख दी। उठकर सीधे लल्लू के दालान में जा रहा। मचिए पर दोनों बाँहों में सिर गड़ाए वह उदास बैठा था। लल्लू के बाबूजी सामने की चारपाई पर बैठे गड़गड़ा खींच रहे थे, मुझे देखते ही तपाक से बोले, "अब तुम्हीं समझाओ भाई इसे। भीतर औरत चिल्ला रही है, बाहर दालान में बैठा यह मउगा टुस्के बहा रहा है। छिह-छिह! मेरे खानदान में ऐसा मउगड़ा कोई नहीं जनमा था। अरे साले! एक मागी तो दूसरी आएगी, इस तरह राँड़ औरत की तरह फेंकर-फेंकर दिल काहे दुखा रहा है?"

में अवाक् उस बुड्ढे की ओर ताकता रह गया। मुझे तो विश्वास ही नहीं होता था कि एक बाप अपनी बहू की मौत पर लड़के के ऐसा उपदेश दे सकता है!

"काकाजी, आप लल्लू के साथ बहू को शहर क्यों नहीं भेज देते! वहाँ अच्छे-अच्छे डॉक्टर हैं, दवा-दारू का सारा इंतजाम रहता है, इतनी तकलीफ भी न होगी और जच्चा-बच्चा किसी को जान से हाथ धोना भी न पड़ेगा।"

बूढ़ा मेरी ओर आँखें तरेरकर यों देखने लगा, जैसे मैंने कोई बहुत भद्दी गाली दे दी हो।

"तुमसे मुझे यह उम्मीद न थी, हरी बेटा। छिह-छिह! दक्खिन पट्टी के ठकुराने की बहू बच्चा जनने अस्पताल जाए, इससे तो यही अच्छा है कि वह चिल्ला-चिल्लाकर जान दे दे!"

मैं कुछ न बोला। लल्लू धीरे से उठा और आँगन की ओर जाने लगा।

"कहाँ चला, बे मउगड़े? कभी औरत को बच्चा होता था तो उसका मर्द लाज के मारे तीन दिन तक आँगन में पैर नहीं डालता था और आज एक तू है ससुरे कि उतावला होकर ड्योढ़ी पर चक्कर मारे जा रहा है!"

तभी भीतर से दो-चार औरतों के एक साथ ही जोर-जोर की धाड़ मारकर रोने की आवाज से दालान की शहतीरें तक थरथरा उठीं। तेज काँपते हुए झोंके ने आकर खबर दी, दीया बुझ गया। लल्लू की मुट्ठियाँ दर्द के मारे भिंची जा रही थीं, जैसे उसकी हथेली में कोई उबलता हुआ फफोला फूट पड़ने को आतुर हो, वह उसे आँखों से आँसू टपका-टपकाकर शांत कर रहा हो। बूढ़े काका वैसे ही हुक्का गुड़गुड़ा रहे थे। फर्क सिर्फ इतना ही था कि वे बुझी हुई चिलम को बड़ी जल्दी-जल्दी सुड़क-सुड़ककर खींचे चले जा रहे थे।

औरतों से आँगन भर गया था। लाश को नहलाकर लाया गया तो मैंने कनखी से लल्लू की बहू के चेहरे को देखा था, जो जामुन की तरह स्याह हो गया था, पेट बुरी तरह फूला था और दर्द के मारे आँखें सूजकर बाहर निकल आई थीं। लाश बहुत देर तक बूढ़े पीपल के नीचे सुलाई रही और मैं उस नीले चेहरे को बार-बार सोचता रहा तो सकुशल बच्चा जनकर गुलाब को मात करनेवाली शरमीली मुसकराहट में कभी खिल न सका।

शाम हो गई थी। कस्बेवाली बस के आने का समय हो गया था। जहाँ पहले खैरा पीपल की कोमल छाया नेवले के बालों की तरह काँपा करती थी, वहाँ आज सिवचन्न साहु ने अपनी चाय की दुकान खोल ली है। आज पीपल की छाँव की जगह काई लगे करकट की छाँव है, जिसमें बैठनेवालों की भीड़ लगी रहती है। वे ही प्रौढ़ आवारे, कामचोर छोकरे, वे ही गंदी गालियों से मन को संतोष देनेवाले बूढ़े इस दुकान में भी जमे रहते हैं। फर्क सिर्फ यह है कि अब छोकरों की नाजुक हथेलियाँ जिस्मों के घेरे बनाकर 'चाक डाले चकब्बा डोले' का खेल नहीं खेलतीं, क्योंकि खैरा पीपल डोल चुका है, उसकी छाया की निर्द्वंद्व आजादी चाय की इस दुकान में कभी नहीं मिल सकती, जब से सिवचन्न साहु की चाय की दुकान खुली है, दक्खिन पट्टी बड़ी मनसायन लगने लगी है। शाम, सुबह और दोपहर, तीन बार बसें आती-जाती हैं। कभी-कभार सैर-सपाटे या इधर-उधर किसी काम से जानेवाले मुसाफिरों की अपनी निजी गाड़ियाँ भी रुकती हैं। सिवचन्न साहु मुसाफिरों को पहचानने में काफी तेज हैं। उनके आने पर साफ प्याले उस कोनेवाली काठ की टूटी अलमारी से बाहर निकालते हैं। बाकी लोग शीशे के गिलासों में चाय पीते हैं, जिन्हें धोने-धाने का कोई सवाल नहीं। एक तरफ उनकी छोटी लड़की, दुलरिया, नाक का पोंटा सकती हई लाई-लकठे और गुड़ पर मँडराने वाली मक्खियों और हड्डों से कनचपटी का खेल खेलती है और दूसरी तरफ उनका लड़का लंबा सा पेट निकाले उनकी मिठाइयों के गुणकारी होने का ऐलान करता, लोटा हाथ में थामे राह चलतों को पानी पिलाने में भी कोहाती का नया रिकार्ड कायम करता है।

शाम को बस आकर रुकी तो चाय-घर में बैठे लोगों की आँखें उतरनेवाले मुसाफिरों पर जा अटकीं।

"लाओ दे दो मुझे। तुम खयाल से उतरना।" सुरेश ने अपनी बीवी के हाथ से नन्हे से बच्चे को लेकर अपने कंधे से चिपका लिया। उसकी पत्नी बस से उतरकर नीचे आ चुकी थी और आसपास बैठे गाँववालों से नजर बचाती, माथे के गिरे

पल्ले को सिर पर डाल रही थी। उसके पीले मुरझाए चेहरे पर कितनी शांति और खुशी थी! होंठ सूखे-सूखे थे जरूर, फिर भी उनके भीतर एक अजीब आनंद भरी मुसकराहट खेल रही थी।

"क्यों, भौजी, मिठाई कब खिलाओगी?" मेरी बात से सुरेश-बो भौजी दुहरी होते-होते बचीं, शायद ही सुरेश के घर जाने पर वह मेरे सामने पड़ी हों, पर आज तो बस के मुसाफिर से कोई भी बात कर सकता था।

"मिठाई तुम्हें खिलानी चाहिए, देवर! लड़के का बाप न मिठाई खिलाता है!" वह धीरे से मुसकराकर गाँव की गली में चल पड़ी।

"कोई दिक्कत तो नहीं हुई?" मैंने सुरेश की गोद में चिपके नन्हे की आँखों में झाँकते हुए पूछा।

"नहीं, सब ठीक से हो गया।"

बच्चा बड़ी उत्सुकता से चाय की दुकान के करकट को देख रहा था। उसे क्या मालूम कि इसी जगह कभी हरी-हरी पत्तियों में बिहँसता एक विशाल पीपल था, जिसकी छाया में लड़के हथेलियाँ फँसाकर 'चाक चकई' का खेल खेला करते थे! बहरहाल, खैरा पीपल नहीं है तो क्या हुआ, सिवचन्न साहु की चाय की दुकान तो है, जिसमें इस वक्त गाँव के तमाम छँटे हुए नामी-गिरामी लोग इकट्ठे बैठे हैं।

"शहर ले गया था।" अपनी ढेंढ़रवाली आँख को बुरी तरह मिचकाकर जगिया ने बगल में बैठे कैरा से कहा, "सुना, वहाँ मेम पेट में हाथ डालकर बच्चा निकाल लेती है।"

"देखा नहीं, हरी से कैसे मुसकराकर बोली थी! बड़ी सतवंती बनती है! पिछले फगवा को जरा गाल पर अबीर छुला दी थी तो आँख तरेरकर झनझना उठी थी। झटककर बोली, खबरदार, जो कभी इस घर का चौखट हेलकर आए! हुँह!"

"अबे, चुप रह, हरिया इधर ही आ रहा है।"

दोनों चाय के गिलास में मुँह सटाकर ऐसे सन्न हो गए थे, जैसे साँप सूँघ गया हो।

मुश्किल से अभी पंद्रह मिनट हुए होंगे, बस के मुसाफिर डराइबरजी को जल्दी करने को उकील रहे थे पर डराइबरजी हाथ में गिलास थामे दुकान की बगल के पाए पर पैर अड़ाए कुछ खोज रहे थे। बगल की डगर से गाँव की कई लड़कियाँ पानी की कलसी भरे घरों को लौट रही थीं।

"अरे डराइबरजी, जल्दी करो, भैया! रात यहीं हुई जा रही है।" कहनेवाला

डराइबरजी को अपनी ओर गुस्से में उबलते देख आगे की बात को झटके से निगलता हुआ बगल के किसी से कुछ अनावश्यक बातें करने लगा था।

"अभी फुलिया की बाट देख रहे हैं, डराइबरजी!" जगिया बीड़ी जलाकर काँटी से कैरा की हथेली पर टुन्ना देते हुए बुदबुदाया, "कबे, कल शाम को था न यहाँ? साला कैसे लसड़-फसड़कर बात कर रहा था!"

"तो वो साली कौन दूध की धोई है! आन गाँव के आदमी से बात करते उसकी आँख का पानी नहीं ढरता तो वो क्या करे?"

"ठीक कहता है, दो आने भी उसके लिए काफी हैं। कल यही दाँत निपोरकर ड्राइवर से कह रही थी, क्यों डराइबरजी एक दिन हमें बनारस नहीं दिखाओगे? उसके कानों के बुंदे उसी ड्राइवर के बच्चे ने दिए हैं और उसके साथ की दूसरी छोरियों को नहीं देखा? इस तरह ललचाई-ललचाई देख रही थी कि ड्राइवर जेब से निकालकर उन्हें भी बुंदे थमा देगा। हुँह!"

बस खुल गई। गर्द का एक पूरा पहाड़ दुकान के करकट पर उलट पड़ा। ड्राइवर ने हाथ लटकाकर कपड़े में बँधी एक पोटली उछाल दी। गली की आड़ से फुलिया झपटकर आई और पोटली उठाकर चलने लगी। जगिया और कैरा दुकान से निकलकर उधर ही देख रहे थे। लड़की मुड़कर चलने लगी तो कैरा ने जोर से अलाप ली—

काशीजी में लगली बिजुरी के रोशनियाँ
पिया देखाई देता ना।
हो पिया देखाई देता ना¨

अलाप जोर पर पहुँचकर आसमान छूने को उठी ही थी कि कैरा ने आवाज को बड़े जोर से सुड़ककर पी लिया। उसके गले की घंटी को जैसे किसी ने हथेली में दबोच लिया। घुनघुनाकर वह एकर म चुप हो गया।

"सलाम, काका!" जगिया ने बड़ा शरीफाना चेहरा बनाते हुए गुदई काका को नमस्ते किया।

"पालागी, काका!" कैरा ने में घिघियाकर दुहराया।

"बड़ी जोर से गवनई कर रहा था, रे कैरा!" काका ने कहा और आगे बढ़े। दोनों फुर्र से एक-दूसरे का हाथ थामे, मुँह से बेलाग फूटती हँसी को दबाने की कोशिश करते गली में गायब हो गए।

शाम घनी हो रही थी। चाय की दुकान से सटकर लेटी हुई नई कच्ची सड़क

धुंध में पिशाल अजहदे की तरह निश्चेष्ट फैली हुई थी। गर्द-गुबार की केंचुल में सारा सीवा सिमटता जा रहा था। हवा तेज और सर्द थी। गाँव के घरों से उठा हुआ रसोई का धुआँ पूरे गाँव पर मटमैला बँदोवा टाँग रहा था।

गुदई काका दुकान से सटकर निकले तो भीखम चौधरी ने हाँक लगाई, "अरे, जरा गरमाय लो, मालिक! आज तो बड़ा कटकटाता जाड़ा पड़ रहा है।"

गुदई काका मुड़कर करकट की छाजन के भीतर आ रहे। "चाय का सबख नहीं है, चौधुरी!"

गुदई काका को सामने खड़े देर कर भीखम चौधुरी स्टूल पर से उतरकर खड़े हो गए।

"बैठ जाओ, सरकार। सबख तो हमें भी कोई जियादा नहीं है, बाकी जाड़ा से कुछ बचाव जरूर हो जाता है।"

"अरे बैठे रहो न, चौधुरी!"

"नहीं-नहीं सरकार, बैठ जाइए! हम लोग कहीं बैठ लेंगे।" भीखम चौधुरी ने अपना गिलास उठाया और कच्चे फर्श पर बड़े इतमीनान से पसरकर बैठ गए।

मैं बूढ़े चौधुरी की धुँधुआई पुरानी आँखों में झाँकता रह गया। गुदई काका से कुछ अधिक ही उमर होगी। काम और मेहनत ने उनके काले शरीर को लोहे की तरह सख्त कर दिया है। लटकी हुई झुर्रियाँ कितनी मोटी और चीमड़ हैं। इन पर भला गरमी-सरदी का क्या असर होता होगा! भीखम चौधुरी के चेहरे पर हमेशा एक हलकी सी मुसकराहट छाई रहती। इस मुसकराहट को पैदा करने में चौधुरी ने जाने कितना गम सहा होगा! सदाबहार का ऐसा फूल मामूली जमीन में कभी नहीं खिल पाता।

गुदई और भीखम, भीखम और गुदई, मेरी आँखों के सामने खैरा पीपल घूमकर फिर खड़ा हो गया, तब वह इतना पुराना न था। उसकी पश्चिम वाली लंबी चौड़ी डाल तब कटी न थी। हाथ-कटे लूले की तरह तो वह बाद में लगने लगा था, जब दस साल पहले उसकी पत्तियों से लदी-फदी, चिड़ियों के घोंसलों से आबाद दाईं बाँह पर आसमान से बिजली फट पड़ी थी। बाद में तो वह डाल ऐसी लगती, गोया किसी-न-किसी पतले-से पुराने ठूठ पेड़ के तने को खैरा के कंधे से साट दिया है, तब मेरी आँखों में भी नीच-ऊँच का खयाल इस तरह आग की लपट की तरह कभी सुलग न पाता था। गुदई काका हमारे परिवार के हैं, अलग हो गए तो क्या हुआ ? हैं तो खानदान के आदमी। लोचन बाबा का शरीर भी गुदई काका की तरह ही काफी भारी-भरकम था। बड़ी-बड़ी मूँछें थीं, ऊपर को खिंची-खिंची उनका

गलगोच्छा अरियात-करियात में मशहूर था। बंदोंवाली मिरजई पहनते थे और साफ चटक धोती को खूब चुन्नट देकर आगे लटकाए रहते थे। बड़ी-बड़ी लाल-लाल आँखें। बुड्ढा मुझे बड़ा परेशान करता। गली से कभी जाते देख लिया कि बस!

"कौन है हो? हरी बेटा?"

"हाँ, बाबा!"

"जरी चिलम चढ़ाते आओ, बचवा!"

मैं मन-ही-मन बुरी तरह बिफर पड़ता। बुड्ढे के मरने के लिए दो-चार बार मनौतियाँ भी मानी होंगी, पर जब हरू चौधुरी ने बाबा का अपमान किया तो मुझे भी गुस्सा कम न आया, जब हमारे खानदान की दो दर्जन लाठियाँ चमारों को ठीक करने के लिए निकल पड़ीं तो मैंने भी 'होलापाती' का डंडा काँख में दबा लिया था।

मगर सच पूछो तो मेरी समझ में न तब कुछ आया था, न अब। हमारे पिताजी कहते थे कि सारा दोष गांधीजी का है। उन्होंने नीच जातवालों का दिमाग आसमान पर चढ़ा दिया है। मुझे तो हरू चौधुरी का दिमाग आसमान पर नहीं दिखाई पड़ता था। हाँ, एक बात थी, वह चमार कतई नहीं लगता था। बड़ा साफ कपड़ा पहनता। वह आसपास के गाँवों के चमारों का 'गुरुजी' था। सिवनरायन का चेला था। सिवनरायन को हमने नहीं देखा, मगर लोग कहते थे, वह पुराना महात्मा है, सब चगार उसी के चेले होते हैं। हमारे गाँव की चमटोली में भी सिवनरायन गुरु की गादी लगती थी। दूर-दूर के चमार दर्शन करने आते। उस दिन हरू के दरवाजे पर दरी बिछती और बड़ी भीड़ होती। सामने की चादर चावल से भर जाती। कुछ रुपया-पैसा भी गिरता। हमको गादी की चौकी बहुत पसंद आती। हरी-लाल पन्नी से सजाकर चौकी पर सिवनरायन गुरु की तसवीर लगाई जाती। नाच-गाना भी होता। पहले तो कीर्तनिया लोग धीरे-धीरे कुछ मधुर स्वर में गुनगुनाते, फिर अचानक जाने क्या होता कि कोई जोर से 'होए' कहता और ढोलक बड़ी तेजी से बजने लगती, सभी ताली पीट-पीटकर झूमने लगते।

एही पार गंगा, ओही पार जमुना
होए-ए ए
बिचवा में साहब का डेरा
बिचवा में साहब का डेरा॰॰

उस बार भी गादी लगी थी। लोचन बाबा किसी काम से चमटोली के रास्ते जा रहे थे। हरू अपने दरवाजे पर चारपाई बिछाए बैठा था। उसके बहुत से चेले तो

चले गए थे, कुछेक रह गए थे। वे सब जमीन पर बैठे थे। हरू उनसे सत्संग कर रहा था। बाबा गली से निकले तो हरू ने उन्हें देखा-अनदेखा कर दिया। बाबा कुछ बोले नहीं। आकर उन्होंने खानदान भर के सवांगों को बटोरकर सब बात सुनाई। बस लाठियाँ निकल पड़ीं। गुदई काका सबसे आगे थे। चेले जाने कब सटक गए। हरू और भीखम पर बड़ी मार पड़ी। इसी पीपल के नीचे हरू को रसरी में बाँधकर बाबा ने उकई लटकवा दिया था।

हम लोग तमाम लड़के 'चाक-चकबंबका' खेल छोड़कर खैरा की जड़ में धँस गए थे और उसके भारी तने की आड़ से झाँक-झाँककर हरू चौधुरी के सिर पर चपचपाए हुए खून के कतरों को देख रहे थे।

"क्यों हरी," गुदई काका ने चाय पीते-पीते अचानक मुझे टोक दिया, "क्या सोच रहे हो? सुरेश मिला था?"

"हाँ, अभी-अभी बस से उतरे तो मुलाकात हुई थी।" मैने एक लंबी साँस लेकर उस दुःस्वप्न को भुलाने की कोशिश की, जो मेरी आँखों के सामने अचानक खड़ा हो गया था।

"हाँ, बात तो मैं भूल ही गया गुदई सरकार।" भीखम चौधुरी को जैसे कोई बहुत जरूरी बात याद हो गई थी, "छोटे भैया अभी उतरे बस से, ई बात आपने बड़ी अच्छी की कि बहू को बनारस भेज दिया, लेकिन नाती होने की खुशी में मिठाई कब खिला रहे हैं?"

"अरे भाई, खिला देंगे, चौधुरी, जैसा हमारा नाती वैसा तुम्हारा।"

"सो भी ठीक। सिवचन्न साहु!" चौधुरी तैस में आ गए थे, "आज हमारे पैसे से यहाँ बैठे सब छोटे-बड़े भाई को एक-एक मिठका बिस्कुट बाँट दो!" ऐसा कहकर भीखम चौधुरी जोर से ठहाका लगाकर हँस पड़े।

"अभी बाँटा, चौधुरी!" सिवचन्न साहु ने पोंटहिया को सनकारा और वह नाक सुड़कती आलमारी से बिस्कुट का टीन लाने चल पड़ी।

चौधुरी का बिस्कुट हाथ में थामे मैं चाय की दुकान के करकट को देखता रहा, जो लोगों की हँसी से बुरी तरह थरथरा रहा था।

रात काफी ढल गई थी। लोग एक-एक करके दुकान से उठने लगे थे। गुदई काका पता नहीं क्या सोच रहे थे। उनकी इस तरह की चुप्पी मुझे खल रही थी। मैंने उनकी मनहूसी से बचने के लिए गरदन हिलाई तो भीखम चौधुरी को भी उसी तरह खामोश देखा। अभी दो मिनट पहले खुशियों का एक अचानक ज्वार आया था, जो

इनकी आँखों के किनारे टेढ़ी-मेढ़ी लकीरों का निशान बनाकर वापस लौट गया है। मुझे दोनों का इस तरह चुप हो जाना अखर गया। भीखम चौधुरी की हँसी भला गूलर का फूल कब से बनने लगी?

"कैरा फिर लौटकर आ गया है।" मैंने धीरे से कहा।

"हाँ-हाँ।" दोनों नींद से चौंक उठे, "बाकी रुकेगा नहीं। पहले तो इधर-उधर गाँव का चक्कर काटकर ही लौट आता था, अब ममिआउर करने लगा है। एक नंबर का काहिल आवारा हो गया है यह लड़का, अभी-अभी भड़ैती गाते हुए गली में जा रहा था।" गुदई काका ने धीरे से कहा।

"इसमें सारी बदमाशी उस जगिया की है, वही बिगाड़ रहा है कैरा को भी।" चौधुरी ने गरदन हिलाकर अपनी बात की अहमियत समझा दी।

सुबह मैं अभी मुँह-हाथ धो ही रहा था कि गली के मोड़ पर हंगामा मच गया। कैरा भीड़ के बीचोबीच खड़ा था और उसके बाबू काका, चाचा, अभी उसको पीटने के लिए मचल रहे थे। लोग-बाग उन्हें किसी तरह सँभाल रहे थे। कैरा को भी कई लोग पकड़े थे और वह सबको धक्का देकर छुड़ाने की कोशिश करते हुए चिल्ला रहा था।

"एक-एक को समझ लूँगा, हाँ! काम पड़ने पर कोई भवद्दी करने नहीं आता और हमको पीटने के लिए सब भाई एक होकर सहायता करने आ जाते हैं। हम एक बार नहीं सौ बार कहे देते हैं, हम कुछ नहीं करेंगे, कुछ नहीं करेंगे। करेंगे तो अपने मन से, जैसे हम करते हैं, वैसे चलना पड़ेगा। नहीं तो फूँक देंगे, सब जल जाएगा!"

"तू फूँकेगा? फूँक तो देखें! मारे जूते सरवा खोपड़ी का बाल सफा कर देंगे!" दीना चाचा कैरा को पीटने के लिए बार-बार पैर से चमरौधा सरका रहे थे, पर उनका हाथ दूसरों के हाथ से बँधा था, "ऐसे कुलच्छन पूत से निपूता भला! ई साला कहीं मर-खप भी नहीं जाता! जगर-चोर, हरामी कहीं का! दो दिन जहाँ काम करना पड़ा कि साले की नस टूटने लगती है। दोगला, सूरतहराम..."

"हम को दोगला-फोगला तो मत कहो, कह देते हैं!" कैरा अपने बाबू की ओर लाल-लाल आँखें निकालकर बोला, "नहीं गटवा तोड़कर रख दूँगा, हाँ!"

तभी लोगों से हाथ छुड़वाकर दीना चाचा भूखे बाघ की तरह कैरा पर झपट पड़े और गुस्से से पागल उन्होंने दनादन घूसे-थप्पड़ की बौछार लगा दी। धरपकड़ करनेवालों को एकाध हाथ अनजाने लगा तो वे सरककर किनारे हो गए। कैरा काफी पिट गया।

"काट डाल, कसाई!" कैरा रो-रोकर कह रहा था, "कोई तुझको दगध देनेवाला भी न मिलेगा!"

आखिरी बात ने दीना चाचा को और भी आगबबूला कर दिया। वह पैर की ठोकर से कैरा को धकेलते हुए गुस्से से काँपते हुए बोले, "निकल जा हरामी साला! फिर कभी काला मुँह मत दिखाइयो, हाँ।"

धीरे-धीरे भीड़ छँट गई। कैरा वैसे ही घुटने में सिर डाले सिसकता रहा। गाँव का कोई आदमी उसे चुप कराने भी क्यों जाए? कैरा के साथ यह पहली बार थोड़े हुआ है, नहीं यह आखिरी बार ही है, यह सभी जानते हैं। पाँच साल से दीना काका और उनके दूसरे भाई अलग-अलग हो गए। कैरा की पढ़ाई छूट गई। काम करने में उसका जी लगता नहीं। दीना काका से अकेले सब होता नहीं। रोज झगड़ा, मारा-पीटी। कैरा भी एक ही है। मार खाएगा, पर गाली देने से बाज न आएगा। गुस्सा होकर चलेगा कि इस बार कभी नहीं आएगा। सारे मुहल्ले के लोगों को चलते वक्त प्रणाम करेगा, हाथ जोड़ेगा कि भूल-चूक माफ कर दो, हम सदा के लिए गाँव छोड़कर जा रहे हैं। पहले तो लोग बहत पिघले। दया के मारे औरतों की आँखें भर आईं। कई लोगों ने दीना चाचा को समझा-बुझा के शांत करा दिया, पर बाद में यह उसका नियम हो गया। सबसे कहकर चलता तो कैरा पीपल के नीचे आकर बैठ जाता। घंटों बैठा रहता। शाम हो जाती तो दीना-बो चाची किसी छोकरे को भेजकर बुला लेती। दीना चाचा कटकटाते, गाली देते, पर मन-ही-मन खुश होते कि अब कुछ दिन डरकर यह ठीक से काम करेगा, फिर भी जब कैरा की आदत न छूटी तो उन्होंने चाची को भी घुड़ककर मना कर दिया। रात हो जाने पर बहुत देर तक कैरा प्रतीक्षा करता रहता कि अब कोई आ रहा होगा, मगर जब कोई न आता और पेट में चूहे उछलकूद मचाने लगते तो लाचार होकर धीरे से आकर बखरी में घुस जाता। दीना चाचा को खूब मालूम था कि इसे कुछ अकल नहीं, आखिर जाएगा भी कहाँ, बस कैरा की दौड़ खैरा तक! पीपल के नीचे बैठकर मक्खी मारेगा और हमेशा गाँव से किसी के आने की राह देखेगा कि कोई मनानेवाला एक बार भी कह दे तो वह घर लौट आए।

लेकिन आज कैरा के दिल पर चोट गहरी थी। वह बहुत देर तक सिसकता रहा, फिर बड़े ताव से उठा और बखरी में जाकर अपना कुरता डाल बाहर आ गया। उसके चेहरे को देखकर दीना-बो चाची का मातृ-हृदय आशंका से काँप उठा। दीना चाचा को खबर लगी तो वह हँस पड़े। उनके दूसरे भाई भी मुसकराहट रोक न सके।

सभी बाहर आकर कैरा के गाँव छोड़ने का तमाशा देखते रहे। कैरा चला तो उसके सामने आज कहीं बूढ़ा पीपल न था। चाय की दुकान थी, जहाँ कुछ देर खड़े होकर वह गाँववालों को देखता रहा, फिर बस आई तो कैरा ने पहली बार सबको हाथ जोड़कर नमस्ते किया और बस में बैठ गया। सभी को उम्मीद थी कि बस चलने लगेगी तो कैरा मुँह लटकाए बाहर उतर आएगा और हमेशा की तरह मुँह पर काला परदा डालकर गाँव में घुस पड़ेगा, लेकिन बस चल दी और कैरा नहीं उतरा। उसने खिड़की से एक बार दोना चाचा की ओर देखा और आँखें फेर लीं। बस गर्द-गुबार का घना परदा पीछे छोड़कर सिवान में खो गई। दीना-बो चाची की आँखों से आँसू टपक पड़े।

उन्होंने हमेशा की तरह कैरा को ढूँढ़नेवाली आँखें ऊपर उठाईं, मातृ-हृदय की व्याकुलता से थरथराती आँखें पर उन आँखों की शून्यता में डूबने से बचानेवाला बूढ़ा पीपल न था, वहाँ तो सिर्फ नीचे की तरफ औंधा हुआ रीता सा आसमान था, नीला-नीला, डरावना।

□

भग्न प्राचीर

"बलात् जिस अवरोध में डाल दी गई हूँ, उसी में संतुष्ट हूँ। महाराज महेंद्र ने नया विवाह किया है। प्रसन्नता को व्यंग्य और उदासी को अपशकुन मानते हैं। अवरोध हमारा कवच है, लज्जा और घुटन हमारे अस्त्र। निश्चेष्ट पड़ी रहें तो मर्यादा, साँस लें तो बंदीगृह की अर्गला झंकृत हो जाती है। स्नेह-हीन वर्तिका की तरह जल रही हूँ। श्रीचरणों में सेविका का प्रमाण।"

यह मूल संस्कृत पुरालेख का हिंदी रूपांतर है, जो एक ताम्रपत्र पर खुदा है। इस खंडित ताम्रपत्र को देखने के बाद डॉ. गुप्त ने कागज में लपेटकर पास रखी पेटी में बंद कर दिया।

कौशांबी की खुदाई में और बहुत सी चीजों के साथ यह ताम्रपत्र भी मिला था। इसे किसी अंत:पुरिका ने पत्र के रूप में अपने किसी संबंधी को लिखा था। डॉ. गुप्त ने इस पत्र को बड़े ध्यान से पढ़ा। पढ़ते-पढ़ते दुखिया राजकुमारी के प्रति उनके मन में वेदना का प्रवाह सा उठने लगा।

"बर्बरता की हद होती है," वे बुदबुदाए और फिर किसी गंभीर विचार में लीन हो गए, शायद सोच रहे थे कि इस पत्रांश से इतिहास पर क्या प्रकाश पड़ सकता है।

"सरकार," डॉ. साहब के नौकर ने परदा हटाकर कहा, "गोयल साहब आई है।"

"अंदर बुला लाओ।" डॉक्टर ने स्वीकृति दी।

द्वार का परदा जरा सा हिला। अपनी तरलायित साड़ी को सँभालती, सैंडिल पर थोड़ा जोर देती मिस गोयल भीतर आईं, जैसे पानी भरे फर्श पर चल रही हों। आते ही उन्होंने डॉक्टर को नमस्कार किया और सामने की कुरसी खींचकर बैठ गई।

डॉक्टर अपने को राजकुमारी की यादों से अलग नहीं कर सके थे। उन्होंने

ताम्र-पत्र को निकाला और उसकी हर पंक्ति को रुक-रुककर सुनाने लगे। एक बार उन्होंने बीच ही में गोयल की नीलोफर सी स्वच्छ आँखों में झाँककर प्रभाव की थाह ली और फिर उस पत्र के अन्य वाक्यों को पढ़कर उनका अर्थ बताने लगे।

पूरा पत्र सुनाने के बाद डॉक्टर बोले, "मिस गोयल, नारी के साथ इतनी बर्बरता शायद ही कभी हुई हो।"

गोयल ने हामी भरी और इस नीरस विषय को बदलने के लिए सामने टँगे हुए एक चित्र पर बात छेड़ दी। डॉक्टर ने नौकर से चाय मँगाई। इधर-उधर की बातें होने लगीं। गोयल चुपचाप गुलदस्ते में सजी 'स्वीट-पी' के रंगीन फूलों को देख रही थीं। जाड़े का सूरज खिड़की से झाँकने लगा था। किरण की एक पतली डोरी टूटकर गुलदस्ते पर लटक गई थी। मिस गोयल की आँखें चमकी, उन्होंने मुड़कर देखा, डॉक्टर एकटक उन्हीं की ओर देख रहे हैं। उन्होंने आँचल ठीक किया। मन की नाना पर्तों में कहीं कोई सिलवट पड़ गई थी। अचानक वे पूछ बैठीं, "डॉक्टर, आप यह काम कितने वर्षों से कर रहे हैं?"

"खुदाईवाले महकमे में तो मैं कोई तीन साल से हूँ, यों पुरातत्त्व में मेरा छठा साल है। दो वर्ष तो केवल कलकत्ता म्यूजियम में पड़ा रहा।"

"अरे तो यों कहें कि आपने अब तक हजारों गड़े मुर्दे उखाड़े हैं।" मिस गोयल ने शरारत से मुसकराते हुए कहा।

डॉक्टर भी मुसकराने लगे। बोले, "मुर्दे भी उखाड़े तो आप लोगों के लिए ही।"

"क्या मतलब?"

"आप फारसी का वह शेर तो शायद जानती ही होंगी।"

"कहिए।"

डॉक्टर ने बड़े अंदाज से शेर पढ़ा, जिसका मतलब यह था—

"अरे जालिम, तेरी नजर की तलवार ने सबको कत्ल कर दिया, अब भी तेरी प्यास न बुझी हो तो मुर्दों को जिलाकर मार।"

मिस गोयल मुसकराने लगीं और आँखों को और भी तिरछी बनाकर बोली, "तो आपकी शुमारी किसमें है, मुर्दों में या जिंदों में?"

डॉक्टर ने गरदन झुका ली, कहने लगे, "जब शहीदों के सिरों की गिनती हो तो उसमें एक मेरा भी शामिल कर लें।"

"सरकार!" नौकर ने पुकारा।

"क्या है ?"

"बहूजी ने कहा कि खाना तैयार है।"

"अच्छा-अच्छा, कहो आता हूँ।" फिर मिस गोयल से बोले, "आज तो जरा जल्दी में हूँ। ऑफिस का काम है। क्या आप शाम को आ सकेंगी? चौक तक चलने का इरादा है। थोड़ी तफरीह रहेगी। आएँगी न ?"

गोयल ने गरदन हिलाकर स्वीकृति दी। डॉक्टर उन्हें अपनी फुलवारी में घुमाते-घुमाते बाहर फाटक तक पहुँचा आए।

दिसंबर की शाम थी। ठंड काफी थी और शहर भर का कड़वा धुआँ, तारकोल की काली सड़क पर परते बिछा रहा था, फिर भी इस दमघोंट धुएँ के जाल को अनायास चीरकर लोगों की भीड़ चौक की ओर चली जा रही थी। इसी भीड़ में डॉक्टर, उनकी पत्नी सुशीला और मिस गोयल भी जा रहे थे। चौक के शुरू में ही जौहरी की दुकान है। जौहरी डॉक्टर साहब का परिचित है, उन्हें देखते ही बोला, "आइए साहब!"

डॉक्टर रुक गए। जौहरी ने ऊपर आने का आग्रह किया।

"भाई, कुछ लेना नहीं है। तुम्हें बेकर तकलीफ होगी। मन भी मैला होगा।"

जौहरी ने हाथ जोड़कर गरदन झुका दी, "सराकर, सजा जो देनी हो दें; पर ऐसी बातें न कहें। चीजें देख लें। अच्छी लगे तो लें, न लगें तो न लें। मुझे तो दिखा देने में ही संतोष हो जाएगा।"

"अच्छा भाई," दुकान में घुसकर डॉक्टर ने कहा, "दिखाओ कुछ!"

तरुण जौहरी तो जैसे अपना काम करके एक ओर हो रहा। उसका बुड्ढा बाप कुछ डिब्बे सामने रखकर बोला, "देखें सरकार!"

नीले मखमल के डिब्बे में हार था, एक गोल डिब्बे में जड़ाऊ कंगन और एक चौड़े डिब्बे में नेकलेस। जौहरी उनके नवीनतम 'डिजाइनों' की खूबियाँ बता रहा था। उसने यह भी बताया कि एक महीने के अंदर ही सब नया माल उठ गया, यह तो आखिरी सेट है।

"चीज तो वाकई अच्छी है।" हार को देखते हुए डॉक्टर ने कहा, "क्यों सुशीला, कैसा है ?"

"अच्छा है।" सुशीला ने डॉक्टर की आँखों में देखा। सहसा तितली के परों सी कोमल पलकें झुक गईं। जौहरी औरतों की मुद्राओं का साँस रोके अध्ययन कर रहा था।

"नाइस," मिस गोयल हार को अपने हाथों में लेकर बोली, "सचमुच यह लाजवाब चीज है, मैं तो इसकी नक्काशी पर फिदा हूँ। क्या सधे हाथ हैं!"

जौहरी मिस गोयल की बात सुनकर उनकी ओर खिंच आया, "पहननेवाले ही पहचानते हैं, सरकार!"

"सुशीलादेवी को तो बहुत जँचेगा। लेना हो तो बात कर लीजिए।"

"पर इन्हें तो कुछ नहीं चाहिए।" डॉक्टर ने व्यंग्य किया, "पतिव्रता स्त्री का तो पति ही सबसे बड़ा आभूषण है।" कहकर डॉक्टर जोर से हँस पड़े। सुशीला भी मुसंकराई। गोयल अब भी हार को एकटक देख रही थीं।

"अच्छा भाई, फिर कभी।" डॉक्टर चलने को तैयार हुए।

"क्यों जी, दाम क्या है इसका?" गोयल ने पूछा।

"दाम तो काफी उतर गया है सरकार, एक आठ-सौ में आ जाएगा।"

"अच्छा, अभी तो रखो।" गोयल ने कहा और सभी दुकान से चल पड़े। गोयल का घर बीच में ही पड़ता था। वे उधर से ही चली गईं।

डॉक्टर और उनकी पत्नी को कुछ जरूरी चीजें लेनी थीं, वे थोड़ी देर में लौटे।

दूसरे दिन सवेरे अभी मुश्किल से आठ ही बजे थे। सूरज की किरणों में छत की ओस चमक रही थी। सुशीला आँगन में स्टोव पर पानी गरम कर रही थी कि डॉक्टर ने बुलाया।

कमरे में घुसते ही सुशीला ने देखा कि तमाम चीजें अस्त-व्यस्त पड़ी हैं। डॉक्टर अपने एक-एक कपड़े को उठाते, कुछ ढूँढ़ते और फिर निराश होने पर उन्हें झटककर जमीन पर पटक देते।

"क्या खोज रहे हो, मालूम भी तो हो?" सुशीला ने पूछा।

"मेरे कोट में पचास रुपए थे। मैं कब से ढूँढ़ रहा हूँ, कुछ पता नहीं।"

सुशीला खिलखिलाकर हँसी, "वे तो मैंने दरजी को दे दिए।"

डॉक्टर उत्तर से ज्यादा हँसी पर तिनककर बोले, "दरजी को, किसने दिए?"

"मैंने, तुम्हीं ने तो कहा था।"

"कहा था तो क्या, दरजी शहर छोड़कर भाग रहा था? कौन काम पहले होना चाहिए कौन बाद में, तुम्हें जिंदगी भर नहीं मालूम होगा।"

"तुम्हारे पिछले कोट की सिलाई बाकी थी, गिड़गिड़ाने लगा, मैं क्या करती?"

डॉक्टर ने सुना और चुपचाप कड़वा सा मुँह बनाकर कमरे से बाहर चले गए।

आज सुशीला खाली थी। डॉक्टर कह गए थे कि वे शाम को थोड़ी देर से

आएँगे। उसने कंधे पर शॉल रखी और गार्डन में टहलने लगी। उसकी इच्छा हुई कि थोड़ी देर सड़क पर घूम ले। उसके पैर अनायास उठते गए। रिक्शे, मोटर, ताँगे की भीड़ को बचाती वह चलती गई और उसे जब खयाल आया तो उसने देखा, वह चौक के पास पहुँच गई है। बार-बार प्रयत्न करने पर भी वह अपने को रोक न सकी। वह हार उसके मन में बस गया था। उसकी रौनक कितनी ताजी थी! उसने सोचा, जौहरी से कहकर एक-दो दिन रुकवा देगी। यदि डॉक्टर का मन अच्छा रहा तो कभी इसे खरीदने को कहेगी।

जौहरी उसे देखते ही बोला, "कहिए, हार पसंद आया?"

सुशीला दुकान में जाकर एक ओर खड़ी हो गई ओर बोली, "हाँ, पसंद तो है; पर दाम बहुत हैं।"

जौहरी खिन्न हो गया और बोला, "तो क्या नहीं लेना चाहतीं?"

"नहीं-नहीं, ऐसी बात तो नहीं; पर एक-दो दिन के बाद ले सकूँगी।"

जौहरी हँसा, "वह हार तो बिक गया।"

"बिक गया?" सुशीला ने घबड़ाकर पूछा।

"क्या आपको मालूम नहीं?" जौहरी अपनी हँसी रोक न सका, "तो डॉक्टर साहब आपसे भी मजाक करते हैं! अरे, वह दो दोपहर में ही खरीदकर ले गए। किसी अच्छे मौके की ताक में होंगे।" उसने कुटिलता से कहा।

सुशीला झेंप गई और 'धन्यवाद' कहकर चल पड़ी। डॉक्टर से मिलने के लिए वह व्यग्र हो उठी, 'कैसे आदमी हैं, कहा तक नहीं और खरीद लिया!' सुबह की घटना से वह खुद खिन्न हुई। दरजी को वह आसानी से दो-चार दिन टाल सकती थी।

वह बरामदे में पहुँची थी कि किसी ने उसका हाथ पकड़ लिया। "ओ, मिसेज गुप्ता!" आवाज गोयल की थी, "क्या डॉक्टर नहीं है?"

"आपके यहाँ गए थे न!"

"हूँ, नहीं, मैं तो उनको यह हार दिखाने आई थी।"

"हार?" सुशीला ने देखा, वही हार मिस गोयल की मुलायम गरदन में चमक रहा है।

"कैसा है?"

"बहुत अच्छा!" सुशीला बोली और खट्-खट् करती जीने से चली गई।

रात बड़ी देर तक सुशीला को नींद नहीं आई। उसके मन के भीतर कोई चीज

जल रही थी। कोई गीली सी चीज, जिसका धुआँ उसके मस्तिष्क के स्नायुओं को बुरी तरह जकड़ रहा था। गला भर आया। डॉक्टर किसी दूसरी औरत से प्रेम करता है, यह उतना नहीं अखरा। उसे दुःख था कि डॉक्टर ने उसकी मासूमियत का अपमान किया, उसके भोलेपन की प्रवंचना की। आज तक उसने डॉक्टर की किसी बात पर विचार नहीं किया। भले-बुरे सबको माथा टेककर स्वीकार करती रही; पर आज की घटना ने उसके तमाम विश्वास को ढहा दिया। पुरानी घटनाएँ एक-एक कर उसके सामने नाच उठीं।

अभी पिछले साल की बात है कि उसकी बड़ी बहन का लड़का उससे भेंट करने आया। लड़का पहले-पहल आया था, सो उसकी विदाई में उसने अपनी और डॉक्टर की मर्यादा का उचित ध्यान रखते हुए एक कोट और पैंट सिला दिया। रुपए कुछ सौ के करीब खर्च हो गए। डॉक्टर ने सुना तो आगबबूला हो गए। देर तक लड़ते-झगड़ते रहे। इसी दिन डाकिए ने एक पार्सल की सूचना दी। डॉक्टर ने अपने गार्डन के लिए विभिन्न विदेशी फूलों के बीज, कई किस्म की खाद आदि मँगाया था। पूरे एक सौ पचास की बिल्टी थी। इस पर न तो डॉक्टर ने ही ध्यान दिया और न तो सुशीला ने कुछ कहा हो। स्वेच्छाचारिता की हद थी; पर सबकुछ इसीलिए कि डॉक्टर कमाते थे और सुशीला का उस पर कोई अधिकार नहीं था।

सुशीला इसी विचार में खोई थी। उसे लगा कि कोई उसके हाथ को छू रहा है।

"कौन?"

"मैं हूँ।"

सुशीला ने समझ लिया कि डॉक्टर को किसी-न-किसी तरह आभास मिल गया है। वह जानती है कि डॉक्टर ऐसे मौके पर क्या करते हैं। वह चुप वैसे ही पड़ी रही। डॉक्टर ने बड़े प्यार से उसकी बाँह को उठाया, "हमें भी तो बैठने दो!"

डॉक्टर ने बड़े इत्मीनान से बात शुरू की। उन्होंने दरजी को दिए गए रुपयों का जिक्र भी किया। अपनी भूल के लिए माफी माँगी, पर उन्होंने हार का नाम तक नहीं लिया।

"क्यों, इतनी क्रूर हो?" डॉक्टर ने गुदगुदाते हुए कहा, "माफी भी नहीं मिलेगी, सरकार?"

डॉक्टर का यह सबसे बड़ा अस्त्र है। सुशीला उसे खूब जानती है। इस अस्त्र के सामने उसकी एक भी नहीं चलती। इस पर भी थोड़ी कड़ी पड़े तो डॉक्टर प्रणिपात करेंगे। दो बूँद आँसू दुलका देंगे, बस फिर क्या, सुशीला विह्वल हो जाएगी।

अपने को ही बुरा-भला कहने लगेगी। इस बार भी वही हुआ। डॉक्टर ने मान लिया कि संधि हो गई। उसने चैन की साँस ली। उसके मानस की आँखों में फिर ताम्र-पत्र वाली राजकुमारी की छाया नाची, 'ओह, कितनी विवशता थी! सुशीला भी तो वैसी ही है।' फिर तुरंत अपने को धिक्कारता, 'हूँ, कैसा बावरा हूँ मैं भी! कहाँ प्राचीर में तड़पती राजकुमारी और कहाँ स्वच्छंद सुशीला, दोनों को तुलना करना कितनी बेवकूफी है!'

व्यथा एक बार उठकर बिना निशान छोड़े मिटती नहीं, काँटा निकल जाता है, फिर भी दर्द नहीं जाता। सुशीला को उसने लाख समझाया, परंतु उसके मन को राहत न हुई। वह सोते में चौंक जाती। गोयल की मूर्ति नागिन की तरह कुंडली बाँधकर उसके पति को गुँजलक में छिपा लेगी। वह रोती, आँसू गिराती, अपनी दीनता और असहायता पर तरस खाती।

डॉक्टर को सुशीला पहले से बदली हुई लगने लगी। अब वह उनको देखते ही विह्वल होकर दौड़ती नहीं। सब काम वैसे ही होते हैं; पर जैसे काम के लिए काम हैं, उनमें कोई स्नेह, कोई रस नहीं। शाम को अब सुशीला चाय लेकर नहीं आती, उसकी जगह पर नौकरानी आने लगी है। एक दिन ऑफिस से लौटते ही डॉक्टर ने पुकारा, "सुशीला!"

"वे कहीं बाहर गई हैं!" नौकरानी बोली। डॉक्टर धम्म से कुरसी पर बैठ गए। नौकरानी चाय ले आई। "क्यों, रोज चाय तुम्हीं बनाती हो?"

"जी!"

"और सुशीला?"

"मुझे मालूम नहीं, कहीं बाहर जाती हैं।"

"बाहर जाती हैं?" डॉक्टर चिल्लाए और उन्होंने कप पटक दिया, "ये सब नहीं चलने का मेरे घर में।"

उन्होंने उसी दिन से रुपए-पैसे का सारा हिसाब अपने पास कर लिया। वे जानते थे कि यह क्षणिक प्रतिक्रिया है। दो-एक दिन रूठकर फिर रास्ते पर आ जाएगी। न तो सुशीला से अच्छी कोई औरत मिल सकती है, जो बिना कहे सब काम ठीक करे, न पति-पत्नी के झगड़े से बाहर ही अच्छा प्रभाव पड़ता है, फिर भी डॉक्टर के झुकने का कोई सवाल न था। थोड़ी कड़ाई से सुशीला बकरी की तरह सीधी हो जाएगी, ऐसा उनका विश्वास था।

एक दिन शाम को डॉक्टर ऑफिस से थोड़ा पहले ही चले आए। देखा,

सुशीला के कमरे के सामने एक बक्स रखा है, उसमें कुछ नई पुस्तकें, रुमाल, कागज और दो-एक छोटी-मोटी अन्य चीजें पड़ी हैं। पास ही दाई का लड़का हाथ में रबड़ के खिलौने लिये कूद रहा है।

"यह सब किसका है?"

"मेरा है।" सुशीला ने धीरे से कहा।

"इसी से कहता हूँ, यह मेरे यहाँ नहीं चलने का।" डॉक्टर जैसे निर्णय देने पर तुले हुए थे, "यह फिजूलखर्ची मैं बर्दाश्त नहीं कर सकता।"

सुशीला चुप थी।

"मैं तुम्हीं से पूछता हूँ!" डॉक्टर चिल्लाए।

सुशीला भी क्रोध दबा न सकी, बोली, "क्यों, इसमें आठ सौ के हार से भी ज्यादा फिजूलखर्ची है?"

डॉक्टर का पारा भड़क गया, "चुप रहो, जुबान खींच लूँगा।"

"नहीं, सुन लो!" सुशीला कहती रही, "मैं अब तुम्हारे पैसे पर नहीं जीती। मैंने भी नौकरी कर ली है। तुम समझते थे कि मैं तुम्हारी नौकरानी हूँ, मेरा कोई मूल्य नहीं, मेरा कोई वश नहीं, इसीलिए कि तुम कमाते थे, मैं खाती थी। तुम मेरी छाती पर मूँग दल सकते थे, पराई औरतों से आशनाई कर सकते थे; क्योंकि तुम कमाते थे पर अब कान खोलकर सुन लो, जल्दी अपना रास्ता बदलो, वरना मुझे भी सोचना पड़ेगा और यह सब सौदा काफी महँगा पड़ेगा!"

डॉक्टर अवाक् सुनते रहे। वे कटे वृक्ष की तरह कुरसी पर गिर पड़े। उनके सामने पेटी में ताम्र-पत्र झाँक रहा था। डॉक्टर की आँख में राजकुमारी के लिए आदर के भाव उठे, 'ओफ, कितनी सुंदर, स्नेहमयी, समर्पित और सुशीला कितनी उग्र, कितनी प्रचंड!' पर डॉक्टर ने शायद यह नहीं सोचा कि राजकुमारी प्राचीर के अंदर थी और सुशीला भग्न प्राचीन के द्वार पर।

□

हत्या और आत्महत्या के बीच

मैं इलाहाबाद जा रहा था। छोटी लाइन के डिब्बे इसलिए बुरे नहीं लगते कि वे छोटे होते हैं, बल्कि इसलिए कि वे निहायत गंदे होते हैं। सँडास से निकल-निकलकर बदबूदार कीड़े बर्थ के पास रेंगते हैं। अजब वैरागी मुद्रा में रुककर एक लम्हे के लिए निश्चेष्ट पड़े रहते हैं, फिर जरा-सा खटका होते ही बला की फुर्ती के साथ जूतों के नीचे यों छिपते हैं, जैसे समूचे डिब्बे में निरापद स्थान यही हो।

गाड़ी रामनाथपुर स्टेशन के पास पहुँच रही थी। मैंने नायपॉल के 'ऐन एरिया ऑफ डार्कनेस' को बंद कर दिया, क्योंकि उस वक्त पश्चिम में लटकते सूरज की चमकती रोशनी की एक बड़ी सी धिगली पुस्तक के पन्ने पर इस तरह बैठ गई थी कि आँखें ठहरती नहीं थीं। मैंने खिड़की से बाहर की ओर देखा। दूर तक फैले गन्ने के खेत, चैती फसलें, यानी कि पूरा सिवान नियंत्रण की मुद्रा में निरंतर परिधि पर थिरक रहा था, तभी गाड़ी थरथराई और एक झटके से खड़ी हो गई।

गाड़ी की अलग-अलग मुद्राएँ होती हैं—आदमी ही की तरह और आदमी, जो हर चीज की अपनी आदतों से तुलना करने का अभ्यस्त है, पलक मारते भाँप जाता है कि किस हरकत का क्या अर्थ होता है। मैं थोड़ा यात्रा-भीरु हूँ, इसलिए कभी भी गाड़ी और मुझमें समरस संबंध हीं जुड़ पाता। मैं प्राय: ही अपने को गाड़ी से अलग बनाए रखता हूँ, इसलिए न। ठीक से सो पाता हूँ और न तो सजग चैतन्य ही रह पाता हूँ, यानी मैं उस बेवकूफ यात्री की तरह हूँ, जो गाड़ी में चढ़े हुए भी अपनी गठरी अपने ही सिर पर रखे रहता है। रेलगाड़ी सबका सामान उठाकर ले जाती है, यह जानते हुए भी हम यात्र करते समय अपनी छोटी गठरी गाड़ी में कहीं रखकर मजे से जाने के बजाय, उसे सिर पर लेकर ढोए तो यह मूर्खता नहीं तो और क्या है ? मैं ऐसी ही मूर्खता बराबर करता हूँ। लोग अपनी-अपनी गठरी सिरहाने रखकर आराम से खर्राटे भरते हैं। मैं उसे सिर पर नहीं, सिर के भीतर उठाए जागता रहता हूँ।

उस दिन भी ऐसा ही हुआ। अपनी-अपनी गठरी डिब्बे में छोड़ लोग उतर-उतरकर दुर्घटनास्थल की ओर भागे और मैं ज्यों-का-त्यों बैठा रहा। मेरे साथ दिक्कत यह थी कि गठरी एक लंबे जाल की तरह पूरी हरियाली पर फैल गई थी और उसे समेटने में कुछ-न-कुछ समय तो लगना ही है।

'इट लुक्ड लाइक ए सुइसाइड', एक अंग्रेजीदां सज्जन के इस कथन ने मेरी बड़ी मदद की। मैंने जैसे-तैसे जाल को समेटा और घटनास्थल की ओर भागा। भारी-भरकम शरीर के कई अभिशाप हैं, पर सबसे खलनेवाली स्थिति को बोध ऐसे ही मौकों पर होता है। पैर घटनास्थल की ओर खींच रहे थे और कान इंजन की सीटी की ओर लगे थे।

मुझे भी वह आत्महत्या की घटना ही लगी। अंग्रेजी न जाननेवाला भी इतना तो देखकर ही कह सकता था कि वह एक चौबीस-पच्चीस साल की तरुणी थी। उसका सिर खो गया था। रेल की दोनों पटरियों के बीच वह निश्चेष्ट पड़ी थी। कमर के नीचे तक का सारा हिस्सा उघड़ा हुआ था। सैकड़ों भलेमानुस अपनी-अपनी गठरी छोड़कर आए थे। सो किसी को यहाँ रुककर कुछ सोचने की फुर्सत नहीं थी; पर मैंने अपनी गठरी नहीं छोड़ी थी, सो बेवकूफी हो गई।

"वह कपड़ा तो ठीक करा दीजिए, साहब।" मैंने गार्ड से कहा।

"यहाँ पूरा-का-पूरा सिर गायब है जनाब, शिनाख्त करना भी मुश्किल है कि यह कौन थी और आपको कपड़े की पड़ी है।" उसने मुसकराते हुए कहा। मुझे उसकी मुसकराहट कतई बुरी नहीं लगी, क्योंकि अपनी मूर्खता में वह फिलासफी बोल गया था और मैं बेशिनाख्त औरत के बेपर्द होने, न होने के बीच लटकती फिलासफी से उलझ गया था।

यह एक खासी बड़ी मछली थी। मेरे सिर के भीतर इसकी हलचल से जाल रह-रहकर तन जाता था। इस हालत में वहाँ रुके रहना बेकार था। मैं डिब्बे में वापस आ गया। मैं अपनी सीट पर बैठ गया। गठरी पुनः खुल गई। जाल फिर हरियाली पर फैल गया। बड़े-बड़े पेड़, कँटीली झाड़ियाँ, रेलवे के किनारे लगे घीकुँवार के पौधे जाल में फँसते गए, पर पता नहीं क्यों, इस बार जाल और हरियाली में अनबन थी। एक कटी हुई मछली उसी तरह बीचोबीच फँसी तड़प रही थी और रह-रहकर जाल का कोई-न-कोई छोर तन जाता था।

उधड़े बदन का रंग क्या सचमुच इतना ईंगुरी था? गोरी खाल में लाली कभी छिपती नहीं। हो सकता है, हादसे के कारण खून जगह-जगह उचटकर उसके

बदन को ऐसा बना गया हो। मुर्दे शरीर में खून की ऐसी अनजानी हरकत के बारे में दिलजमई नहीं होती। उसकी खूब ठस जाँघें, भरे-भरे नितंब, पिंडलियाँ, उँगलियाँ—सभी इस बात के गवाह थे कि वह खूब प्यार पाने योग्य सचमुच जिंदा औरत थी। ऐसी औरत को जिंदगी से बेतरह प्यार होना चाहिए था।

जाल भी अजीब किस्म का करिश्मा है। पानी कहीं रुके भी नहीं, पर पानी के भीतर की कोई चीज उससे बचकर निकल भी न सके। गंगा मुझे हमेशा अच्छी लगती है। शीतल, भरी-भरी लहरों की चुन्नट में डूबी गंगा को मैंने खूब प्यार किया है, पर शोभा बुआ के साथ गंगा में डुबकियाँ लगाने में अजब किस्म की सिहरन पैदा हो जाती है। वे मेरा हाथ पकड़कर कहतीं, "क्यों मुन्ना, आओ, एक डुबकी तुम्हारे बाबूजी के नाम पर लगाएँ!"

"लगाओ।" मैं कहता।

"पहले मेरा हाथ तो पकड़ लो, जोर से।"

"क्यों?"

"क्यों क्या, कहीं डुबकी लगाने में लहर बहा ले जाए मुझे तो?"

"तुम मुझे पकड़े रहो, मैं तुम्हें। हाथ पकड़े-पकड़े डूबें, हाथ पकड़े-पकड़े निकलें।" मैं कहता।

"शाबाश!" बुआ खिलखिलाकर हँसतीं।

गाँव की औरतें हमारी ओर देखने लगतीं।

शोभा का बचपना नहीं छूटा। गौरा आजी बड़े स्नेह से हमारी ओर ताकतीं। दूसरी बूढ़ी औरतें भी देखतीं, पर उनके चेहरे मुझे पूरी तरह थिराए नहीं लगते। दूर धारा में सूइंस 'सूइं' से करके उलट जाता। हम चट डुबकी लगा लेते।

नदी से गाँव लौटते वक्त हम कतार में सबसे पीछे चलते। घाट से लेकर गाँव तक अलग-अलग टोलियों की थिगलियाँ जैसे उग आतीं। गरमी की सुबह सुनसान सिवान में इनसान की ये टोलियाँ भी कम सुहानी नहीं लगती। हम जानकर इस कतार में सबसे पीछे हो लेते।

गंगा से लौटते वक्त रास्ते में रेलवे लाइन का पाँच मेहराबों वाला पुल पड़ता। मुझे यहाँ बड़ा डर लगता। कल्लू कहता था कि पुल में पाँच लड़के जिंदा चुने गए हैं, क्योंकि पुल गिर-गिर जाता था।

"क्यों शोभा बुआ! इस पुल में क्या जिंदे लड़के चुने गए हैं?" मैं पूछता।

शोभा बुआ का चेहरा गुस्से से तमतमा उठता, "किस बदतमीज ने कहा तुझसे

ऐसा? तू डर तो नहीं रहा है?" वे अचानक तेरे निकट सट आतीं और मेरे कंधे पर हाथ रखकर चलने लगतीं।

एकाध बार मैंने हमउम्र दूसरे लड़कों की तरह कतार के सबसे आगे चलने की होड़ लगानी चाही, पर शोभा बुआ का चेहरा देखकर रुक जाता। उस वक्त शोभा बुआ कुछ न कहतीं। न कोई गुस्सा, न कोई मलाल। सिर्फ उनके चेहरे पर एक बेचारगी का भाव जैसा छा जाता। वे हँसती तो तब भी होती, उनके काले-काले केश गंगा की बालू से मल-धोकर और चमकने लगते। एक-एक धागा जैसे सुलझकर हवा में अपनी अहमियत की परीक्षा करता, पर क्या मजाल कि बिखरे केश कहीं से चेहरे की ओर लपकने की हिम्मत करें। मुझे हमेशा लगता कि शोभा बुआ के पास एक तीसरी मुट्ठी भी है, जो सिर्फ उन्हें दिखाई पड़ती है। वह एक ऐसी मुट्ठी है, जो हर चीज को आजाद रखने की छूट देते हुए भी कहीं से ढीली नहीं होती।

गाँव पहुँचते ही बुआ लपककर बूढ़ियों के साथ चलती और गौरा आजी के पास पहुँचतीं। "अम्मा, जरा मुन्ना को छोड़ती आऊँ।" वह धीरे से कहतीं और मेरा हाथ पकड़े बगल की गली में मुड़ जातीं। मैं अकसर सोचता रहता कि बुआ आगेवाली गली से न जाकर पिछवाड़े वाली गली से क्यों चलती हैं? कितनी गंदगी है इसमें! आमदरफ्त कम होने से यह बंद गली और कैसी होगी भला।

"सामने से चलो न?" मैंने एक बार कहा।

"नहीं, इधर से जल्दी पड़ता है।"

"कितनी गंदी है!"

"हुँह!" बुआ आँचल का खूट नाक से लगा लेतीं। कुछ जवाब न देतीं, उसी में चलती जातीं।

पिछवाड़े वाले दरवाजे के पास पहुँचकर कहतीं—"मुन्ना, देख लो, तुम्हारे बाबूजी हैं कि नहीं।"

"हैं तो," उनकी आवाज साफ सुनाई पड़ती होती।

"तो ठीक है, अब चले जाओ। मैं यहीं से लौट जाऊँगी।" वह दरवाजे पर खड़ी दो-चार मिनट आँगन की ओर देखती रहतीं, फिर उसी गली से लौट जातीं।

"नहा आए?" मुझे आँगन में खड़ा देख बाबूजी पूछते।

गाड़ी पुनः पहले की रफ्तार में आ गई थी, अब उसके पहियों में कोई कांड कर चुकने के बाद की रिरियाहट नहीं थी। मैं वैसे ही फसलों से लदी वादियों को

फिसलते देख रहा था। पता नहीं तेज रफ्तार से या लगातार फिसलती हरी फसलों पर ताकते रहने से मैं कुछ-कुछ ऊँघने लगा था।

मेरे सामने नदी थी। गंगा ही होगी। मैंने इतनी बड़ी कोई और नदी कहाँ देखी है!

"क्यों मुन्ना?"

मैंने शोभा बुआ के चेहरे पर आँखें टिका दीं। वे पता नहीं कैसे आ गई थीं, "आओ न, एक डुबकी लगा लें, तुम्हारे बाबूजी के नाम पर।"

"लगाओ।" मैंने कहा।

"पहले मेरा हाथ तो पकड़ लो।"

"क्यों?"

"क्यों क्या, कहीं डुबकी लगाने में लहर बहा ले जाए तो?" हमने डुबकी लगा ली।

"शोभा बुआ!" मैंने उनसे पूछा, "आखिर तुमने ऐसा क्यों किया? पढ़ी-लिखी होकर ऐसा गंदा काम करते क्या तुम्हें हिचकिचाहट भी नहीं हुई?"

"सुनो, मुन्ना, तुम एक ऐसी चीज पूछ रहे हो, जिसे पूछने की हिम्मत आज तक किसी ने नहीं की, जब मेरे बारे में गाँव में तरह-तरह की बातें उड़ाई गईं तो भी सही जमोध के लिए भी किसी ने मुझसे पूछने की हिम्मत नहीं की। कोई पूछता भी तो क्या मैं बताती? मैं चाहती भी तो क्या बताती? पर तुमसे मैं कुछ नहीं छिपा सकती।

"तुम्हारे बाबूजी और मेरी उम्र में आठ साल से अधिक का फर्क था। वे कहते हैं कि मैंने शोभा को गोद में खिलाया है तो बिल्कुल ठीक ही कहते हैं। मैंने कभी उन्हें उम्र के लिहाज से नहीं देखा, यह सही है, पर कभी मैं यह भूल भी नहीं पाई कि शोभा जो कुछ भी है, वह तुम्हारे बाबूजी के कारण है। वह स्कूल से पढ़कर आते तो मैं दौड़ी-दौड़ी तुम्हारे घर पहुँच जाती। जानते हो क्यों? मैं उस वक्त कक्षा पाँच में पढ़ रही थी गाँव के प्राइमरी स्कूल में और तुम्हारे बाबूजी, वो तो बी.ए. कर रहे थे।

" 'शोभा पढ़कर डॉक्टर बनेगी, गौरा चाची जान लो!' वह मेरी अम्मा से कहते, 'मैंने पढ़ने में इतनी तेज लड़की नहीं देखी।'

"मैं अम्मा की पीठ के पीछे छिपने लगती। वे मेरी चोटी पकड़कर खींचते 'क्यों री गिलहरी, एक साल में दो-दो दर्जे डाँक रही है?'

"तुम्हारी आजी हँसकर कहती, 'डॉक्टरनी बनेगी। हुँह, चूल्हा फूँकते आँखें

सूजेंगी और बरतन मलते हाथ घिस जाएँगे।'

"'चुप रहो अम्मा। तुम लोग तो लड़कियों को यह सब कह-कह करके और भी कमजोर बना देती हो। ये बेचारी यही सब सुन-सुनकर मान लेती हैं कि इनके करम में चूल्हा-चक्की ही लिखी है। औरतों की किस्मत जितनी औरतें बिगाड़ती हैं, शायद ही कोई दूसरा। बिगाड़ सके।'

"'कौन सा झूठ कह रही हैं, बहिनजी।'

"अम्मा चाची का पक्ष लेकर तुम्हारे बाबूजी से कहतीं, 'भइया, मन की मिठाई खाने से पेट नहीं भरता। शोभा को ठीक-ठीक घर-वर मिल जाए, मैं उरिन होऊ बस, अपनी तो यही मंशा है!' तुम्हारे बाबूजी कुछ न बोलते। वह अपनी पुस्तकें लिए छत पर चले जाते। मैं दोनों बूढ़ियों को आपस में गपशप में मशगूल देखती और पैर दबाकर छत पर पहुँच जाती।'

"वाह, कितनी पुस्तकें, कितनी पत्रिकाएँ, खूब जुटा रखी थीं तुम्हारे बाबूजी ने, पर सबके सिलसिले, किसी पुस्तक की पीठ सामने तो किसी का मुँह सामने, कोई सीधी खड़ी है तो कोई शीर्षासन कर रही है। मेज पर ढेर सारी पुस्तकें। एक ऊपर, एक दबी हुई बेतरतीबवार रखी होती।

"मैं जब उन्हें ठीक-ठीक करने लगती तो वे हँसते, 'देख शोभा, इन बूढ़ियों की बात में मत आना, जिंदगी बनानी हो तो औरों की तरह कक्षा पाँच पास करके घर मत बैठ जाना, अब तो बगल में डिग्री कॉलेज हो गया है। बी.ए. तो तुम आसानी से कर सकती हो। पढ़ाई-लिखाई सहायक ही होती है, बाधक नहीं और फिर अब जमाना भी तेजी से बदल रहा है। अब देखो न, मेरे साथ ही चार-पाँच लड़कियाँ पढ़ती हैं। माना कि कोई स्टेशन मास्टर की है, कोई दारोगा की, एकाध व्यापारियों की हैं, पर हैं तो सही। तू वहाँ जब तक पहुँचेगी, हालत इससे भी अच्छी रहेगी, है न?'

"मैं पुस्तकें हाथ में लिये-लिये ही उनकी ओर मंत्रमुग्ध की तरह देखती रहती। तुम सोचते होगे मुन्ना कि भला मुझे उस वक्त जिंदगी-विंदगी का अर्थ क्या आता रहा होगा, पर भइया, यह बकवास है। जिंदगी का अर्थ जनमते ही खुल जाता है, सिर्फ उसे समझना होता है। जो उसे जितनी जल्दी देख ले, उतना ही अच्छा और कोई जब चाहे तभी से देखना शुरू भी कर सकता है तो मैं उस वक्त जिंदगी का मतलब सिर्फ इतना जानती थी कि शोभा को औरों की तरह सड़ना नहीं है, औरों से अच्छा होना है। जो कुछ वह हो सकता है, क्यों नहीं होगी भला!

"और लोग जो कहें, मैं कभी भी मास्टर भैया को दोषी नहीं कह सकती। उन्होंने किसी लड़की को पढ़ने की, पढ़ाई जारी रखने की सलाह दी तो कौन सा गुनाह कर दिया?"

"लेकिन···" मैं धीरे से बुदबुदाया।

"मैं उस पर भी आ रही हूँ, मुन्ना, घबराओ मत, जब मैं सब कहने ही बैठी हूँ तो वही क्यों छिपाऊँगी, जिसे सबने पी-पीकर कहा, मुँह बना-बनाकर। जिसे लोग गलियों के नुक्कड़ और चौराहों पर कहते रहे, उसे मैं पीकर डकार जाना नहीं जानती। तुम मेरे और अपने बाबूजी के बीच के संबंधों को जानना चाहते हो न? तो सुनो, तुम विश्वास कर पाओगे, क्योंकि तुम उस जमाने में पले हो, जहाँ मर्द और औरत के मिलते रहने का सिर्फ एक ही अर्थ होता है, यानी दोनों में नाजायक संबंध। तुम यदि एक-दूसरे के लिए बहुत-बहुत आत्मीयता और निकटता को नाजायज मानते हो तो वह थी। तुम यदि एक-दूसरे के लिए गहरी शुभेच्छा, सचमुच की ईमानदार शुभेच्छा को नाजायज मानते हो तो वह थी। तुम यदि इस इच्छा को, कि यदि कभी जरूरत हुई तो मुझे तुम्हारे बाबूजी के लिए प्राण देने में भी इनकार न होगा, नाजायज मानते हो तो वह थी पर हमारे बीच कोई ऐसा संबंध नहीं था, जिसे अवैध या अनुचित कहा जाए।

"खैर, इसी बीच तुम्हारे बाबूजी की शादी हुई। तुम्हारा जन्म हुआ। मैंने दसवीं कक्षा फर्स्ट क्लास में पास की। यदि आगे पढ़ने दिया जाता तो वजीफा भी मिलता, पर ऐसा कुछ नहीं हुआ। मैं बहुत रोई-गिड़गड़ाई, पर कोई लाभ नहीं हुआ। मेरी शादी तो हो गई। मेरे पतिदेव मुझसे उम्र में तीन साल बड़े होते हुए भी हाई स्कूल की परीक्षा में तीन बार फेल हो चुके थे, पर मेरी किस्मत उनसे ही जुड़ी थी, क्योंकि उनसे योग्य वर को पाने के लिए जितने तिलक की जरूरत थी, मेरे पिता नहीं दे सकते थे।

"जब से मेरी शादी की बात तय हुई, तुम्हारे बाबूजी ने बोलना बंद कर दिया था। मुझे अपार दुःख हुआ। मुझे अपनी जिंदगी ही भार लगने लगी, क्योंकि मैंने तम्हारे पिता से विश्वासपूर्वक जीने की शिक्षा भी पाई थी। उनका इस कदर मझे दोषी मानकर इकतरफा निर्णय ले लेना, मेरे लिए असह्य हो गया।

"उस रात को, जिसका बड़ी जासूसी के बाद लोगों ने संधान पाया है, मैं जरूर उनसे मिलने गई थी। यह भी सही है कि मेरे हाथ में कंगन बँधे थे और मझे हल्दी चढ़ रही थी। गाँव की औरतें, तुम्हारी माँ और आजी भी उस रात गाने में आई थीं

और मैं बाहर जाने के बहाने सीधे तुम्हारी छत पर पहुँची थी। तुम्हारे पिताजी उस वक्त तक डिग्री कॉलेज में अध्यापक हो चुके थे।

"'कौन?' उन्होंने देखते ही चौंककर पूछा।

"'मैं हूँ शोभा।'

"'शोभा,' उनकी आँखें आश्चर्य से फटी-फटी रह गई थीं, 'ऐसे में तुम्हें यहाँ आने की क्या जरूरत पड़ गई?'

"'जरूरत पड़ी तभी तो आई,' मैं भी खूब भरी थी। 'आपने मुझे साहस से जीना सिखाया था, वह मैं अब भी कर रही हूँ, पर इसके लिए पहला दंड आपसे ही मिलेगा, ऐसी उम्मीद नहीं थी।'

"'शोभा, तुम बचपन की बात कर रही हो। शादी तय हो जाने पर किसी लड़की को घर से बाहर के पुरुष से बोलते देखा है तुमने?' मैं मौन रह गई। वह नाराज नहीं थे। सिर्फ दुःखी थे। ठीक भी था। मैं ही पगली थी, जो सोचती थी कि सदा ही की तरह वह मेरे घर आकर मुझसे वैसी ही बातें करते रहेंगे।

"'तो आप नाराज नहीं हैं न?'

"'नाराज काहे को रे पगली!' वह उदास भाव से बोले, 'तुम जिंदगी में खुश रहो, फूलो-फलो, इससे अधिक मुझे और क्या चाहिए?' मुझे लगा कि उनकी आँखें ऐसा कहते छलछला आई हैं। मैं उनके पैरों पर गिर पड़ी थी और सुबुकती रही थी।

"'मुन्ना, तुम भी क्या इस रात को और लोगों की तरह गुनाहों की रात मान लोगे? शादी के बाद मैंने एक पत्नी की तरह ससुराल को ही अपना सबकुछ मान लिया। मैंने मायके को बिसरा दिया। मैं पढ़ी-लिखी हूँ, इसका तो मुझे भान भी नहीं रहा, गुमान तो दूर, मैं तो उस घर की दासी बनकर ही रहने लगी।

"पर पता नहीं मेरी किस्मत का दोष था या मेरे स्वभाव का, मैं दिन-प्रति-दिन उसी व्यक्ति से दूर होती गई, जिसके साथ मुझे जन्म-जन्मांतर के लिए बाँधा गया था।

"घटना बहुत मामूली थी, पर तूल पकड़ गई। मेरे बाप ने मेरे पति को खिचड़ी की रस्म के अवसर पर जो जनता घड़ी दी थी, वह अचानक बिगड़ गई।

"'पता नहीं सालों ने कैसा जाकड़ी माल इकट्ठा कर रहा था।' वे बोले।

"'जाने दीजिए, दूसरी घड़ी हो जाएगी। अपने हाथ का भरोसा करना चाहिए। आदमी रहेगा तो लाख चीजें आएँगी-जाएँगी।'

"इतना कहना था कि वह आँखें चढ़ाकर बोले, 'तुम साली को मैं खूब समझता हूँ। हाई स्कूल में फर्स्ट क्लास क्या पा लिया, अपने को विद्योत्तमा समझने लगी।'

"उनको ऐसा बिफरते देख, मुझे गुस्सा नहीं, हँसी आ गई। वह हँसी ही काल हो गई।

"वह चारपाई से उतरे और मेरी ओर कटहे कुत्ते की तरह दौड़े, 'रह साली, आज मैं तेरा सारा ज्ञान बघारना ही बंद कर देता हूँ।' उन्होंने लातों से, थप्पड़ से मुझे इतना मारा कि मैं बेहोश जैसी हो गई, पर मैं रोई नहीं।

"सास ने किसी तरह बेटे को अलग किया।

" 'देख रहो हो, पेट में कितना मलाल छिपाए है, छिनाल की आँख में आँसू तक नहीं है। मैं तो पहले ही सब सुन चुका था।'

" 'क्या बक-बक करते हो!' सास ने समझाया, 'खुले बाजार अपनी इज्जत बेचकर नाक कटाओगे क्या?'

"वह चुप हो गए पर मन-ही-मन लाखों गालियाँ देते चले गए।

"मैं उस रात चारपाई पर पड़ी-पड़ी रातभर रोती रही। क्या यही जिंदगी है, जिसके लिए लोग गौरी-पूजन करते हैं, व्रत रखते हैं? क्या यही है वह आत्मा, अपना अर्धांश, जिसे पाने के लिए मैं जन्म-जन्मांतर से भटक रही थी? क्या इसी जिंदगी के लिए हर औरत सती-सावित्री बनने का मंसूबा बाँधती है?

"खैर, जो हुआ सो हुआ, मैं कुछ न बोली। बात बढ़े नहीं, इसलिए रूठना भी ठीक नहीं लगा। दूसरे दिन पौ फटने के साथ ही रोज की तरह अपने काम में जुत गई।

अचानक गाड़ी को दचका लगा। मैंने देखा कि गाड़ी पुल पार कर रही है। मैंने नीचे झाँककर देखा, नदी का पानी बहुत गंदा मटमैला था। ऐसे पानी में कोई कितनी देर डुबकी लगा सकता है!

बुआ ससुराल से गाँव आ गई थीं। मैं उस वक्त काफी छोटा था। बड़ा भी होता तो क्या सारी बातें सिलसिले से जान पाता? मुझे कुछ नहीं मालूम था कि उनके घर में, घर के बाहर, गाँव की गलियों में उनके बारे में क्या-क्या बातें होती रहीं।

एक दिन मैंने सुना कि शोभा बुआ का गौना होनेवाला है। उनके घर में हफ्ते भर पहले से मिठाइयाँ वगैरह बनने लगीं।

गौने के दो-तीन रोज पहले की बात है, मैं अचानक सीढ़ियाँ पार करता हुआ

अपनी छत पर जा रहा। बाबूजी के कमरे से आवाज आ रही थी—"तुम्हारे साथ ठीक से व्यवहार नहीं होता, ऐसा बहुतों के साथ होता है, बातें धीरे-धीरे ठीक हो जाती हैं।"

"आप नहीं समझ पाएँगे कि दुर्व्यवहार क्या होता है।" बुआ सुबकते हुए बोली थीं।

एक क्षण सन्नाटा रहा, "आप कुछ नहीं बोलते? आपको भी कोई रास्ता नहीं सूझता? मैंने कहा कि कस्बे की कन्या पाठशाला में मेरे लिए कोई नौकरी दिला दीजिए, वह भी नहीं किया।

"पागल हुई है क्या, वह लोग नहीं चाहते कि तुम नौकरी करो। अभी बिला वजह उनका व्यवहार बुरा है, कहीं उनकी इच्छा के बरखिलाफ तुमने नौकरी कर ली तो वे लोग पता नहीं क्या-क्या सोचें और करें।"

"तो आप मेरे लिए कुछ तो बताइए। मैं उन कसाइयों के बीच लौटकर नहीं जाना चाहती। उन्हें मेरे पढ़े-लिखे होने पर जलन होती है, वे मेरे साथ जानवर से भी बदतर सलूक करते हैं। मैंने ऐसा क्या किया है, जिसके लिए ऐसी जघन्यता सहती रहूँ!"

फिर सन्नाटा छा गया।

बुआ आँचल से आँसू पोंछती हुई धीरे-धीरे सीढ़ियाँ उतरती चली गईं।

"दीदी!" आँगन से माँ पुकारती रह गईं, पर उन्होंने कुछ नहीं सुना। वह उसी बदबूदार गली में मुड़ गईं।

गौने की रात को विदाई के घटा भर पहले शोर मचा। उस समय तक बाराती सुबह की ठंडी हवा में ऊँघ रहे थे। रात रात-भर तक बारातियों की शाहखर्ची और दिलवरी का ढिंढोरा पीटते-पीटते थककर बाईजी सो गई थीं, तभी एक अजीब कुहराम मचा। सारे गाँव में जैसे किसी ने खतरे की घंटी बजा दी।

"क्या है भई, क्या हुआ?"

एकसाथ हजार आवाजें। उत्तर गुलगपाड़े में खो गया।

अम्मा हड़बड़ाकर मेरी चारपाई से उतरीं तो मैं भी उनके साथ हो लिया। जिसे देखिए, वही रेलवे लाइन के पुल की ओर दौड़ा हुआ जा रहा था। वहाँ सुबह पाँच बजे आनेवाली पटना पैसेंजर रुकी थी और लोगों का मजमा टूटा पड़ रहा था।

गरमी की वह सुबह काफी उजास से भरी थी, पर इंजन के काले धुएँ ने सारे वातावरण पर डरावनी कालिमा से भरा गाढ़ा परदा फैला दिया था।